www.ingramcontent.com/pod-product-compliance
Lightning Source LLC
Chambersburg PA
CBHW031250160726
47993CB00001B/97

العراوي

أعمال خيري شلبي
الصادرة عن دار الكرمة

الشطار (رواية)

العراوي (رواية)

نعناع الجناين (رواية)

بطن البقرة (جغرواية)

موال البيات والنوم (رواية)

منامات عم أحمد السماك (رواية)

رحلات الطرشجي الحلوجي (رواية)

خيري شلبي

العراوي

رواية

الكرمة

alkarmabooks.com

facebook.com/alkarmabooks

twitter.com/alkarmabooks

instagram.com/alkarmabooks

شلبي، خيري.

العراوي: رواية / خيري شلبي ـ القاهرة: الكرمة للنشر، ٢٠٢٢.

٢٨٠ ص؛ ٢٠ سم.

تدمك: 9789776743809

١ـ القصص العربية.

أ ـ العنوان.

رقم الإيداع بدار الكتب المصرية: ٢٨٢٨٧ / ٢٠٢١

٢٤٦٨١٠٩٧٥٣١

تصميم الغلاف: أحمد عاطف مجاهد

عناصر التصميم من رسوم الوشم المصرية الشعبية

«أنا ابن الخيَال الشعبي والسِّير والملاحم والفلكلور، مولَعٌ بالتفاصيل الدقيقة، وأحشدها في أبنية ذات شُعب موصولة بالمسكوت عنه من الواقع الإنساني المؤلم والساحر في آنٍ، فأنا ابن الفلكلور المصري الذي رسَّخ في وعي طفولتي المبكرة أن لي أختًا تحت الأرض يجب أن أحنو عليها، وأن أترك لها لقمة تقع من يدي. إن كل ما كتبته من قصص وروايات أنا في الواقع أغوص فيها على صعيد الوقائع الحياتية، فأكاد أزعم بالفعل أن كل ما كتبته من رواية أو حتى أقصوصة من نصف صفحة كان تجربة فنية نابعة من تجربة حياتية».

خيري شلبي

١

الخميرة

أينما توجهت إلى أي مكان في بلدتنا فأنت معرَّض للِّقاء بعمك أبو سماعين. أعرف أنك في أعماقك تضن عليه باللقب، لكن لأنك من عقلاء البلدة فإنك تخلع عليه اللقب في أريحية تدل على شهامتك وحسن تربيتك وكرم أصلك.

ولأنك أيضًا ابن ناس فأنت تنهض عن مقعدك طوعًا، وتقول له بكل أدب وتحفُّظ ـ خاصة إن كنت ابن مدارس: «تفضَّل يا عم أبو سماعين». وقد تأخذ بيده لتجلسه مكانك. صحيح أنك في الأصل ربما كنت تزمع القيام قبل وصوله، ولكن مجرد أن تقول له تفضَّل مكاني فهو شيء يُحمد لك في أنظار كبار السن وما أكثرهم في بلدتنا. أنت ضامن أنهم بعد انصرافك سيقولون على الملأ: «شوف أدب الواد! حتى أبو سماعين وقف له واحترمه. يا سلام على الأخلاق!».

ولأنك ابن أصل فأنت على حياء كبير، يحلو لك أن تظهره في هذه اللحظة فحسب كأجلى ما يكون، إذ لا تكاد تنهض متخليًا لأبو سماعين عن مكانك حتى يغزو الاحمرار وجهك الكريم، ثم

٧

تبالغ أنت في إخفاء عينيك إمعانًا في الحياء كأنك ترفض انتظار شكر على واجب. وحقيقة الأمر أنك تهرب من وجه أبو سماعين تجنبًا للتورط فيما لا طاقة لك به. إنت عارف وأنا عارف أن الجميع يتعمد إظهار الحياء المفتعل حتى لا يتجاوز أبو سماعين حدود الذوق. لذكائك سوف تبادر بالانصراف فورًا، متجاهلًا قدر الإمكان وجه أبو سماعين. فإنت عارف وأنا عارف والجميع عارف أن أبو سماعين لا يكاد يحس بحركة كرم تتخذ معه حتى يبادر باستغلالها في الحال على نحو غريب، إذ يندفع في صياح شجي كأنه يبتهل إلى الله بأوراد وصلوات غامضة، وهو في الواقع يمتدحك ويثني على أصلك الكريم الذي من المؤكد أنه لا يعرف شيئًا عنه، ويدعو لك الدعوات الحارة، فيما تكون قد ارتسمت على وجهه حركة انتظار واجفة زاعقة مستغيثة مستميتة تكاد تقول لك: «ما تهرش بقى وتخلصني. إيدك على الحسنة»، في حين تكون يُمناه قد ظهرت من كُم جلبابه، وراحت تتحرك نحوك تنتفض انتفاضات متتالية تهم بالأخذ.

إنت عارف وأنا عارف أنه لن يغفر لك هذه الكسفة أبدًا، فرغم أنه يتوقعها ويتلقاها باستمرار، فإنه ـ في خفة وذكاء عجيبين ـ سرعان ما يدرك أنك لن تعطيه، فيلم نفسه على الفور بسرعة بهلوانية رهيبة، وسرعان ما يتذرع بمظهر الوجاهة، فإذا هو يشيعك بالسلامة، ولكن بود مبالغ فيه بنبرة كأنها تغرس في ظهرك اللعنات، ثم يستوي جالسًا القرفصاء كالعادة، دافنًا ذقنه بين ركبتيه موحوحًا، يفرك يديه في انتظار أي شيء. يشرد لبرهة طويلة تسبح فيها عيناه السوداوان نحو لا شيء. فإن علَّق أحدهم على تصرفك بقوله: «شايف المدارس بتعلم إزاي؟»،

يشوح هو في وجوه الجالسين قائلًا باستخفاف: «يا عم، أخلاق إيه وبتاع إيه! خلِّيها على الله».

يتبادل الجميع نظرة يكتمون بها ضحكاتهم التي تريد الانفجار، إذ هم يعلمون مقدمًا أن أبو سماعين سوف يقول هذا. أما هو فلا يعبأ بنظرات أو ضحكات، فهو يعرف أن الجميع قد باتوا يضنون عليه بالإحسان فيما عدا قلة من أهل الخير. كذلك يعرف أننا جميعًا نعرف أنه يأخذ الإحسان ليشتري به الأفيون ويشرب الشاي بدون انقطاع. لكن الله يفتح عليه يوم السوق، حيث تمتلئ بلدتنا بالأغراب الذين لا يعرفون عنه شيئًا، إذ إنه هو الذي يستقبلهم عند دخولهم أرض السوق والشروع في فرش بضائعهم، ليلقي في ترحيبهم قصائد مدح واستبشار يتفاءلون بها وإن كرهوا منظره. إنهم في الأصل يريدون أن يتفاءلوا بأي سبب كان، ولذا فإنه يختار لكل واحد ما يناسبه من العبارات التي تتفق مع قاموس المهنة أو البضاعة المعروضة للبيع، فاليوم الفل بدأ على جناب الله، ونهاركم أبيض بالصلاة على النبي وآله الكرام، روح إلهي ربنا يفتحها في وشك دنيا وآخرة. وقد يتصدى لك في الطريق محييًا مجرد تحية يستفز بها عطفك، وقد يجلس بجوارك فجأة دون أن يتكلم، ويظل جالسًا دون حراك، حتى تنتبه إليه فتعطيه المقسوم فينهض ويختفي، ليظهر بعد حين في مكان آخر.

تراه يوم السوق منتعشًا، يمشي كنخلة طويلة محنية الهامة قليلًا، واليدان متدليتان بجواره بعد أن تخلص من المنح العينية، من عجوة وبرتقال وأرغفة وأشياء أخرى غريبة، يكون في العادة قد باعها. إن له لزبائن معروفين يُورِّدون له القروش أو الدخان اللف أو حتى

السبارس، ويُورِّد لهم ما تضيق عنه جيوبه، خاصة يومَي الخميس والجمعة من كل أسبوع، أو أيام الوقفة والأعياد، هذه مواسمه الكبرى، حيث يطلع القرافة ويلف على زوار الموتى، فيجلس أمام كل مقبرة في مواجهة أهلها، ويندمج في بسبسة وغمغمة مدغومتين، فيما يهز الرأس مع النغم. ويؤكد البعض أنه لا يقرأ شيئًا، لكنه من حين لآخر يرفع عقيرته بعبارة قرآنية شديدة الوضوح توهمك أنه مستمر في قراءة صحيحة. يعود في الظهيرة محملًا بأجولة ملآنة بالأرغفة والقُرص والفطائر والتمر والخروب والذرة المشوي والبلح والجوافة وربما قطع لحم مدسوسة في أرز، ناهيك عن جانب الكعك وحده، وهو حصيلة تفوق ما تصنعه لنفسها أكبر عائلات البلدة.

الخمَّارة

في قبلي البلدة يقع حي الخمَّارة، ذلك الحي المهيب الذي تقطنه ـ من أوله إلى آخره وعلى امتداد مسافات وشوارع وحوارٍ لا يستهان بها ـ عائلة العمدة محمد عبد المنعم أبو سيف، الذين يختلط علينا الأمر في التمييز بين الولد منهم وعمه، أو بين العم وصهره، كلهم متشابهون إلى حد التطابق التام، لذلك فأنت ترى الكبير منهم صغيرًا دائمًا، كما ترى الصغير منهم كبيرًا، غير أن تتالي الرؤيتين بصورة دائمة لا تنقطع جعل أهل البلدة يصرون على رؤية الكبير منهم صغيرًا مهما علا شأوه. والأمر لا يكلف أهل البلدة سوى اعتذار رقيق مستهبل يقوله الواحد منهم بعد أن يكون قد انتقم وصغر الكبير وهزأه: «عدم المؤاخذة يا حاج، افتكرتك فلان ابن أخيك»، أو: «تصورتك ابنك». وقد تعوَّد السوايفة أن يبلعوها ولكن في استعلاء يكشف عن شعور عميق بالعدوان.

قديمًا كان الحي كله يُسمى باسمهم، ولكن حليفهم أو صديقهم الخواجة «جلانتي أبناء عم وشركاه» ـ تجار القطن ـ افتتح في الحي

خمَّارة وجدت ترحيبًا وتشجيعًا من أقارب لهذه العائلة يقيمون في البندر ويعملون سماسرة في جلب الأقطان للخواجة، لهم مراكز كبيرة في جهات متعددة. يندر أن تمر دورة انتخابية للبرلمان دون أن يكون فيه نائب أو أكثر من عائلة السوايفة عن دوائر بعيدة يسيطرون عليها. كان لهم حشد لا ينفد من الأفندية الشُّبان، لا ينقطعون عن زيارة البلدة للسهر فيها والسفر إلى البندر مساء بالكارِتَّات تجرها الخيول المطهمة أو بالأوتومبيلات أو لا يسافرون مطلقًا، هم وراحتهم. يشربون الخمر في الخمَّارة مع بعض علية القوم من أهل البلدة الذين يتمسحون في عائلتهم بغية كسب أو جلب مغانم أو استدرار سلطان، ومع تجار خواجات، ومسؤولين كبار في المدينة لبوا عُزومة لقضاء أمسية في الريف.

اجتذبت الخمَّارة عددًا كبيرًا من الشُّبان من أبناء الموسرين ملاك الأراضي والتجار، ليس حبًّا في سُكْر، أو سعيًا وراء الفشخرة الكذابة، بل لمجرد تحدي شُبان عائلة العمدة، وإشعارهم بأن في البلدة من يباهيهم. وقد سلب الخواجة جلانتي ما سلب من أرض وأموال ثم اختفى تمامًا بعد أن تحزَّبت الأمور، إذ فوجئ بأن في البلدة مئات من الشُّبان الأزهريين المُعممين، والأفندية المتعلمين، أخذوا يهاجمون الخواجة باستمرار كلما رأوه، فأحس بأنه لا هو ولا السوايفة بقادرين على صد هؤلاء الشُّبان عن معاكسته وتكبيده الخسائر كل يوم، خاصة أن هؤلاء الشُّبان لا يفعلون شيئًا يمكن أن يحاسبهم عليه حاكم؛ لا يتعرضون له بالضرب ولا بالشتم، بل ينصحونه بكلام، يقفون في الطرقات المؤدية إلى الخمَّارة لتعطيل الناس عن الذهاب إليها بصنعة

لطافة، بأساليب متعددة، حسب حجم كل شخص يعطلونه، ربما بالإقناع العقلي، أو كلمتين رقيقتين، أو البستفة المستترة، أو السخرية والتهزيء والتجريس. يا ويل السكران عند عودته مساء يترنح! لقد بات لا يحمل هم سُكْره بقدر ما يحمل هم الفضيحة التي سيمنَّى بها أثناء عودته! قد يفعلون به الأفاعيل، حتى يحولوه إلى مُسخة يبقى بعدها مُثلة على عار يجر أذياله لشهور طويلة.

يقولون إن الخواجة جلانتي قد حسبها، فوجد أن حالة البلاد قد اعتراها تخلخل مفاجئ: ففي البلدة شُبان يقطعون عليه طريق المؤامرة القانونية لنزع ملكيات المدينين له بشُرب طويل الحساب، وفي كل مكان يذهب إليه، حتى في القاهرة، ظهر له من يعاكسه بشكل أو بآخر. فجمع أمواله وترك الخمَّارة واختفى. وكان مدينًا لعمالها بأجور باهظة، فأخذوا الخمَّارة «مخلص حق»، شغلوها لحسابهم شهورًا طويلة جمعوا فيها ـ بالكاد ـ أجورهم في ذمة الخواجة. ثم استيقظوا ذات صباح ليفتحوها فوجدوها كومة هديم تسري في باطنها نار. من يومها لم تقُم للخمَّارة قائمة في بلدتنا. هكذا يقولون في بلدتنا. هي حكاية أسمعها كل يوم، بل كل ساعة، في دارنا، كأنها من بين المعلومات التاريخية التي يريد أهلي تزويدي بها لسبب غامض بالنسبة لي.

رغم زوال الخمَّارة منذ سنين تسبق وعيي بقليل، فإن السوايفة لم يفلحوا بعد ذلك في إعادة اسمهم للحي قَطُّ. ظل الناس كلهم في بلدتنا يطلقون على منازل هذه العائلة جميعًا، في كل الخارطة التي تضمهم، اسم «الخمَّارة». رايح فين يا فلان؟ رايح الخمَّارة.

جاي منين يا فلان؟ جاي من الخمَّارة. فنعرف أنه حي السوايفة. من طريف ما يبسطني في أهل بلدتي أنهم رغم نبذهم للخمَّارة، وسحقهم لها بكل احتقار، لم يأنفوا بعد ذلك من ترديد العبارة التي كانت من قبل تقشعر منها الأبدان: «رايح الخمَّارة» أو «جاي من الخمَّارة». هذه العبارة التي كانت كفيلة بإسقاط قائلها في قاع الحياة إلى الأبد، أصبح الجميع يرددونها مفخمة مبروَزة، كأنهم يسجلون باستمرار إيقاع شيء جميل فعلوه جميعًا وأقام بينهم مزيدًا من جسور الود.

٣

عزبة العبيد

على مرمى حجر من الخمَّارة، في وسط وسعاية متاخمة لقصر العمدة المكون من دورين، ويمتد على مساحة ثلاثة أفدنة تقريبًا، وفيه بدروم تصك شبابيكه الأرض، يستخدمه كحبس لمن يتم القبض عليهم من المجرمين ـ أي من أهالي البلدة ـ وبانتهاء سور القصر الكبير، يبدأ الشارع العمومي، أو شارع داير الناحية، الذي يتكون من مجموعة قصور صغيرة وبيوت متناثرة وقطاعات متضافرة كلها لناس ينتهي اسمهم بلقب «أبو سيف». في وسط هذه الوسعاية ـ التي هي ملك للسوايفة وتُستخدم كجرن لحصيدهم ـ توجد قناة رفيعة تنتهي في الخلاء المتاخم للحقول، على شاطئها تقوم عزبة العبيد؛ مجموعة من البيوت الطينية الواطئة الغائصة في منحدر من الأرض، يسكنها رهط من السود كانوا يعملون خدمًا وأُجراء من قديم في هذه القصور، ولسنا ندري أبفعل انقلاب الزمن أم بفعل تمرد العبيد حدث ما حدث! إذ حل البيض محل السود في خدمة القصور، فشكلهم رقيق، وأبناء الفقراء منهم كثيرون.

وقد بلغت الرفاهية في بلدتنا بأهل قصورها حدًّا كبيرًا، فبلغ عدد الفقراء والمعوزين ـ فوق زيادة ـ إلى حد رخصت فيه الخدمة، ونشأ في بلدتنا من يسمونه بـ«التملي»، وهو أدنى من الأجير بدرجات كبيرة، إذ إنه يتطوع لخدمتك، مؤديًا جميع الخدمات، دون اتفاق على أجر أو انتظار لمقابل، فقط له الشرف الكبير في حمايتك. وكانت قصور أبناء السوايفة قد بدأت تستحسن الخدم البيض مثلهم، حيث اللون الواحد للبشرة ستار يخفي وراءه الكثير من الأسرار.

انعزل سكان عزبة العبيد في عزبتهم، وتسيَّدوا على أنفسهم، وأصبحوا متخصصين في بيع الفسيخ والطماطم والخضراوات غير الطازجة، ومنهم ضاربو دفوف وعازفو أرغول، ومنهم نظيمة المهدية، المغنية الشهيرة ذات الصوت الجرسي الرنان، التي لا هي سوداء تمامًا ولا بيضاء تمامًا، لكن صوتها أبيض منطلق حامي الحد يحز في الإحساس كالسكين المسنون، فيكاد المستمع يشعر بقشعريرة تنزف الدم في داخله بلذة فائقة. تغني في الحقول، وفي الأفراح تزف العرائس. وجهها مكشوف في الغناء، لا تخجل من أي لفظ قد يخدش حياء العروسين، لوثوقها من أن هذا يوقظ مهجة العروسين. الكل في البلدة يشتهيها بينه وبين نفسه، ولا يحب المشاركة في الحديث عنها درءًا للتهمة التي قد لا يعلم بها أحد سواه. والكل يدعوها للغناء في أتفه المناسبات، ويشعر بسعادة غامرة إذا غنت في بيت أحد من عائلته، فما بالك لو غنت في بيته هو، يضمن أن صوتها المليء بالدلع والترددات سيصنع احتفالًا كبيرًا، ولسوف ينسل هو ومعظم الرجال إلى غرف الحريم لرؤية وجهها، طامعًا أن

يرى معاني الأغنيات الجنسية التي تغنيها وقد تجسدت على ملامح وجهها، يخيل إليه أنه سيرى تفاصيل ما يسمع. ورغم أن وجهها يظل يتطوح ويهتز وسط النبرات وهي ممسكة بالدربكة يتمايل جذعها، فإن الجميع، حتى نحن الصبية، نتخيل أننا قد رأينا كل شيء، وأنها بغنائها شرحت لنا كل شيء.

الكل يشتهي نظيمة، لكنها ـ فيما يقال ـ لا تشتهي سوى أبو سماعين المعفن، ولا أحد يدري كيف تحتمل هي عفونته. لكن الجميع يؤكدون أن الأفيون يعمل عمايله، فيُنسيها مظهره ومخبره، وأنها ـ نظيمة ـ تحبه بعَبَله، بل من أجل كونه هكذا. قيل أيضًا إن أبو سماعين قد أدمن الأفيون ـ فوق إدمان ـ ليرضي شراهتها ويُمتعها. وقد كانت هذه الأقاويل مجرد إشاعات في أول الأمر، لكن الخفراء الذين يمسكون الدرك أكدوها، وجيران المغنية أيضًا أكدوها، وبعض الشباب الذين يسرحون بعقولنا في الأجران كل مساء يؤكدون لنا باستمرار أن هذه الأغنيات التي تغنيها نظيمة ألَّفتها خصيصًا على أبو سماعين، أي أن كل هذا الغناء خطب لوده، ففي كل أغانيها غربة، وحبيب يعيش بعيدًا عن أهله، وقلب يتمزق على البُعد، وفيها أيضًا فراق كثير، كما فيها مواقعات جنسية والهة. يؤكد كل ذلك منظر أبو سماعين حين يستمع إليها تغني، تكون تلك اللحظة هي الوحيدة التي يمكن أن ينسى خلالها الأفيون إلى حين.

في عزبة العبيد يبيع أبو سماعين حصيلته من الشحاذة، ثم ينطلق مجرجرًا ساقيه في سرعة ولهوجة، يعدل التلفيعة حول رقبته، وهي حائلة اللون مجهولة العمر لا تنفك عن رقبته صيفًا أو شتاءً. من

المألوف أن تلتقي به إحدى النساء المتعبات في الطريق، فتنظر إليه نظرة غيظ قائلة: «آه يا خايب يا نايب! مش قلتلك ابقى هات وأنا أشتري منك؟». فيعلق السائرون قائلين في لهجة ذات معنى إنه مرغم على البيع في عزبة العبيد لأن نساءها يعرفن كيف يحتلن عليه ويأكلن عقله.

٤
عزبة صباح

من عزبة العبيد ينطلق أبو سماعين إلى عزبة صباح الواقعة على ترعة خلَّاف شرقي البلدة. بينها وبين شارع داير الناحية جرن كبير تملكه مناصفةً عائلتان كبيرتان تتصاهران على الدوام وتتشابهان في كل شيء: عائلة القطَّان، وعائلة صباح. أما عميد العائلة الأولى فقد كان يشتغل بتجارة الأقطان، ويمتلك من ورائها أرضًا وفلاحة وأولادًا كثيرين نشطين، وحين مات ذات عام بعيد كان قد اطمأن إلى مستقبل كل أولاده، إذ خلَّف أرضًا عريضة يفلح فيها الفلاحون منهم، ودكانًا كبيرًا لبيع الأقمشة والأقطان يديره بعضهم، على حسه وحس الأرض تعلم أبناؤهم الذين في مثل سني في مدارس البندر بمصاريف ثقيلة ينوء بها كاهل أهلنا. وأما عميد عائلة صباح فكان تاجرًا شاطرًا، وكان مثل صهره وفديًا يرشح نفسه في الانتخابات ويتنازل للمرشحين المكتسحين فيدينهم بجمائله ويصبح من رجالهم في البلدة. كان مدمن مشروعات، افتتح ماكينة للطحين فوق هذه الأرض على ترعة خلَّاف، وأقام حولها بضع دور صغيرة لمن يشتغل فيها من

أسطوات وعمال، ثم باع الماكينة لشيخ البلد الذي نقلها إلى مكان آخر، فافتتح صباح مزرعة للدواجن، أحاطها ببيوت جديدة كثيرة، سرعان ما استوطنها تجار البيض. وقد فشلت المزرعة، ومات صباح الكبير، وزحف على أرضه ملاك جدد، ومع ذلك بقيت هذه البقعة الملتحمة بشارع داير الناحية تُسمى باسمه: «عزبة صباح»، وظل يسكنها تجار البيض، بل وسكنها رهط من المدرسين والبقالين وتجار الحبوب.

واضعًا إحدى يديه في سيالته والأخرى طليقة ينطلق أبو سماعين مخترقًا عزبة صباح، يدخل ثالث زقاق من أزقتها الكبيرة المتشابكة المتشابهة، يطرق باب بيت السيد الشيال. هو في الأصل تاجر بيض، ورث هذه المهنة أبًا عن جد، ويؤكد دائمًا أن أباه هو الذي أغرى صباح الكبير بفكرة المزرعة، ولكنها فشلت لأن صباح أدارها بنفسه مجنبًا أهل الخبرة. يشتري السيد الشيال البيض من ولدان ورجال وسيدات يلفون البلدة صباح مساء يحملون سلة في أذرعهم ويصيحون: «يا اللي حداها بيض». في يد كلٍّ منهم كيس طويل من القماش العبك ملآن بالقروش الفضية وأنصاف الفرنكات والبرايز والشلنات. الخمس بيضات بقرش تعريفة، وأحيانًا ست بيضات إن كان بيضًا صغيرًا. من حارة واحدة قد تمتلئ السلة ولا يفرغ الكيس. خبراء في فحص البيض، إذ يمسك أحدهم البيضة ويثبتها على قبضته المضمومة معرضًا إياها لوهج الشمس ناظرًا فيها، فإذا الشمس تخترق سطح البيضة وتجعله كالستار الشفاف يتبين من خلاله صفار البيض واضحًا جليًّا، فيعرف ما إذا كان بالبيضة كتكوت أم مجرد صفار، فإذا كان بها

كتكوت فمعنى ذلك أن البيضة مكسرة، أي أن ديكًا اعتلى الدجاجة ولقَّحها قبل أن تبيض، فحينئذٍ يأخذها المشتري، أما إن كانت مجرد صفار فمعنى ذلك أن الدجاجة باضتها دون تلقيح، ومعناه أيضًا أن تصبح مرشحة للأكل دون المزرعة، ويمكن لصاحبتها أن تشتري بها خيطًا أو شايًا وسكرًا من أي دكان.

كل هؤلاء يبيعون حصيلتهم للسيد الشيال ولغيره من بقايا عائلته المتناثرين في كل مكان، حيث يرصها بحكمة في قفصين هائلين مثبتين على حامل كالعصا يضعه فوق حماره متين البنيان ويركب فوقه، منطلقًا إلى مدينة دسوق ليبيع للمتعهدين الكبار، الذين يبيعون بدورهم لمزارع الدجاج.

السيد الشيال شخص خُلَقي، أخلاقه في طرف مناخيره، معرضة للانهيار في كل لحظة لأي سبب، حيث ينزل عن حماره ويروح يجعر بصوته المبحوح المشروخ، يسب ديك التخين في البلد، وبأقذع الألفاظ وأقبحها يشتم من داس له على طرف، ثم لا يلبث في الوقت المناسب أن يركب حماره وينخسه برفق وحكمة حتى يسرع في السير دون برطعة قد تكسر البيض، قبل أن يتطور الشتم إلى خناق بالأيدي. لكن الخناق بالأيدي لا يحدث أبدًا، لأن أهل البلدة جميعًا يعرفون أن داء الأفيون وراء عصبيته وانعدام أخلاقه، فيسخرون من غضبه ولا يقيمون لشتائمه وزنًا، بل ربما استفزوه ليستزيدوه منها. لا يحدث التشابك بالأيدي أبدًا إلا بينه وبين زوجته بدر، فهي الوحيدة التي تعمل عقلها وتقف قصاده، تبادله الشتم والضرب بالبونية والروسية وعصا الأقفاص إذا لزم الأمر، ويُفرِّجان عليهما عزبة صباح كلها

في كل يوم. تهدده بالطرد من الدار التي هي في الأصل دارها، لكن الخناق دائمًا ينتهي بأن تأخذ بدر نفسها وتذهب غاضبة إلى دار أبيها إبراهيم الحلفاوي في عزبة العلمين على شاطئ بحر السبيل شمالي البلدة، وبعد ساعتين على الأكثر يعود بها الحلفاوي، حيث يتناول اصطباحة الأفيون والشاي في العصرية مع صهره السيد الشيال، ثم يترك ابنته وينصرف عائدًا إلى داره مصهللًا. يوصله السيد الشيال إلى شارع داير الناحية، حيث يمشي سائبًا يتوكأ على عصاه، يحود على أكثر من دكان ليشتري ورقة دخان أو يلهف كوب شاي على الواقف، يبيع في السر قطعة حشيش لعزيز يعزه، في مثل هذه اللحظة يكون مصهللًا جدًّا، يتحول وجهه المعروق الأبيض إلى ابتسامة كبيرة بغمازتين جميلتين وأسنان دقيقة مفلوجة تفصل بينها مسافات، يكون دائم المصمصة بلسانه، وشفتيه، وفيما هو يلف سيجارة يروح يعتذر عما بدر منه في الصباح من سب وشتم، فوالله لم يكن يقصد، والدنيا كانت حر، وحال السوق واقف، ثم يحلف أيمانات مغلظة أن القطعة التي باعها لك هي من أجود صنف، وبأقل سعر مع ذلك من أجل خاطر العيش والملح والعِشرة، يدلل على صدقه في الحلفان قائلًا: «عيب وأنا باشيل ميه وأمشي بيها في الطريق. دا أنا رأسمالي كله ميه». ويقصد بذلك أنه يحمل بيضًا هو عبارة عن كمية من الماء متكور في القفص، ولو كان لا سمح الله كذابًا، لا يراعي ضميره، لتكسَّر رأسماله وسال في الطريق.

يصيح السيد الشيال من الداخل صيحة جهورية جهمة كأنها مقدمة لعراك حاد:

ـ مين اللي بيخبط في الساعادي؟

وهي عبارة يقولها على الدوام لدى سماعه لأي طرق على الباب،
يقولها ليرهب الطارق.

ويرد أبو سماعين من الشارع قائلًا:

ـ سا الخير يا أبو السِّيد.

وعلى الرغم من أنه يكون قد عرفه من صوته، فإنه ينظر من خرم
كبير في وسط الباب، وإذ يتأكد من أن أبو سماعين وحده ليس
معه أي وجه غريب، فإنه يصيح فيه مع ذلك بنفس النبرة العدوانية
الممرورة:

ـ عايز إيه يا أبو سماعين؟

فيسرب أبو سماعين ورقة القروش الخمسة من خصاص الباب،
حيث يلتقطها السيد الشيال، وبعد برهة طويلة يصيح من الداخل:

ـ اتكل على الله بقى يا جدع.

فعلى أبو سماعين لحظتها أن ينظر تحت عقب الباب، ليجد ورقة
السلوفان الملفوفة في ورقة أخرى كبيرة قد اندفعت متسربة من تحت
الباب إلى أرض الشارع، فيتناولها أبو سماعين ويدسها في سيالته أو
في فمه، ويستدير عائدًا.

يمر على أماكن القعدات المعروفة. أول قعدة تقابله في شارع
داير الناحية هي دكان المعلم فرحات الترزي، حيث يجلس رهط
من كبار السن ينتظرون حلول صلاة الظهر أو العصر أو المغرب،
ويتحدثون في السياسة والحرب العالمية الدائرة على أرض بلادنا
دون ذنب لنا فيها، وتعلو أصواتهم إلى حد العراك. بمجرد رؤيتهم

لأبو سماعين تصعد رائحة الشاي إلى أنوفهم، يدفع كل واحد قرش تعريفة، يذهب ولد فيشتري من دكان أحمد ابن عمتي خديجة قرطاسًا من الشاي في حجم إصبع الموز، وآخر من السكر في حجم خساية. أبو سماعين يسحب وابور الجاز من الشباك الواطئ، يعطيه نفسًا ويشعله، يمصمص البرَّاد والأكواب الزنك بالماء من القُلة، يضع البرَّاد ذا اليد السلكية المستطيلة فوق النار، حين يغلي الماء يلقمه الشاي ويتركه حتى يخرط، يهز البرَّاد برفق، والشاي يغلي ثم يفور ويهبط ثم يفور ثم يهبط، ورائحته النفاذة تنعش الأنوف، خاصة إذا كان شايًا من ماركة «البنت الفلاحة» أو «أبو قفلين». أخيرًا يضع حفنة من السكر في برَّاد آخر نظيف، يصب فيه الشاي من البزبوز الذي يخر منه الشاي في صوت رتيب أليف مسكر يختلط بوَن الوابور برائحة الشاي برائحة الجاز المشتعل، ثم يملأ البرَّاد بالماء من جديد فوق نفس التفل، ويضعه على النار ليخرط دورًا ثانيًا، ويروح يصب الشاي من البرَّاد النظيف في كوب وراء آخر، تعلو الرغوة البنفسجية، حيث توزع الأكواب على الجالسين فيشفطون بصوت عالٍ، يتلمظون في استمتاع، في حين يملأ لنفسه كوبًا ويروح يرشف منه على مهل حتى يُلحقه بكوب الدور الثاني ثم الدور الثالث. كوب الدور الثالث مقدس لدى الجميع، فهو حلو الختام، شاي خفيف وسكر ثقيل بعد شاي ثقيل بسكر خفيف. وتكون أسارير أبو سماعين قد انفرجت فيما هو منكمش على نفسه القرفصاء، إذا ضحك زم شفتيه ومطَّهما صائحًا: «هو هو.. و.. هـ»، ثم يضيف بعد برهة في نشوة: «فليحيا اللي زرعه» فيعرف الجميع أنه يقصد نبات الأفيون. أما إن كانت الأفيونة منعدمة

أو مغشوشة فإن هم الدنيا كلها يتجمع فوق رأسه، فيروح ينفخ من حين إلى حين في تنهد عميق يصيح خلاله: «الله يلعن أبو اللي زرعه! كان راجل حمار ابن كلب!»، فيضحك الجميع.

بعدها ينطلق أبو سماعين إلى قعدة أخرى، ربما كانت دكان معلمي سعد الله الترزي، أو محمود البقال، أو مصطبة ورشة المعلم رشوان النجار، أو رصيف دكان الحاج علي تاجر الحبوب البخيل، أو رصيف دكان القطَّان. غير أنه إذا اختفى ليوم أو بعض يوم فقد تجده قابعًا في عزبة العلمين على شط بحر السبيل الآخذ في الجفاف.

٥

عزبة العلمين

اسمها الأصلي عزبة السبيل، وتقع في المدخل الشرقي للبلدة. الكثيرون من أهل بلدتنا لا يعرفون شيئًا عن تاريخها، والذي يعرفه القليلون عنها عرفوه من أبو سماعين الذي يبدو أنه ملم بكل شيء في الحياة، والذي تعلم منه شُبان البلدة أضعاف أضعاف ما تعلموه في المدارس والكليات، ومع ذلك لا يقرون له بفضل بل يضنون عليه حتى بلقب «يا عم».

عزبة السبيل هي أقدم مكان في قريتنا التي نمت من جديد بعد أن كانت قد اندثرت منذ عهد الفراعين. فقريتنا التي تقع في قلب شمال الدلتا وتُسمى «شباس» كانت ضمن مجموعة قرى فرعونية قديمة تُسمى كلها بنفس الاسم: «شباس». لا يميز بينها سوى صفات تتميز بها كل شباس عن الأخرى، فهذه شباس الملح لاشتهارها بالملَّاحة الكبيرة في أرضها، وهذه شباس السوق لقربها من المدينة وقيام السوق فيها باعتبارها أكبر القرى المجاورة لها، وأما شباسنا فكان اسمها شباس الخط لوقوعها في مفارق طرق توصل إلى جهات

عديدة، غير أنها كانت عبارة عن مجموعة تلال مهجورة وأبنية قديمة متهدمة يقال إنها كانت معاصرة للجعة من حقول الشعير العريضة المترامية حولها. الشيء الوحيد الذي لم يعرفه أبو سماعين هو معنى كلمة «شباس»، لكنه أكد أنه اسم فرعوني قديم ربما كان معناه الكفر أو المحلة أو ما إلى ذلك.

شباس الخط كانت تختلف عن غيرها من القرى المجاورة بكثرة عدد المسيحيين فيها، حيث كان هناك ـ منذ عهود بعيدة ـ جانب كبير من البلدة يضم عدة شوارع تسكنها عائلات مسيحية، غير أنها كانت تتضمن في قلب حواريها بيوتًا لأفراد مسلمين، وكانوا يغيثون بعضهم بعضًا عند الملمات، ويتبادلون المساعدات في شغل الحقل. وقلما كانت تثور خلافات بين الطرفين. وإن نشب عراك حول ري أو تجاوز حدود أو اعتداء بقرة من هنا على زرع من ها هنا أو حتى بسبب الأطفال، فإن المعركة سرعان ما يخبو أوارها قبل أن يندلع، وتصفى بقاياها في أي دكان أو على أي مصطبة. ولا بد أن تظل البلدة أيامًا بعدها تتحدث في الخلاف باعتباره نكسة شيطانية كاد غبارها يعكر صفو اللبن، ولا بد أن يكون أبو سماعين حاضرًا عند تصفية الخلاف، ليمط بوزه ويدفع من بين شفتيه ضحكته الشهيرة قائلًا إنه لا فرق بين مسلم ومسيحي في هذه البلدة، فيضيف أحد كبار السن قائلًا:

ـ طبعًا طبعًا، وفي بلدتنا هذه بنوع خاص.

حينئذٍ يشفط أبو سماعين شفطة الشاي، ويضيف في حسم:

ـ وعند الله ذاته سبحانه وتعالى.

ثم يبدو عليه أنه قد أحس بأن هذا القول لم يرضِ بعض

الجالسين، فإذا هو يرسم على وجهه مسحة الواثق من كلامه، وما إن ينفَض مجلس الصلح حتى يصهلل أبو سماعين ويحكي عن بلدتنا، فيقول كلامًا غريبًا نسمعه منه لأول مرة. نسأله نحن صبيان الدكان ورهط من الجالسين لماذا لم يقل هذا الكلام في مجلس الصلح؟ فيشوح قائلًا:

ـ إنهم بهائم، لن يفهموا من كلامي شيئًا. إنهم لا يفتحون آذانهم إلا لكل معمم حتى ولو كان جاهلًا، ولكل أفندي حتى ولو كان أميًّا! ثم إنه يندمج في تكملة الحكاية بجدية كأنه يؤدي واجبًا عزيزًا عليه.

حين كانت بلدتنا هذه مجموعة تلال مهجورة وأخصاصًا بناها من لهم أراضٍ في زمامها، كان الرومان يحتلون الديار المصرية، ويضعون على كل بلدة حاكمًا منهم. وكانت الديار المصرية مسيحية وكذلك الرومان، لكن الكنيسة المصرية كانت أم الكنائس على الإطلاق وصاحبة السيادة والكلمة العليا، وكل الكنائس في أنحاء الأرض تابعة لها خاضعة لكلمتها. وكانت الكنيسة الرومانية تفهم الدين المسيحي على نحو مختلف، ولست أذكر إن كان أبو سماعين قد قال لنا أسباب هذا الخلاف ونسيته أم أنه لم يقله أصلًا، إلا أنني أذكر جيدًا قوله بأن الكنيسة الرومانية ركبت رأسها، وقالت كيف تكون دولتي هي السيدة المحتلة وأكون أنا خاضعة للكنيسة المصرية؟! وهيأ لها وهْم القوة أنها قادرة على إخضاع الكنيسة المصرية لرأيها ومشيئتها ووجهة نظرها. ولكن كيف لها أن تفعل والدماغ المصرية ناشفة، خاصة فيما يتعلق بمسألة الكرامة والوطنية والعقيدة! ـ إن الوطن عند المصريين هو العقيدة إن كنتم لا تعلمون.

هكذا قال أبو سماعين مرارًا وتكرارًا، وهكذا كان فعل المصريين آنذاك، حيث فشلت الكنيسة الرومانية في إقناع علماء الكنيسة المصرية برأيها، فلجأت إلى القوة والإرهاب، وأطلقت قوات الاحتلال يدها في البلاد ذبحًا وتقتيلًا، وكان يخيل إليها أن قتل ثلاثة أو أربعة من كل بلد سوف يلقي الرعب في قلوب المصريين، ويؤدي بهم إلى الخضوع للروح الوثنية الرومانية، وفاتهم أن هناك مثلًا قديمًا يقول: «إن تحويل جبل عن موضعه أيسر من تحويل قبطي أو مصري عن عقيدته». وقد صدق المثل، فكان المصري يضع رأسه في حبل المشنقة ورقبته على حد المقصلة ولا يفرط في عقيدته، لدرجة أن قوات الاحتلال الروماني أعدمت من الرجال والنساء والشباب ما سد عين الشمس بالجثث وصبغها بلون الدماء! شباس السوق وحدها أعدموا منها تسعة أعشار الرجال، ومن يومها أصبح اسمها «شباس الشهداء» نسبة إلى عدد شهدائها المهول.

ننبهر جميعًا حين يقول أبو سماعين هذه المعلومة، بل تقشعر أبداننا الصغيرة، وترتسم الدهشة على وجوه الجالسين ممن لا يعتبرهم أبو سماعين من البهائم، نقول جميعًا في نفس واحد:

ـ يا سلام! بقى شباس الشهداء دي هي شباس الشهداء اللي جنبنا دي؟!

يرد في ضحكة انتصار:

ـ أيوه اللي جنبنا. اللي بينا وبينها أربعة كيلومتر بس.

ويستمد من دهشتنا للاستماع حماسًا جديدًا، فيستأنف الحكاية. المعلم عبد الملاك حنا غطاس كانت له أراضٍ كثيرة في زمام

شباس الخط ورثها عن أجداده، وكان مستنيرًا، وملمًّا بحقيقة الأوضاع في البلاد، وكان مع ذلك فلاحًا قراريًّا، ولئيمًا جدًّا، هرب من عصر الشهداء إلى هنا، واختار قطعة من أراضيه على بحر السبيل، وزرعها كلها نخيلًا بمساحة عشرة أفدنة، وظل يرعاها وبحر السبيل يسقيها بغزارة، حيث أقام على شاطئه ساقية كبيرة اسمها «الكباس» لكبر طارته عن طارة الساقية واحتياجه إلى دابتين بدلًا من واحدة، وهو أيضًا بشعبتين بدلًا من واحدة. قبل أن تلمع نظرات الدهشة في عيوننا يشير أبو سماعين بيده خلف ظهره قائلًا:

ـ ولا يزال هذا الكباس يُسمع إلى كلامنا الآن على شاطئ بحر السبيل، ولا يزال يحمل نفس الاسم منذ ما يزيد على ألف وخمسمائة عام: كباس المعلم عبده.

نفغر أفواهنا جميعًا من الدهشة البالغة:

ـ معقولة؟! كباس المعلم عبده؟ عمره أكثر من ألف وخمسمائة عام؟! كيف يا رجل؟! أتسرح بعقولنا؟!

تقول عيوننا لبعضها البعض إن صهللة الأفيونة ربما كانت هي السبب. تقول نظرة أبو سماعين المنسربة من عينيه الضيقتين إنه قد فهم أن هذا الإحساس يساورنا. حينئذٍ يضحك في عمق، ويقول بلهجة جادة كلها ثقة:

ـ ما الغريب في ذلك؟ إن عمر بلدتنا من عمر اسمها.

يعني أن اسمها هذا عمره آلاف السنين، وقد ظهرت مبانٍ عمرها آلاف السنين ولها اسم لاصق بها، بل إن هناك جثثًا آدمية عائشة منذ آلاف السنين ميتة وباقية كما هي كأنها نائمة في سلام، وهناك متحف يضم هذه الجثث

ويستطيع كل إنسان أن يدخله ويتفرج، صحيح أنها جثث ملوك، ولكنها باقية. وعمومًا فاسم المعلم عبده ربما كان حديثاً بعض الشيء، على أن من يقرأ حجة الأرض وأوراقها لدى الورثة أو لدى إدارة المحفوظات فلا بد أن يتضح له أن المعلم عبد الملاك حنا غطاس مات وقد أنجب ولدًا واحدًا وبنتين، سمى الولد «حنا عبد الملاك غطاس»، ومات حنا بدوره مخلفًا ولدًا واحدًا وبنتًا واحدة، سمى ولده «عبد الملاك حنا غطاس»، ومات عبد الملاك الثاني مخلفًا ولدًا واحدًا اسمه «حنا» بدون إخوة إناث، ومات حنا الثاني مخلفًا ولدًا اسمه «عبد الملاك» مات هو الآخر، ومات من جاء بعده وبعد بعده ولكن اسم «عبد الملاك» لم يمُت، بل ظل يتكرر في السلسال حتى جاء الفتح الإسلامي لمصر.

مصر المسيحية وقت ذاك، ذات القلب المتسامح، قد ضاق صدرها الرحيب بالرومان، ولما قُرئ القرآن الكريم على أهلها استشعروا فيه نفس السماحة والصراحة والقوة والصدق وشرف الغاية المربوط بشرف النفس وقدرتها على فعل الخير. ثم إن الأمر كان مختلفًا، فالعرب إخوة للمصريين ومن نفس الجنس، أما الرومان فأغراب من جنس آخر ومن دم آخر. والعرب أصحاب رسالة دينية تتفق والرسالة التي يؤمنون بها منذ فجر التاريخ، أما الرومان فغزاة أجلاف متغطرسون. وهكذا، ما كادت وفود الإسلام والعرب تلتقي عبر الأسواق والموانئ بأهالي مصر حتى تم كل شيء في سلام، وفتح المصريون أحضانهم لرسالة الله من جديد للمرة الثالثة على نحو أكثر شمولًا وعمقًا وأكثر اتصالًا بالله. لقد كان الدين عندهم من قبل دينًا صارمًا، أما الإسلام فلم يغفل وجه الدنيا. كل ما هنالك

أن الجيوش الإسلامية بقيادة عمرو بن العاص كان عليها أن تقاتل جيوش المحتل الذي يدافع عن مكاسبه وغنائمه، فما إن تمكنت جيوش الإسلام من قهر مندوب هرقل ـ تنفتح عيوننا ذهولًا من سماعنا لهذا الأسطوري الغريب ـ حتى بدأت شجرة الإسلام تمد جذورها في أرض الكنانة.

ثم بدأ «الارتباع». يقول لنا طبعًا ما هو الارتباع هذا. إن القبائل العربية وغيرها من القبائل التي كان يتكون منها جيش الإسلام، حين استقر مقامها في الفسطاط العاصمة بدأت نظامًا يُسمى «نظام الارتباع»، له صلة بالربيع، ففي فصل الربيع من كل عام تبدأ القبائل العربية كلها في القيام برحلاتها السنوية إلى ريف مصر، يجمعون منه الحبوب والمحاصيل، ويتسوقون السمن واللبن والجبن والطيور والخراف والأبقار والجمال، مقابل نقود يدفعونها أو ربما بالصلاة على النبي، وفي كل الأحوال فالصلاة على النبي كانت شفيعًا تنهار أمامه كل المعوقات وتتسهل كل الأمور. هي رحلة سنوية تبدأ مع بداية الربيع وتنتهي بانتهائه، حيث تعود القبائل إلى العاصمة محملة بالخير الوفير، تعيش عليه بقية شهور العام. وكان عمرو بن العاص حاكم مصر يوصي الناس بهذا النظام ويشجعهم عليه بكل قوة، ويوصيهم بالاعتدال في معاملة الأقباط من الفلاحين، وألا يبخسوهم حقوقهم.

بفضل نظام الارتباع ساح في أرض الكنانة رجال ذوو فضل ومكرمة، فقهاء وعلماء ووجهاء، بل وصحابة لرسول الله صلى الله عليه وسلم. ومن قبل كانت القرى المصرية تشهد رهطًا من علماء المسيحية وفقهائها يركبون الحمير بمسوحهم، ويتجولون في القرى والدساكر يعظون

الناس ويتحاورون معهم في الدين، وكان الأهالي يلقونهم بكل احترام وتقدير، ويردونهم محملين بالخيرات دون مقابل مادي. قرانا إذن كانت مهيأة لاستقبال ما يجيء من لدن عزيز حكيم مهما تنوعت الوساطات. انطلق الفقهاء والصحابة والأئمة يرتبعون في القرى والكفور والدساكر، ويحولون الارتباع من جمع خيرات إلى نشر للرسالة السماوية والعلم بها. كل القرى كانت بالطبع مسيحية، وكل القرى تستقبل كل الوفود بكل ود وترحاب وأريحية، بل إن الود تعمق إلى درجة لا تصدق إلا في مصر كنانة الله، ذلك أن الله مكنون في ضميرها. ذلك أن بطونًا من القبائل العربية وأعلامًا من أهلها حين رغبوا في الاستيطان في بعض القرى تم لهم ذلك في سهولة بالغة، حتى إن المسلمين الراغبين في الاستيطان وجدوا من المسيحيين من يعاونهم على تثبيت دعائم الاستقرار بوسائل عديدة، بل وجدوا من يعلمهم فنون الزرع والقلع والري والحصاد، ومن يعلمهم الصبر والحكمة في التعامل مع النبات ومع المناخ ومع المطر، ومع النيل على وجه الخصوص.

منذ ذاك، كان نخيل المعلم عبده قد استطال وتعرق وبات غابة عظيمة الاتساع والأهمية، يجيء لها المقاولون من كل المدائن لشراء بلحها على أمه. وموسم قطع بلحها يعتبر مهرجانًا تحبه البلدة وتنتظره، حيث يستفيد منه معظم الناس والأطفال. العجيب أن صاحبها كان اسمه المعلم عبده مثلما هو باقٍ حتى اليوم، فقد أطلعني أحد أحفاد هذا المعلم العجيب على شجرة العائلة فوجدت فيها عشرات من «المعلم عبده» كانوا مشرفين كلهم على النخيل، حتى ليخيل إليَّ أن كل من يشرف على هذا النخيل يغير اسمه في الحال إلى المعلم

عبده! المهم أننا لا نعرف الآن أيهم كان في الترتيب زمن ذاك: هل هو المعلم عبده الثاني عشر، أو الثالث عشر؟ الله وحده يعلم، ونحن أيضًا نستطيع أن نعلم بحسبة بسيطة في عمر النخيل، فالولد حصاوي العجوز المتخصص في قطع البلح ورعاية النخيل يستطيع تحديد عمر النخلة من حراشيفها ومن جريدها بل ومن طعم بلحها.

على أن الذي يتأكد منه أبو سماعين هو أن المعلم عبده صاحب النخيل وقت ذاك، كان لديه ولدان، أحدهما يدعى «عزيز» والآخر يدعى «وهيب». أما عزيز فقد كان على غرار أبيه، فيه الكثير من جلافة جده الأكبر ولؤمه وميوله العملية، لا يكف عن تخطيط المشاريع للاستفادة من بلح النخيل، حتى إن بلح نخيله كان بفضله يصل إلى روما وإلى الهند والسند مغلفًا في علب تحمل اسم عزيز وجده المعلم عبده، وكان أيضًا يتاجر في الخنازير ويجني من ورائها ربحًا كبيرًا. أما وهيب فكان نشيطًا ذكيًّا صافي النفس مجنونًا بالفن، يصنع من سعف النخيل أنواعًا مختلفة من السلال الأنيقة بل ومحافظ للورق والنقود وشلتًا للجلوس وطواقي وعباءات، كانت كلها تسافر هي الأخرى إلى روما ومكة ويتلهف عليها الأغراب، وكان كريمًا يجود بسباطة بلح كاملة لأم لا مال لديها لتشتري به بلحًا لأولادها، وكان ينفق عن سعة، ويحبه كل الناس.

ما كاد نظام الارتباع يؤوب إلى استقرار تام للمسلمين في القرى حتى تحولت شباس الخط إلى حركة دائبة دائمة، انتقلت ملكية بعض حقولها إلى ناس من الوافدين الجدد، وأقيمت بعض الدور على الطراز العربي في بقع متناثرة، وكانت كل قبيلة تستقل لنفسها بخط

أو قطعة أرض يبنون فوقها، ظلت هي الأخرى حتى وقتنا هذا. انظروا مثلًا إلى بلدة قزمان المجاورة لنا، تجدون لهجتها في الكلام غير لهجتنا، فلهجتنا العامية تنطوي على فصاحة في النطق ولباقة، محتفظة بإيقاع اللهجة القرشية، مما يدل على أن القبيلة التي استوطنت قريتنا كانت بطنًا من قريش. أما لهجة قزمان فمعوجة، ولا نكاد نفهمها، مع أن المسافة بيننا وبينهم لا تزيد على ثلاثة كيلومترات، مما يدل على أن القبيلة التي استوطنتها كانت من الأعاجم الذين دخلوا في الإسلام، وهذه ظاهرة معروفة في كل أنحاء مصر، كل قرية وكل كفر له لهجة مختلفة في نطق الكلام، مع أن الحياة والعادات قد باتت واحدة.

كان ذلك فيما مضى يثير بهجة المصريين المسيحيين أي نعم، ويصنع حالة رواج بينهم، إلا أن المعلم عبده بدأ يحس بالقلق الشديد حين رأى ابنه وهيب يدمن العلاقة بالمسلمين، ويصادقهم بعمق، ويكثر من التردد على مجالس العلم ودروس الوعظ التي تقام صباح مساء في المساجد والزوايا الصغيرة والمصليات التي بدأت تنتشر في كل مكان وعلى شطآن الترع والطرقات. إن هي إلا شهور قليلة حتى فوجئ المعلم عبده بأن ابنه وهيب قد أسلم وانتهى الأمر، بل وقطع شوطًا طويلًا في تعلم اللغة العربية الفصحى ليقرأ بها القرآن كما أُنزل. على أن انزعاج الأب لم يدم كثيرًا، فسرعان ما وجد نفسه مرغمًا على قبول الأمر الواقع. وكان يزور ابنه عزيز يوم الأحد فينتظره حتى يعود من الكنيسة، ويزور ابنه وهيب يوم الجمعة فينتظره حتى يجيء من المسجد. ظل كذلك حتى هلك. وكان عزيز صاحب مال كثير، فانتحى بأولاده الكثر ركنًا قصيًا في البلدة القديمة الجديدة، ظل يكبر مع ازدياد

ذريته حتى كاد يصبح بلدة داخل البلدة. ولم يكن لدى وهيب مال يُذكر، وأولاده قليلون، فانتقل إلى الشاطئ المقابل من بحر السبيل، وابتنى لنفسه ولأولاده بيتًا مكونًا من عدة بيوت داخلية صغيرة، كان يستقبل فيه زواره من المسلمين والمشايخ، ويقيم حلقات الدرس والذِّكر طوال النهار. ففي هذا المكان جلس رجال عظماء من الفقهاء والصحابة، من بينهم سيدنا عمير بن عبد الله بن عمر بن الخطاب، الذي افتتن بهذه المنطقة فاستوطنها بأهله وولده وكانت تجيء له الوفود حتى عُرفت البلدة باسمه: «شباس عمير». ثم إن وهيب قد مات، ودفنه المسلمون في زفة كبيرة مهيبة، ووضعوا له ضريحًا بين الأولياء. لكن أولاده تفرقوا عامًا بعد عام، فابتنوا لأنفسهم بيوتًا في أماكن بعيدة، ومشوا في حب الله يرتحلون ويجاهدون. إلى أن جاء يوم منذ أعوام بعيدة جدًّا نشط فيه أحد الحجاج المسلمين وابتنى هذا السبيل العتيق فوق البقعة التي مات فيها وهيب، مؤكدًا أن وهيب قد زاره في المنام وأبلغه بهذه الرغبة. بعدها بأعوام جاء رهط من الصيادين ألقاهم بحر السبيل على هذه البقعة المباركة فاستوطنوها وابتنوا هذه العشش والأخصاص، وسميت «عزبة السبيل».

أبو سماعين يحب عزبة العلمين أو عزبة السبيل، دون غيرها من بقاع بلدتنا، لكونها على أحلى تحويدة من منعرجات بحر السبيل، إذ تبدأ من ناصية المنعرج وتأخذ من الشاطئ بطنًا صغيرًا ينتهي بالسبيل، الذي هو عبارة عن بناء من الأسمنت يشبه الضريح الصغير، له أربع نوافذ تطل على الجهات الأربع، فوق كل نافذة كوز من الصفيح، السبيل ممتلئ على الدوام لحافة النافذة بالماء، ولا أحد يدري من

الذي يملأه كلما فرغ، ومياهه ليست من مياه بحر السبيل العكرة، بل من مياه الترعة الجارية. كل آيب من الحقل أو ذاهب إليه يقف ليشرب ولو على سبيل جبران الخاطر. يوم السوق يكون منظره مثل كعبة صغيرة يتجمع حولها الحجاج من كل ناحية. فإذا جلس أبو سماعين تحت ظل صفصافة منزوية خلف السبيل استطاع أن يسرح بنفسه جيدًا كيف يشاء دون أن يزعجه أحد، وفي نفس الوقت يتلقى القروش والملاليم من المارة الذين يستوقفهم السبيل فيروي غلتهم ويرقق نفوسهم، مع أنه كان يختلس كوزًا من كيزانه فيصنع له يدًا من سلك ملفوف حوله، يشعل تحته حطبًا ويسوي زردة شاي.

وراء عزبة العلمين مباشرة يوجد دكان المعلم سعد الله الترزي، وهو الدكان الذي أتعلم فيه الخياطة مع رهط من الصبيان. وكنت أرى أبو سماعين في بعض الأحيان مقبلًا من داخل عزبة العلمين نحو شارع داير الناحية، فلا يكاد يصل إلى رصيف الدكان حتى يرتمي جالسًا:

ـ تشرب شاي يا معلم سعد الله؟

ومن خلف بنك التفصيل الخشبي يرد المعلم سعد الله:

ـ ولَّع.

ويرمي لي بقرش تعريفة، أي خمسة مليمات، أشتري به شايًا وسكرًا. أعود فأرى أبو سماعين قد ترك الوابور يهب على مزاجه، أتولى عنه تسليكه وعدل شعلاته، أغسل البرَّاد والكوبين، أوصيه أن يعمل حسابي ولو في شفطتين من الدور الثاني، يزم شفتيه ويمطهما ضاحكًا: «هو هو.. و.. هـ»، ضحكة قصيرة مكتومة إذا كانت أعصابه سائبة. أداعبه ضاحكًا:

ـ الله يخرب بيت اللي زرعه.

ينظر لي غاضبًا، يعاقبني فلا يعطيني شفطة شاي. غير أنني لم أكن أزعل منه قطُّ. فلأمر ما، لم أكن أدريه على وجه التحديد، كنت أحس بقرب نحوه، وألفة، ربما لأنني فتحت عينيَّ فرأيته أحد الزوار الأصلاء لدارنا دون أن يكون له برواز معين نعرفه فيه، فهو أبو سماعين وكفى. بعدها رأيته في كل مكان بلا استثناء، وكنت أحب الاستماع إليه إذا تكلم، مع أنه نادرًا ما يتكلم، لكنه إذا تكلم، خرج صوته من تحت أنفه، لا هو أخنف تمامًا ولا منطلق تمامًا، لكن لهجته في الكلام تختلف عن اللهجة التي نتكلم بها نحن كلنا، أعني أهل بلدتنا، فليست في لسانه تلك العوجة الفلاحية التي تخلخل إيقاع الحروف، إنما لهجته أقرب إلى لهجة البندريين، حيث الحروف سريعة الإيقاع واضحة بارزة، وحرف الجيم ينقلب إلى همزة، والنطق فيه رقة، وتتخلل كلامه ألفاظ فصيحة كالتي نسمعها في القرآن. فكنت أعجب لذلك، ويتحول العجب إلى كثير من الإعجاب الغامض. وقد بات هذا الإعجاب كبيرًا حين علمت من معلمي سعد الله أن أبو سماعين هو الذي أعطى عزبة السبيل اسم «عزبة العلمين» بعد الحرب العالمية الثانية مباشرة.

إذ إن أبو سماعين نظر في هذه العزبة فوجد أن كل المعارك التي كانت تدور رحاها بالنبابيت والفؤوس بين شرقي البلدة وغربها، أو بين شمالها وجنوبها، كانت تنتهي في هذه العزبة، فعندها يرتد المهاجمون، وفيها يهرب المهزومون، ويقول لك الواحد منهم مفاخرًا: «رددناهم كالخرفان حتى عزبة السبيل»، أو يقول لك آخر: «ولم ينقذنا منهم سوى وجود عزبة السبيل». غير أن العزبة بحكم وقوع ظهرها في

حضن الجهة الشرقية للبلدة، وجدت نفسها حليفة لها، فما إن يغير على أهل البلدة أهل جهة من الجهات الأخرى حتى يخرج من هذه العزبة عشرات من الولدان الحفاة في أسمال بالية، ونساء مجفرات هائشات كالغولات، ورجال أجسامهم تشبه المجاديف والكائنات البحرية، يمسكون العصي والطوب وغطيان الحلل، فلا يجد المغير مفرًّا من الارتداد، ولا بد أن يجد في صفوفه كثيرًا من المصابين، ولا بد أن تكون كل هذه الإصابات من كائنات عزبة العلمين كما يسميهم أبو سماعين.

إلا أن الكرَّة الكبرى الفاصلة ـ بتعبير أبو سماعين ـ قد منيت بها عائلة السوايفة، أسرة العمدة، وهي عائلة يتفشى فيها الجنون، في كل جيل لهم اثنان أو أكثر في مستشفى الخانكة، مع ذلك كان العمدة محمد عبد المنعم أبو سيف يريد تسييد عائلته على أهل البلدة في كل مكان ومجال. كان أبو سماعين يُسمي هذا العمدة «هتلر بلدنا»، فلما أشيع أن هتلر قد أسلم وسمى نفسه «الحاج محمد هتلر» ضج أبو سماعين بالتصفيق والهتاف الساخر: «هو هو هو.. و.. و.. هـ.. خلاص، أصبحوا واحد، زي بعض في كل حاجة، الدم يحن يا جدعان. العمدة كان مثل هتلر، وهتلر أصبح مثل العمدة، وقد طلع الحجاز هو الآخر مثل العمدة، ولم يجد له اسمًا يختاره سوى اسم الحبيب محمد، الذي اختاره العمدة من قبل. الحاج محمد هتلر، هو هو.. و.. و.. هـ».

يوم ذاك حكى لي أبو سماعين شيئًا لم أكن أعرفه عن أبي. إذ حدث وأنا بعدُ وليد لا يعي، كذا وكذا وكذا. يدهشني من كثرة ما يعرفه عن أبي وأسرتنا مما حدث قبل أن أجيء أنا إلى الوجود. ويبدو أنه لصيق بأسرتنا منذ سنين طويلة، ولا بد أنه كان يشرب الشاي مع جدي الكبير

«الكلَّاف بك» في مندرتنا العتيدة. كنت ألاحظ أنه يتحدث عن أبي وعائلتي بكثير من الاهتمام الحقيقي كأنه يتحدث عن العائلة المالكة، ألمس الصدق في نبراته، فيداخلني العجب من أنه هو بالذات يكن لعائلتي كل هذا الاحترام الذي يؤكد أنه لامسنا من الداخل وعرف عنا ما لم يعرفه أحد، لدرجة أن سيرة أحد من أسرتنا إذا جاءت في قعدة هو موجود فيها فإن المتحدثين إذا اختلفوا حول نقاط تغمض عليهم فإنهم ينظرون حواليهم باحثين عنه قائلين: «مش كده برضو يا أبو سماعين ولا إحنا غلطانين؟»، فينبري أبو سماعين مصححًا الاسم أو الواقعة أو اليوم، ويضيف مزيدًا من المعلومات المبهرة لي، كأنه المؤرخ المتخصص في عائلتنا دون غيرها من عائلات البلدة.

حكى أبو سماعين قائلًا إن أبي لم يكن له همٌّ في الدنيا سوى محاولة القضاء على العمدة بأي شكل، فقد كان أبي عبد الفتاح أفندي الكلَّاف موظفًا كبيرًا في هيئة فنارات الإسكندرية قبل أن يحال إلى التقاعد في بلدتنا حيث يقيم إخوته الذين يفلحون أرض أبيه، الذي كان بدوره موظفًا خطيرًا في الخاصة الخديوية، ولا يقولون لي ما هي الوظيفة على وجه التحديد، ولكن اسم جدنا الكلَّاف كلما طرأ على بالي أيقنت أن جدي لم يكن سوى كلَّاف يُعنى بطعام حيوانات أفندينا من خيل وأبقار، ومن ثَمَّ فاسم جدنا اسم على مسمى. وحينما سألت أبو سماعين في هذه النقطة صاح ضاحكًا كأنه يسخر مني: «هو هو.. و.. هـ.. ودي شوية؟». وكان أبي وفديًّا كبيرًا، والعمدة حرًّا دستوريًّا أيضًا كبيرًا كما يدَّعي، ولكنه في الواقع لا مبدأ له، إنه سويفي وحسب، وعائلته التي بفضل تراثها ونفوذها يبقى هو حارسًا لمصالحهم جميعًا في بلدتنا. وكان أبي قد بلغ من العمر

سبعين عامًا، ومع ذلك تبدو العصا مجرد زينة في يديه لا أكثر، يطوحها كيف يشاء، ولا يمل من السفر إلى مواقع الحكام الكبار، وكتابة العرائض وجمع التوقيعات عليها، وتكوين جمعية كبيرة تضم الجمعيات الثلاث التي كانت مناهضة للعمدة، ولكنها تختلف فيما بينها حول أشياء فارغة زرعها فيهم أقطاب الأحزاب. كان يستقبل مرشح الدائرة الوفدي، يفتح له مندرتنا الكبيرة، يقدم للحشود شايًا وشرابًا على شرف الزائر الكبير، يقف خطيبًا مفوهًا، يهتز من فصاحته حتى المرشح نفسه مهما كان بليغًا، يعلن أبي باسمه وباسم كافة أهل البلدة مطلبًا رئيسيًّا: «إجلاء العمدة عن منصبه وتحييد أهله عن أهل البلدة». كالعادة يقف المرشح ليعلق، فيداري ارتجافه الواضح بعبارات حماسية تحتمل أكثر من معنى. في كتمان يميل على أبي وأقطاب الحشود هامسًا بأن كل شيء سيكون على ما يرام. في العادة أيضًا يأخذ المرشح الدائرة، ثم يختفي من البلدة نهائيًّا بعد النجاح مباشرة، فلا يزورها مطلقًا، بل قد لا يزور بلدته نفسها. إلى أن جاء ذات عام مرشح يُدعى «البرقوقي»، زار مندرتنا وكل المنادر الكبيرة في البلد، وقدم الناس بين يديه مطلبهم العتيد العسير: «اختيار عمدة جديد من عائلة أخرى متواضعة وليست بينها وبين البلدة مشاكل تاريخية». وقد وعد البرقوقي خيرًا، فلما نجح اختفى هو الآخر، ثم كان لا بد أن يجيء البلدة غصبًا عنه مرة أخرى لكي يدعو لإعادة انتخابه دورة ثانية، فكانت فرصة أمام عبد الفتاح أفندي الكلَّاف ـ أبي ـ حيث استقبله في مندرتنا، وألقى بين يديه قصيدة شعر عصماء تغنت بها البلدة شهورًا طويلة ثم باتت مجرد خبر مدعم ببيت واحد منها وربما شطرة واحدة، إلا أن ذاكرة أبو سماعين هي التي حفظتها كاملة، بل حفظت لهجة أبي وهو يلقيها:

لله درك يـا نحـاس مـن بطـل
وانا زلت سيفًا على الأعداء مسنونا
ويـا آل برقـوق أخذنـا بأيديكـم
وأنتـم لـم تأخـذوا بأيدينـا
فإن كانـت عُمد القرى في الميادين
تقهركـم فعنكمـو خلـوا الميادينـا
ولا لـوم علـى شـخص جُل أسرته
قـد شـرَّفوا معقـل الخانكا مجانينا
الـداء ميـراثٌ إنـي أبشـركم
عمـا قريـب تـراه النـاس مجنونا

ينتعش أبو سماعين فجأة وهو يصل إلى هذه النقطة من الحكاية، تدب فيه حيوية شديدة رغم ضيق عينيه وسجنهما خلف شبكة من العماص الناشف. يداخلني إشفاق عجيب عليه، أظن أن لو في حوزتي نقودًا لاشتريت له قطعة الأفيون حتى يظل هكذا منجليًا على الدوام. يداخلني كذلك عجب، أكاد أبكي كلما عجزت عن تفسيره، ذلك هو الرعدة التي تنتابني كلما سمعت اسم الأفيون، كأنني على وشك ارتكاب عار أو الوقوع في الوحل والوضاعة، فهكذا ينظر كل أهل بلدتي لمدمني الأفيون في بلدتنا، مع أنني بعينَي رأسي هاتين أراهم جميعًا يتسللون في خفاء أو تحت ستر من ليل فيطرقون باب السيد الشيال أو ابن أخيه عبد الرازق بجوار عزبة العبيد، أو الهواري في غربي البلد. إنهم جميعًا يشترون الأفيون والحشيش، وكلهم يشربون ويدخنون. كثيرًا ما يغريني أحد الوجهاء بقرشين أو قطعة

حلوى ليرسلني أشتري له شيئًا، أدس النقود في يد البائع قائلًا عم فلان الفلاني يصبح عليك ويقول لك هات الأمانة، فيعرف البائع بالضبط مزاج زبونه؛ إن أفيونًا فأفيون، أو حشيشًا فحشيش، خاصة أن حجم نقود الأفيون أقل في العادة من المطلوب للحشيش.

أبي نفسه كنت أضبطه في كثير من الأحيان يفتح ورقة سلوفان صغيرة يُخرج منها عدساية سوداء خلسة يدسها في فمه ويشفط الشاي متلمظًا، فأعرف أنه يتأهل نفسيًا لاستقبال بائعَي العسل، هادي وفرماوي، الصعيديين اللذين يلفان البلدة دارًا دارًا، يغريان الجميع بشراء بلّاص عسل يدفعون ثمنه وقتما يشاءون، وفي وقت معلوم يمران من جديد على أهل الدور للمطالبة بالدين. فكانت تحدث مناظر لا أنساها، وصور من الهروب والعراك ومن التذلل والتبجح لا نهاية لها، ولم يكن أبي يستطيع أن يهزمهم في الكلام إلا إذا استعان بهذه القطعة التافهة التي يكاد أمرها يصبح شغلي الشاغل في الحياة، ما إن يذيبها أبي في حلقه ويلاحقها بالشاي حتى يكون الصعيديان قد تجاوزا حارة الجرن واقتحما حارة العصاروة وصارا على أبواب حارتنا، وأصوات العراك والاحتجاج والمساومات قد بدأت تصلنا، دقائق قليلة ويدخلان: «السلام عليكم». ثم يجلسان على الكنبة، ليعزم أبي عليهما بالشاي في إصرار شديد، أنا وحدي الذي يعرف أنه قد أذاب لهما قطعة في الشاي دون أن يشعر أحد، ثم إنه يندمج في كلام حلو عن الرجولة والشهامة عند الصعايدة، ويحكي عن أشياء خطيرة حدثت لنا في الأسبوع الماضي فأتعبتنا وأفلستنا، وعن محصول باهظ الثمن أصابه التلف، مع أنه لا شيء من ذلك قد

حدث، إلا أن الصعيديين يهزان الرأس في موافقة وتبجيل، وينصرفان على أن يعودا بعد أسبوع، ثم يسلمان علينا في رفق وابتسام.

كثيرًا ما يفاجأ أبي بوجودي لحظة دسه للقطعة في فمه، فينبه عليَّ قائلًا في حزم:

ـ إوعى حد من دكان معلمك يبعتك تشتريله حاجة كده ولَّا كده أحسن أملَّص ودانك!

فأقول له:

ـ طيب.

ثم إنه سرعان ما ينسى أنه قال لي شيئًا من ذلك، إذ أفاجأ به يناديني بحنو مفاجئ، ويأخذني على جنب كأنه غريب يرجوني في خدمة، ثم يدس في يدي خمسة قروش ويقول لي:

ـ تعرف دكان الهواري؟

فأقول على الفور:

ـ نعم، الذي عند الورش في غربي البلد.

يقول:

ـ عليك نور!

ويصف لي كيف أدخل الدكان وأتجه مباشرة إلى الرجل الواقف وراء البنك ذي الشعر الأبيض على الجانبين تحت الطاقية البيضاء النظيفة، هو نصف بقال، يجلس الناس عنده لشرب الشاي الذي يشترونه منه ويصنعونه بأنفسهم، فإذا ما صرت حذاءه وراء البنك أعطيه القروش الملفوفة في ورقة جرنان، وأقول له أبويا فلان الفلاني يصبح عليك ويقول لك هات الأمانة. يوصيني أبي أن أضبط قبضتي

جيدًا على الشيء الذي سيعطيه لي الرجل الواقف وراء البنك، وأن أعود في الحال دون تلكؤ هنا أو هناك. أشعر بغمزات أصابعه فوق كتفي تترجم الخوف الحقيقي عليَّ والقلق من المهمة التي سأقوم بها، وكنت أكتم الضحك لشعوري أن أبي لا يعرف أنني قد صرت حريفًا في شراء هذا الشيء، بل أكاد أساوم البائع قائلًا: «حط كمان حتة»، بل أكاد أقدم على اختبار النوع والاعتراض على رداءته، وكنت أعرف تلقائيًا أن قطعة الحشيش التي تنعجن في يدي بفعل العرق وسخونة تطبيق اليد هي من نوع جيد، وأن قطعة الأفيون التي تكاد تذوب في الورقة هي أيضًا من نوع جيد. ولم يكن أبي يعرف أن المسؤول عن تدريبي في هذه الناحية هو أبو سماعين، من كثرة ما ذهبت أشتري له، رغم أنه لم يكن ينزل لي عن قرش أو يرشوني بشفطة شاي من الدور الأول، إنما كنت أراه في حال لا يسر لحظة أن يرزقه الله بمليم يكمل به ثمن القطعة، حيث أراه متكومًا قرب رصيف الدكان فأنظر إلى معلمي سعد الله، فيهز رأسه قائلًا:

ـ روح اشتريله.

فأحيانًا أقول له:

ـ بس ناقص تلاتة تعريفة.

فيهرش معلمي في قفاه ثم يرمي لي بنصف أفرنك ـ واحد بأربعة ـ قائلًا:

ـ وهات بالتعريفة الباقية شاي وسكر.

٦

معركة السوق

ما من مرة يجيء فيها أبو سماعين إلى دكان معلمي إلا ويحكي عن قصيدة أبي، أو عن موقف شجاع وقفه ناس ربما كانوا من بلدتنا أو من بلاد أخرى، حتى إن الأولاد بفضله أصبحوا يحبون الشعر، ويحبون إلقاءه بنفس الطريقة المفخمة التي يقول إنه يقلد بها أبي. وعدد كبير آخر من الأولاد كانت تدب فيهم الشجاعة في محضر أبو سماعين، يحاولون الظهور أمامه بمظهر الشجعان، الرجال، المؤدبين، طمعًا في أن يضمهم أبو سماعين ذات يوم إلى قائمة من يحكي عنهم بكل هذا الحب.

وأصبح من المألوف ـ بفضله وحده ـ أن ترى أولادًا من تلامذة المدارس يتجمعون في حوداية أو على ناصية طريق تتدلى المخالي من أقفيتهم، ويدخلون مع بعضهم البعض في حوار شعري يشبه القوافي التي كنا من هواتها في ذلك الوقت، حيث يقف واحد لواحد، وكل منهما يمسخر الآخر بكلمات نابية على القافية، قافية الطبيخ مثلًا أو الآلات الزراعية أو أي شيء تكون له حصيلة من الألفاظ

٤٦

المستخدمة فيه يمكن قلبها إلى نكتة تنال من الطرف الآخر في شخصه أو أمه أو أبيه. وثمة قافية أخرى كنا نلعب بها في زمن الفُسح بين الحصص كانت نموذجًا مطورًا من قافية «إشمعنى». فبدلًا من أن يقول الواحد لغريمه: «أبوك»، ليرد الغريم قائلًا: «إشمعنى»، فيرد الواحد قائلًا: «حمار»، مثلًا مثلًا إذا كنا في قافية الحيوانات، تلك القافية التي كانت تعتمد على حصيلة الواحد من الألفاظ البذيئة المسجوعة في سجع موزون، أو مصاغة في صور غريبة، من قبيل: «أبوك بياكل حاف والفسيخة متعلقة في شنبه»، أو: «أبوك نزل بلاص المش ابتلعته دودة»، أو: «أبوك نزل لمبة الجاز طلع يبدل على الشريط». وكان بعضنا يبلغ في ذلك حدًّا من البراعة وخفة الدم لا يُبارى، والويل لمن يتعرض للقافية وينهزم، الموت أرحم له بعد ذلك من المقلتة والهزء كل يوم، يصير ببساطة مطية للهازئين.

في مرة أدركنا جرس الحصص فجأة أثناء مساجلة لي مع أحد الصبية، وكنت من البارعين في ذلك، وكنت لحظتها متقدمًا على الصبي، وقد توعدني في الفسحة المقبلة، فلما بدأت الحصة كنت منشغلًا بأمر واحد هو تدبير صور الهزء والسخرية التي سأسلق بها غريمي بعد الحصة، ولم يكن مفر من أن أُدون ما يطرأ على خاطري من مثل هاتيك الصور، وفيما كان المدرس منهمكًا في الشرح ينبح صوته رائحًا جائيًا بين صفوف التخت التي نجلس فوقها مستمعين منتبهين، كنت أنا منهمكًا في كتابة ما يعن لي خلسة، أسرب يدي تحت الكتاب حيث توجد ورقة منفصلة، وأخط بسرعة بعض الكلمات، فما أدري إلا والمدرس ـ عافاه الله ـ يطبق على عنقي من الخلف

بأصابع مثل كلابات الحديد، ثم يوقفني، ثم ينهال عليَّ صفعًا، ذلك أنه كان قد راقبني خلسة، وتمهل خلفي مرسلًا عينيه فيما أكتبه، فلم يكفه أن سواني من الضرب، بل دفعني خارج الصفوف عند السبورة، وانهال عليَّ من جديد صفعًا وتشليتًا وسبًّا فاحشًا، حتى لقد انزعج الناظر من صراخي المتفجع فخف إلينا مستطلعًا وخلفه المدرس الأول والسكرتير والمهدي الفراش، وقفوا جميعًا ذاهلين والمدرس يقول دون أن يسأله أحد:

ـ أنا حاقولكم عمل إيه الكلب ده، اللي مش متربي. خد.

ودفع الورقة في صدري صائحًا وهو ينتفض من الغيظ:

ـ اقرأ لحضرة الناظر الكلام الفارغ اللي إنت قاعد تكتبه وأنا بانبح في صوتي طول الحصة. اقرأ!

فأخذت أرتعش وأمعن في البكاء حتى يرق ويعفيني من القراءة، لكنه ينهال عليَّ ضربًا من جديد صائحًا:

ـ اقرأ يا ابن الكلب. اقرأ!

فلا أجد مفرًّا من أن أقرأ، فأروح أقرأ من خلال البكاء المتصايح ما كنت أكتبه:

ـ آه.. آه.. أ.. أ.. أبوك بياكل حاف والفسيخة متعلقة في شنبه.. إهئ.. إهئ.

فيصفعني:

ـ اقرأ يا كلب!

فأقرأ باكيًا وأبكي قارئًا:

ـ إهئ. أبوك نزل بلاص المش ابتلعته دودة.

ورغم أن حضرة الناظر أبعد وجهه واستغرق في الضحك العنيف الصامت، فإنه أدار وجهه متجهمًا ثم قال:

ـ اجري يا ولد هات ولي أمرك.

ولم أحضر ولي أمري بالطبع، وكذلك لم يسألني أحد بعد ذلك أين ولي أمرك.

بفضل أبو سماعين وحده ـ دون أن ينتبه أحد لذلك ـ أصبحنا نجد غرامًا في اختلاق الشعر والكلام الموزون الرنان، ونجد كذلك غرامًا في ترديده بصوت عالٍ، ونحب أصواتنا وهي تردده. من حسن الحظ أنه كان لدينا تراث هائل من الأغاني والمواويل التي نرددها أبًا عن جد في الحقول والأفراح، فصرنا نستلهمها ونكتب على غرارها كلامًا يعكس معناها الأصلي إلى معنى هزلي مثير للضحك. لكن الأولاد الأكبر منا، وأعني بهم الشُّبان المرموقين في البلدة من الموظفين في الميري، أو التلاميذ الكبار الذين يتعلمون في المدينة، كانوا أفرس منا، إذ كانوا يأخذون نفس الكلام الذي عكسنا معانيه ويضيفون إليه شيئًا يسيرًا ربما لفظًا أو حرفين، ليتحول المعنى على الفور تحولًا تامًا، وتصبح الأغنية كلها سخرية من العمدة وأهله، أو تنديدًا بمواقفهم الظالمة. وكانت الآذان في عموم البلدة تجد لذة سائغة في الاستماع إلى هذه الترديدات وتطرب لها، وتعوَّد القوم ترديدها ضاحكين، حتى أصبح كبار القوم أنفسهم يشاركون في عملية التأليف الشعري الفوري الغنائي، مواويل كانت أو أغنيات، فتجاوزت الأغنيات حدود عائلة العمدة، وصارت تلاحق كل ظاهرة تطرأ على البلدة. وإذا كانت من تحبل في مكة يجيء بأخبارها المجاورون، كما يقول المثل في

بلدتنا، فإن هذه الأخبار أصبحت تجيء شعرًا موزونًا متقنًا محملًا بالمعاني والصور الغريبة.

لقد باتت الأغنية في بلدتنا كأنها المؤرخ الذي يدوِّن حتى الخلافات العائلية وأخبار الولاد الساقطين الخائبين في الدراسة. وقد أصبحت بلدتنا تتميز عن البلدان المجاورة بكثرة أغانيها، حيث لكل شيء يحدث فيها أغنية لا بد أن تشتهر بسرعة الريح تحتضن جذوة ملتهبة. البلدان المجاورة تعرف عنا كل شيء من خلال الأغاني، ومطرباتنا رائجات في أفراح هذه البلدان، وكلهن صور تتضح أو تبهت من نظيمة المهدية، وكلهن أيضًا أشبه بالعبيد لولا بياض قليل جدًّا يشوب بشرتهن ويحولهن إلى ساحرات فاتنات تضفي عليهن الأغاني وهن يرددنها فيضًا من السحر والجاذبية. البعض في هذه البلدان يقول إن السبب في اشتهار بلدتنا بالأغاني هو وجود نظيمة المهدية فيها، والبعض الآخر يقول إن السبب هو وجود عزبة العبيد نفسها. ولم يقل أحد إن السبب الحقيقي هو أبو سماعين، حتى الأولاد الأشقياء في بلدتنا الذين يسرحون بعقولنا في الأجران، والذين لا تخفى عنهم خافية، يشيرون إلى أن الأغاني التي تغنيها نظيمة المهدية في الأفراح ألَّفتها بنفسها في حب أبو سماعين، ولم يقل أحد أو ربما لم يخطر على بال أحد أن أبو سماعين ربما كان هو الذي يؤلفها لها أو يساعدها في تأليفها بكثرة ما يحفظه من شعر الأقدمين والمحدثين فصحى وعامية، يحفظه كأنه خزانة حافلة يفتحها وقتما يشاء ليلقي عليك سيلًا من الكلام الحلو الموزون المليء بالصور والمعاني، وفي النهاية يقول لك ظافرًا إن ذلك كان جزءًا من بردة

البوصيري أو نونية المتنبي أو ميمية أبو العلاء. وإذا تصادف وجود أحد من الأزهرية في المجلس يحفظ هذه الأشعار فإن أبو سماعين لا بد أن يصحح له كثيرًا من الأخطاء، ويبلغه بكثير من المعلومات، وربما ألقى عليه تشطيرًا لهذه القصيدة أو تلك شطرها فلان ابن فلان في العصر الفلاني، ناهيك عما لديه من أشعار لا تنتهي عمن يسمى بابن عروس وعن جحا وأبي نواس.

ما من مرة يحكي فيها قصيدة أبي ويجيء على نهايتها إلا ويشوح بيده نحو عزبة العلمين تشويحة فيها كثير من الاحتقار لشأنهم، ويقول إنها ـ القصيدة ـ التي كانت ذات أثر كبير في معركة السوق الشهيرة التي قام بها هؤلاء الرعاع وكانت فاصلة، غير أنه وهو ينطق كلمة «الرعاع» نحس أنه يقصد العكس تمامًا، بل نحس أن الكلمة رغم أنها لفظ تحقير فإنها تعكس حبًا عميقًا.

سوق البلدة يقام في مكان قريب من قصر العمدة. أرض السوق كانت ملكًا للعمدة، وقد أقام حولها سورًا متينًا من الحديد والأسلاك الشائكة، وملأها بطائفة من الدكاكين الخشبية الصغيرة والتندات والتربيعات، بحيث يكون لتجار الأقمشة جناحهم، وللخضرجية ساحتهم، وللفكهانية تعريشاتهم، وللسمّاكين حلقاتهم، ولتجار الحبوب مخازنهم، وللحمّارين وتجار المواشي مرابطهم. كان في الحق سوقًا بديعًا، لكنه كان مصدر مخاطر لا تنتهي، فالعمدة يغالي في تحصيل الإيجارات مغالاة أعجزت الكثيرين من التجار الصغار، حتى بات السوق قلعة لا يدخلها إلا عدد محدود من التجار العتاة، يبيعون لأهل البلدة بأسعار من نار، ويتدخل أفراد من عائلة

العمدة وما أكثرهم، إذ يفرضون وصايتهم على البيع والشراء بصفاقة بندرية مفتعلة لا قِبل لأحد باحتمالها، أحيانًا يقومون بها لمجرد خلق المشاكل. ولم يكن لمشترٍ أن يلح في المساومة أو يجهر بالاعتراض أو الاحتجاج، ذلك أن معظم التجار كانوا أذكى ـ كالعادة دائمًا ـ من كل المشترين، إذ باتت لكل منهم حماية معروفة من عائلة العمدة، يأخذ الحامي في مقابلها كل ما يشاء من بضائع، فيضطر الباعة إلى فرض زيادات جديدة كبيرة على سلعهم، مع أن المفروض هو العكس في يوم السوق بالذات.

حاول الباعة الصغار أن يجدوا لأنفسهم مكانًا قريبًا من السوق ولو على ضفاف الطريق العام المؤدي إلى مقر السوق، لكن زبانية العمدة من خفراء ومدنيين تكفلوا بإجلائهم وبعثرة بضائعهم. وبات الأمر صعبًا للغاية. وبعد أن كانت العائلات ترسل بناتها لبيع بعض كيلات القمح من خزين الدار لتفريج عسرة، أصبحت معظم العائلات ترسل شُبانًا، وحينئذٍ لا يكون ثمة مفر من معركة يعلم الله نتائجها.

ذات يوم، فيما جرابيع عزبة العلمين يرددون شطرًا من قصيدة أبي، هو الشطر الذي أعجبتهم طرافة معناه: «قد شرَّفوا معقل الخانكا مجانينا»، جاء حينئذٍ رهط من شُبان البلدة أعضاء الجمعيات التعاونية، وقالوا لأبناء عزبة العلمين:

ـ واد إنت وهوَّ، السوق بكرة، وحننقله هنا جنبكم على طول.

استحسن الأولاد الفكرة وقالوا كلهم:

ـ أما حتة عَملة! طب والعمدة؟

قال الشُّبان:

ـ ملكمش دعوة. ابقوا خلوا بالكو من البياعين وخلاص.

وفي فجر اليوم التالي كانت مجاميع الشُّبان قد وقفت بكل أدب على جميع مداخل البلدة، ووقف آخرون عند مفارق الطرق. كانت مهمة الواقفين عند المداخل أن يحولوا سير القادمين للسوق، فيحولوهم إلى مقره الجديد، حيث اختاروا له فضاءً كبيرًا على شاطئ بحر السبيل متاخمًا لعزبة العلمين. وكان على الواقفين في مفارق الطرق أن يرشدوا الباعة إلى المقر الجديد، حتى إذا ما ظهر قرص الشمس وسط بحيرة من دم الولادة المتعسرة لذلك اليوم كان بعض التجار الكبار قد تمردوا على الشُّبان وأخذوا طريقهم المعتاد نحو السوق الأصلي، في حين سلم الباقون عن طيب خاطر. وكانت الأرض الفضاء قد سقطت فوقها الشمس وأزيحت عنها أكوام السباخ، وسرعان ما انتصبت فوقها خيام وتعريشات، وانفتحت شمسيات، وافترشت أجولة ومشمعات، ونصبت موازين وسبيات لحم. وما كاد أبناء العِب الشرقي والجنوبي يُنعمون بهذا التجمع الصاخب البهيج، حتى عادت الدماء تصبغ وجه الشمس من جديد، وصوات النساء يتردد صداه في الأفق، فما أسرع ما كفت الحركة تمامًا، وما أسرع ما تكومت الأفرشة والبضائع، واعتصم الباعة بالصمت والترقب، لكن جرابيع عزبة العلمين فتحوا بيوتهم الطينية الواطئة لمن يريد الاختباء، ثم خرجوا. وكان لفيف من الشُّبان أعضاء الجمعيات التعاونية وغيرهم قد اندفعوا في جري يحملون العصي والنبابيت والكريكات. وإذا بعائلة العمدة قد ساقوا الخفراء

أمامهم، وجاءوا لاسترداد السوق عنوة واستقدارًا، فاشتبكوا مع الشُّبان الواقفين عند مفارق الطرق، وتبادلوا الشتائم التي تطورت إلى ضرب أعقبه صوات النساء. ثم إن جعيرًا خرافيًّا قد بدأ يقترب نحو أرض السوق الجديد، ثم ظهرت رؤوس الخفراء تلمع فوق لبدتها النحاسة الصفراء الحاملة رقمًا، وأطراف البنادق تطل من وراء أكتافهم، وخلفهم عدد مهول من شُبان عائلة العمدة المسلحين بالعصي، وكانوا يضربون كل من يعترضهم أو يلقاهم. لكن صفوفهم المخترقة سرعان ما بدأت تتفتت على مشارف عزبة العلمين، حيث كان نساؤها قد ملأن طسوتًا من طين المصرف وصرن يرسلنه في تكورات تصيب الوجوه وتعمي العيون، في حين تكفل فريق الصبية بإرسال قذائف من الطوب والدَّبش لا تخيب واحدة ولا تهيف ضربة. ولما لم يكن لدى الخفراء أمر بضرب النار فإنهم تسللوا خارج الصفوف ثم انسربوا عائدين لإبلاغ العمدة، في حين انفرد الشُّبان بأبناء عائلة العمدة فأشبعوهم ضربًا وطاردوهم حتى فروا مذعورين. وأصر الشُّبان على إقامة السوق في مطرحه الجديد، ووقفوا يحرسونه والدماء تسيل من وجوههم.

عند الظهيرة كان العسكر السواري قد أقبلوا، يتقدمهم مأمور المركز بنفسه، حيث اخترق زحام السوق بخيله وداس فوق البضائع، وسأل في كثير من العنجهية والسوقية عن السبب وراء تمردهم على السوق القديم. فقالوا عشرات المئات من الأسباب، فأمرهم بالكف عن الثرثرة والنزوح إلى مقر السوق الأصلي بالرضا والتسليم. لكنه نظر إلى السوق فوجد الحركة قائمة على قدم وساق، وأن نسبة كبيرة

من المجاميع المتناثرة لم تسمع بوجوده في السوق بعد، فأيقن من استحالة تنفيذ ما يطلب، فشد خيله وزأر فيها وقام بحركة استعراض عنيفة خرج بها من الطرف الآخر للسوق.

وفي المساء جاء المخبرون والخفراء وقبضوا على بعض الرجال والشُّبان، ولم يطلبوا أحدًا من عزبة العلمين. سافروا بهم إلى المركز، وبعدها بيومين عادوا، وقيل إن قضية أقيمت لهم في المحاكم، وظلوا سنوات يتذكرون مواعيد الجلسة، ويحرصون على حضورها، وينفقون على المحامين وكَتبتهم وكَتبة المحاكم، إلى أن بُرِّئ الجميع. وكل ذلك كان يهون في أنظارهم كلما تجولوا في البلدة وشاهدوا السوق منتعشًا في المكان الذي حددوه. من يومها أطلق أبو سماعين على عزبة السبيل: عزبة العلمين.

٧

المدرسة

بلُغة فصيحة تشبه لغة أبي وهو يخطب الجمعة، ولغة المدرسين عند حماسهم، حكى لي أبو سماعين هذه التواريخ على فترات متعددة في أماكن كثيرة. ما كان يعجبني فيه ويقربني إليه أنه حين كان يحدثني لا يضع في اعتباره أنني طفل، بل يحدثني كأنني رجل يجالسه، وكان يفعل نفس الشيء مع كل الصبيان الصغار، يحدثهم باعتبارهم رجالًا كبارًا، الأمر الذي جعل بعض الأولاد يحبونه أكثر من آبائهم، غير أنهم لا يظهرون هذا الحب خوفًا من آبائهم. فمع أنه لم يظهر منه ما يثير الشبهة إلا أن بعض الناس كانوا يخافون من أن يقلده الأولاد في أكل الأفيون وفي الصياعة. أما هو فلم يكن يعبأ بشيء من ذلك، وإن كان يعرف رأي الناس فيه على الحقيقة. لكن أحدًا لم يستطع أن يؤثر على حبه للأطفال خاصة أبناء المدارس.

تصادف كثيرًا أن نلتقي به أثناء خروجنا من المدرسة، في العادة نتلكأ في الساحة الواسعة أمام المدرسة لكي يتجمع أبناء كل حارة

٥٦

واحدة ليعودوا معًا، فإذا هو يندس في وسطنا فجأة كأنه ظهر من جوف الأرض، وإذا هو يصيح في أي ولد منا، أو فينا كلنا:

ـ ولد! تعرف مصطفى كامل يا ولد؟

ثم يضيف:

ـ طبعًا لازم تعرفه، يا من كتاب التاريخ يا من كتاب المطالعة. ومع ذلك يستطرد:

ـ مصطفى كامل هذا هو الذي قال «لو لم أكن مصريًّا لوددت أن أكون مصريًّا». أصله كان يحارب الإنجليز بمفرده. هؤلاء الإنجليز الذين يحكموننا الآن. كان يحاربهم بمفرده. طبعًا لا بد أنهم قالوا لكم ذلك في كتاب التاريخ. طبعًا لا بد أن يكونوا قد قالوا لكم عن محمد فريد الذي كان يحارب الإنجليز هو الآخر. ولكن، ولكن اسمع يا ولد، قل ما تعرفه عن أحمد عرابي. هيه، لا يعرف أحد منكم شيئًا عن أحمد عرابي؟ لا بد أنكم جميعًا في سنة أولى، في السنوات القادمة سوف يعرفونكم به، وسوف تعجبكم قصته. وعلى كل حال إذا لم يعطوه لكم في المدرسة فتعالوا وأنا أحدثكم عنه لما تشبعوا. إن قصته رائعة. يكفي أنه وقف أمام الخديو راكبًا فرسه وقال له «متى استعبدتم الناس وقد ولدتهم أمهاتهم أحرارًا»، وفرض على الخديو شروطه. تعرف يا ولد إنت وهوَّ؟ من لا يعرف عرابي لا يعرف شيئًا عن أصله! إنه زعيم الفلاحين، أمير الجيش، كان الجيش قبله ملكًا للخديو، إنما عرابي قال لا، الجيش يكون ملكًا للشعب، وإن زعيمه زعيم الشعب، إن الفلاحين هم مصر، وأنا الفلاح

ابن مصر، والجيش أيضًا هو مصر، فكيف لا يكون الفلاح ضابطًا؟ هل ورد نص في القرآن الكريم، وهو بيان الرحمن نفسه جل شأنه، أن الفلاح المصري يظل طول الأبد جنديًّا يحمل السلاح ويدافع عن مغتصبيه مصاصي دمائه؟ هل كتب الله في لوحه المحفوظ أن المصريين خُلقوا عبيدًا ويظلون عبيدًا إلى يوم تقوم الساعة؟ لا يا خديو! لقد ولدتنا أمهاتنا أحرارًا ولن نُستعبد بعد اليوم.

وإذ ينظر أبو سماعين فيجد أن الدائرة قد اتسعت وانضمت إليها طوائف من الناس رجالًا ونساء وأطفالًا، حتى لقد صار منظر الدائرة نفسه مضحكًا، إذ يضم أولادًا بملابس المدرسة، خلفهم أولاد بثياب الحقول خشنين حفاة، خلفهم رجال يحملون فؤوسًا ومقاطف على أكتافهم ويلفون رؤوسهم بالطواقي والمناديل المحلاوي، كانوا في طريقهم إلى مشاوير معينة ولكن السامر اجتذبهم فوقفوا يتفرجون بشغف كبير، خلف هؤلاء وأولئك رجال نظيفو المظهر من الأعيان استوقفهم المنظر فاستمروا يسمعون محاولين معرفة ماذا يقول هذا الرجل المعتوه لأولادهم هؤلاء! لكن الجميع يظل واقفًا يصغي في انتباه عجيب، حتى المدرسون وقفوا أمام باب المدرسة مباشرة كأنما هم يقفون بطبيعة الأمر لا للفرجة، وحتى حضرة الناظر يطل هو الآخر برأسه من الشباك راسمًا بعض علامات الاستنكار على وجهه، لكنه في نفس الوقت معجب بكلام أبو سماعين بدليل هذه الابتسامة الخفية المرتسمة خلف شفتين مزمومتين. إذ يرى أبو سماعين هذا التجمهر الكبير الذي صنعه دون أن يريد صنعه، يزم شفتيه ويطلق

ضحكته الشهيرة المبتهجة: «هو هو هو.. و.. و.. هـ»، ثم يشوح بيده في وجوهنا قائلًا:

ـ يعني محدش جاوبني على سؤال واحد! معقول كلكم في سنة أولى وما تعرفوش؟! عليَّ النعمة من نعمة ربي يظهر عليكم ما تعرفوا.

ثم مشيرًا إلى شباك الناظر:

ـ دا يمكن الناظر بتاعكم ده ما يعرفش مين عرابي ولا مصطفى كامل.

تضج الدائرة كلها بالضحك، وتقشعر أبداننا من خوف غامض لذيذ.

ـ ولا حتى المدرسين بتوعكم دول. همَّ جايز يعرفوا الخديو بس. الخديو ومن على شاكلته. دول ما يعرفوش غير تواريخ الحكام بس. اسألوهم كده وإنتو في الحصة، حتلاقوهم يعرفوا الإنجليز أكثر من الملك، ويحبوا إنجلترا أكثر من الإنجليز نفسهم.

تنفلت الضحكات من أفواه المدرسين رغمًا عنهم، ويغطي الناظر رغبته في الضحك بالصياح:

ـ يلَّا يا راجل إنت امشي من هنا بقى! فُض السامر اللي إنت عامله ده وسيب العيال تروَّح، أحسن والله أعملك محضر في البوليس.

يصيح أبو سماعين ضاحكًا في سخرية:

ـ هو هو هو.. و... و.. هـ. طب عليَّ النعمة من نعمة ربي يا حضرة الناظر إنت ممكن تعملها، فاجر وتعملها. واد إنت وهوَّ، تعرفوا

واحد اسمه عبد الحكم الجراحي؟ طب آدي واحدة أهيه.
أتحداكم كلكم لو عرفتوها. طب إذا كنت من غير مؤاخذة
راجل يا حضرة الناظر قولِّي ـ مقلدًا المدرسين ـ قل ما تعرفه
عن عبد الحكم الجراحي.

يختفي وجه الناظر من الشباك صائحًا:

ـ إنت يظهر ما تجيش إلا بالقسوة.

فينسحب أبو سماعين قبل أن يخرج الفراشون لدفعه بعيدًا، يختفي
كأن الأرض انشقت وابتلعته، مع أنه يثق أن حضرة الناظر يهوشه،
وأن الفراشين لن يكونوا أغبياء أبدًا في معاملته.

أجري وراءه حيثما اختفى حتى أدركه، لا يهدأ بالي حتى أدركه
في دكان معلمي الذي أذهب إليه يوميًا بعد خروجي من المدرسة
مباشرة. أسأله عن الجراحي هذا وقد ظننت أنه أحد الأطباء مثلًا،
أسأله عن كل ما يرد في كلامه ولم أسمع به من قبل، يصيح ضاحكًا:
«هو هو.. و.. هـ»، ثم يحكي لي عن شاب طالب علم في الجامعة في
القاهرة يحب مصر حبًا يختلف عن حب الناس العادي لها، فالبلد
هي الشيء الذي يجب أن يحبه المرء أكثر من أي شيء آخر، إذا كنت
تحب أمك وأباك ثم البنت التي تكتب لها خطابات الغرام، فإن الرجل
الحق هو الذي يحب البلد قبل كل هؤلاء ويكتب لها خطابات الغرام
مثل مصطفى كامل، ويجري ويضرب بالمشوار متباحثًا في حقوقها
مثل سعد زغلول.

ـ سعد زغلول هذا هو الذي قال مفيش فايدة. مفيش من مين؟ قول.
أقول له ما فهمته من أهل البلدة:

ـ مفيش فايدة من إننا نتحرر من الإنجليز.
يضرب جبهته بيده ضربة قوية جدًّا كأنه يفتت رأسه، يصيح في
ألم حقيقي:
ـ غلط! غلط! شفت الجهل بقى. ليَّ حق أضرب الناظر بتاعكم
ده جزمتين ولَّا لأ؟
أخاف أن يسمعنا الناظر عبر مئات الشوارع والبيوت، أصيح به:
ـ مفيش داعي، بس قولِّي إيه قصد سعد زغلول.
يقول بعد ضحكته المعهودة كاللازمة الموسيقية تتخلل مقاطع
الغناء:

ـ سعد زغلول لما قال مفيش فايدة كان يقصد إن مفيش فايدة
من التفاوض مع الإنجليز بالكلام. ومعنى قولته هذه أن
الفائدة تجيء بحمل السلاح ومطاردة الإنجليز ـ ضحكة
وتشويحة ـ ولكن ما ذنبكم؟ إن للإنجليز بيننا أبناء كبارًا وأعينًا
بحق، يشوهون كلام الزعماء الشعبيين، يقلبونه إلى عكس
معناه. نحن بلد لم يدخل المدارس. نصدق كل ما يقوله الأفندية
والمعممون كأن كلامهم منزَّل! إنهم بجهلهم أيضًا قد وقعوا
في الخية وصدقوا المعنى المزيف وأشاعوه بدورهم. سعد
زغلول يا عالم يا بجم قال مفيش فايدة في أن نوجع دماغنا
بالكلام ونضيع وقت أجيالنا القادمة، أي هبوا لنجعلها المعركة
الفاصلة. الناس كلهم اليوم أصبحوا كلما ضاقت بهم الحياة
يقولون مفيش فايدة، أصبحوا يطبقونها على كل شيء، فيا لها
من خسارة! الناس تعتبر كلمة سعد زغلول منزَّلة، ولهذا حوَّل

عملاء الإنجليز معناها، وهكذا صدقها الناس بعد تزييفها. بحق الله، كيف لا يعلمونكم هذا في المدارس؟! كيف لا يعلمونكم أن الإنجليز وكل المستعمرين وأصحاب المصالح يبرعون في تزييف أقوال الزعماء الشرفاء والوطنيين الخُلَّص، ويقلبون معناها إلى العكس، ويشيعون الوجه المعكوس ويشهرونه بين الناس؟! يا للوكسة المهيبة! هل تراني سأعيش حتى أرى هذه البلدة يخرج منها ولد كالجراحي؟! إن البلدة لا تكون عظيمة ولا يكون لها ذكر بين البلاد إذا لم يخرج منها أولاد رجال كهذا الولد وغيره ممن ماتوا في حب مصر. هو الآخر مات في حب بلاده، قاد مظاهرة من الطلاب ضد الملك والإنجليز وضد كل الأوضاع الخاطئة، لكن عملاء الإنجليز واللصوص الذين يسرقون البلاد تحت حمايتهم فتحوا الكوبري أثناء مرور الطلاب عليه، فتهاوت صفوفهم كلها، وغابت في أعماق اليم، ابتلعها النيل غير مأسوف على شبابهم من ذوي القلوب المتحجرة! لكنني واثق أن الولد ورفاقه كانوا سعداء وموج النيل يحضنهم إلى الأعماق، فهم قد ضحوا بأرواحهم في حب مصر ومن أجل مصر، ثم إن الذي أكل جثثهم هو النيل الحبيب وليس نهرًا آخر، إن جثثهم الحبيبة سوف تذيب نفسها حبًّا في موج النيل، حتى يشربه المصريون فيتذوقون فيه طعم النخوة والشجاعة والفداء فوق طعم الألم والفقدان!

يقشعر بدني وبدن كل المستمعين من جميع الأعمار. يداخلني الغضب حين يشير بعض الفارغين إلى رؤوسهم في حركة خبيثة

تعني أن الأفيونة قد صهللت، وأن الرجل تبعًا لذلك يقول خرفًا ساخرًا لا ينبغي تصديقه، مع أنك تلمس في بريق عيونهم تصديقًا متينًا كامنًا في الأعماق البعيدة، لكنهم من فرط الانبهار يتشككون تشككًا فلاحيًا خبيثًا لئيمًا، هدفه الحصول على مزيد من اليقين حتى يثبت هذا الكلام في رؤوسهم. ولكن هؤلاء وأولئك جميعًا سرعان ما ينساقون وراء أبو سماعين إذا ما تحدث.

٨

زاطة

بفضله ذات يوم فعلوا أشياء مبهرة. كان العمدة محمد عبد المنعم أبو سيف قد قبض على بعض الشُّبان الأقوياء من عائلات ميسورة إبان معركة انتخابية تنزل في ساحتها عائلة العمدة بكل ثقلها، بغية إضعاف مواقف خصومهم بحرمانهم من شُبان لهم أهميتهم في الدعاية الانتخابية. ولم يكن العمدة يعدم تهمة يلصقها بهم، فهو خبير في تلفيق التهم نظرًا لاحتواء عائلته على أكثر من مائة محامٍ في جميع أنحاء المدن المتاخمة لبلدتنا، ولهذا فهم جميعًا خبراء في لَي عنق القانون وتطويعه لخدمتهم في كل الأحوال وعلى جميع الوجوه، حتى ليسرقوا ويحاكموا المسروق، ويقتلوا ويحاكموا القتيل، وهم من الجبروت والكُفر حتى ليحاكموا الله ذاته جل شأنه في كثير من الانفلاتات العصبية العنيفة، وكل انفلاتاتهم عنيفة، لا يتورع الواحد منهم عن أن يصرخ في وجه السماء معنفًا الله كيف يكتب النجاح لابن الملاية هذا وابنة الغسالة هذه. ووصف أبي لهم بالجنون في قصيدته الشهيرة لم يكن من قبيل الافتراء، فإن الشعور بالعظمة

ينفخ أوداجهم حتى ليضيق بهم ذوو قرباهم ويضجون من معاملتهم فيعزلونهم فتؤدي بهم العزلة إلى التطرف الخطير الذي قد لا ينجو منه أحد في البلدة.

أحدهم كان يجلس في فراندة البيت وحده، أمامه صينية عليها عشرة أكواب وبرَّاد كبير مملوء بالشاي. هو منجعص فوق الشلتة ووراءه المسند المريح. يصب الشاي بعظمة بالغة في الأكواب العشرة، يعتدل، يمكث صامتًا لبرهة طويلة، ثم ينظر حواليه باستنكار حيث لا يوجد أحد غيره في المجلس، يشير بيده نحو الشاي قائلًا في شعور بالحرج والتعنيف: «ما تتفضلوا الشاي يا أسيادنا، إنتو عايزين عزومة ولَّا إيه؟ أما دي حاجة غريبة فعلًا. يمكن تكونوا أغراب ولا أغراب. إيش حال بقى لو ما كنتوش صحاب بيت؟». بشيء من التواضع يرفع كوبًا عن الصينية ويضعه أمام من افترض وجوده بجواره قائلًا: «اتفضل»، ثم يفعل هكذا بالأكواب الباقية، يوزعها كلها أمام أشخاص وهميين. يمكث برهة أخرى صامتًا محدقًا في اللاشيء، ممسكًا بالمسبحة بين أصابع يمناه، لا ليسبح الله، بل ليشتم عليها كافة البشر أجمعين باعتبارهم أجلافًا لا سعر لهم. يبسبس قليلًا مع إيقاعات حبات المسبحة، ويرفع الكوب ويرشف رشفة سريعة ثم يعيد الكوب إلى مكانه، ثم ينظر حواليه في شعور فائق بالغضب، ويصيح: «لا بقى! دا إنتو مش عايزين عزومة، دا إنتو قلالات الذوق والتربية وعايزين الطرد من هنا!». ينتفض واقفًا بعصبية عنيفة: «يلَّا امشِ من هنا يا كلب يا ابن الكلب إنت وهوَّ! يلَّا». ويتبع صرخته الأخيرة بشلوت يطيح بالأكواب والصينية وما عليها في الشارع.

يظل يشوط الهواء بقدميه يمينًا وشمالًا لبرهة طويلة، يصر على ملاحقة الضيوف الوهميين المطرودين حتى آخر الشارع، فيخرج ممسكًا ببقايا الأكواب ويهشمها ليقذف بها كل من تصادف مروره في الشارع!

الشارع هام وشديد الحيوية بالنسبة للبلدة، يقسمها نصفين، يمر منه ثلاثة أرباع تلاميذ المدرسة الكائنة في نهايته، ذلك أن المدرسة قد بنيت من يوم أنشئت في قلب دورهم، لدرجة أن أبناءهم يتابعون حركة طابور الصباح في حوش المدرسة من بلكونات بيوتهم وشبابيكها المطلة على الحوش مباشرة، ولا يهبطون إلا في آخر لحظة حتى لا يختلطوا بالغوغاء الحفاة منا. ورغم تلاصق بيوتهم للفراغ القليل المحيط بسور المدرسة فإنهم ينزلون بأكياس من النايلون فيها طعام وفاكهة يأكلونها في ساعة الفُسحة، مع أن بعضهم يقضي الفُسح في منزله. أما نحن بقية أبناء البلدة من أحياء الزغالوة والعقالوة والعصاروة، النجارين والخطاطبة والزعالكة، ناهيك عن سكان عزبة صباح وعزبة العبيد وعزبة العلمين، كلنا تعرضنا لمخاطر هذا الشارع التي يسببها هذا الرجل.

شكله طويل، وقور، أبيض البشرة، يبدو على وجهه الصلاح والشر معًا، يتجمعان في لمعة عين واحدة تروح وتجيء تحت جفنيه. يرتدي جلبابًا نظيفًا جدًّا وطربوشًا فاقع الاحمرار. يمسك بيده عصا من الأبنوس الأصيل، عوجاية قبضتها منحوتة على شكل امرأة جميلة يقال إنها ترمز للدنيا وإنه تبعًا لذلك يمسك الدنيا في قبضته ليطوح بها كيف يشاء. كان يطوح بعصاه في الهواء تارة وفوق

ظهورنا الطرية تارة أخرى، وبيده الأخرى يقذف علينا كل ما تصل إليه يده من دبش أو زلط، ولا يفتأ يصيح: «زاطة.. زاطة». ولم نكن نفهم ما معنى «زاطة» هذه، ولكننا سمينا هذا الرجل «زاطة»، فركبه الاسم طوال حياته.

بقدر ما تشابه السوايفة في الوجوه والأشكال والأطوال والطباع يتشابهون أيضًا في الأسماء، والاسم الواحد يتكرر في عائلتهم على مدى أجيال، ويتكرر حتى في الجيل الواحد، بل إنه ليتكرر حتى الاسم الثلاثي، لدرجة أنك قد تعرف في وقت واحد أكثر من عشرة أشخاص باسم ثلاثي واحد. وكل شخصية لامعة من السوايفة في المجتمع السياسي القاهري أو في أي مجال من المجالات تجد له أكثر من شبيه وبنفس الاسم الثلاثي في هذه العائلة في بلدتنا، وقد تعوَّد الناس في بلدتنا على أن يستوضحوا من يتحدث عن أي فرد من هذه العائلة قائلين: الكبير ولَّا الصغير؟ الفلاح ولَّا الموظف؟ العمدة ولَّا المحامي؟

«زاطة» مثلًا كان اسمه هو الآخر «محمد عبد المنعم أبو سيف»، نفس الاسم الثلاثي للعمدة، وهو ابن ابن أحد أعمامه ولكنه مقارب في السن. وسر تكرار العائلة للأسماء هو تقديسهم للرجال الناجحين منهم، يريدونه علمًا على العائلة مدى الحياة، ويعمدون إلى تكراره حتى وإن خابت الصورة الجديدة، وهي كثيرًا ما تخيب.

من كثرة عدد المجانين في العائلة باتوا غير قادرين على تمييز العقل من الجنون، فتراهم يستمعون ويرضخون لرأي كبارهم الذين ربما كانوا من المجانين، ويجدون أنفسهم مطالبين بالدفاع عن هذه

الأقوال وهذه الأفعال دفاعًا شديدًا، ولطالما دافعوا عن جنونيات ارتكبها كبار منهم في حق الناس، وتعصبوا لأفعال طائشة خرقاء أتاها شُبان منهم. وأنت حين تتحدث مع أي واحد منهم في أي أمر من الأمور الجادة لا بد أن تجيء لحظة تشك فيها في سلامة عقل محدثك، لا بد أن تجيء لحظة تحار فيها في معرفة ما إذا كان العمدة هو الذي يحدثك مثلًا أو هو زاطة. ومثلما يخطئ الناس في معرفة أشخاصهم على الحقيقة، فإنهم كذلك لا يعرفون العاقل منهم من المجنون، كذلك لا يعرفون الجاد في كلامه من الهزلي.

لما قبض العمدة على الشُّبان الأقوياء كانت ردود الفعل عند عائلاتهم توشك أن تضيع في روتين التصرفات التقليدية، حيث اعتكفت كل عائلة في منزلها تتقي حرج منظرها أمام الناس، وتفكر في التصرف الذي يجب عليها أن تتصرفه حيال العمدة القوي الذي لا يُهزم أبدًا، وكيف يُهزم ونصف الحكومة في كل عهد من عائلته؟ بعض العائلات الضعيفة نوعًا كانت تفكر في استعطاف العمدة وتوسيط بعض الناس لديه. أبو سماعين هو أول من بلغه هذا النبأ من مصادره الخاصة، وأول من استنكره شديد الاستنكار، ولكن على طريقته الخاصة. فجأة يراه القوم جالسًا في طرف مجلسهم، وإذا هو يعلق تعليقًا سريعًا كالسهم يكسح وجوه الجالسين:

ـ أما صحيح المثل ما كدبش، القط يحب خنّاقه. فعلًا. حتروح بعيد ليه؟ العمدة بيقبض على ولادنا ظلمًا وعدوانًا، وكمان عاوزين نسترضيه! ما شفتوش بعد كده جنية؟!

ثم ينصرف وقد ظهر في عينيه الضيقتين غضب رمادي عتيق، لكنه

غضب مشبع بالحكمة واللؤم والرضا بمظهر المسكنة كدرع يحمي بها جبروته الحقيقي الجاد.

يتوقف عند مجلس آخر، إن لم يجد سلطنة الشاي منتصبة دعا لقيامها، مجرد وجوده في أي مكان دعوة لقيام زردة الشاي حتى لو كانت بقايا الزردة السابقة لا تزال في حلوقهم. وبينما هو يشفط الشاي في لذة متباطئة يبدأ فيستفز المجلس ـ بطريق غير مباشر ـ بالكلام حول الأولاد المقبوض عليهم. في بلدتنا ـ شأن كل بلادنا ـ تنفتح صنابير الحديث ربما بمجرد اللمس في أي موضوع، فيحكي كل واحد ما سمعه من كلام حول هذا الأمر، أحيانًا لا يكون لدى أحد من الجالسين شيء يقوله، لكن أبو سماعين في كل الأحوال لا بد أن يدلي بتصريح خطير جدًّا في هذا الأمر، هكذا سيوحي للجالسين باصطناع ملامح الخطورة من همس متحفظ وأداء مؤثر. في العادة يكون هذا التصريح محض خيال من تأليفه، أو لعله اقتراح يراه مناسبًا في علاج هذا الموقف، يؤلف حوله أشتاتًا من الخيال الواقعي تقنع بأنه قد سمع هذا الكلام من مصدر موثوق به. أنت لا بد أن تصدقه، لأنك تعلم أنه الوحيد الذي بإمكانه أن يحضر في أي مكان وفي أي زمان دون مبرر، بل دون لزوم على الإطلاق.

يقول لك تصريحًا، أو اقتراحًا من تأليفه، مؤداه أن عائلة الزعالكة مثلًا قد اتصلت بابنها اللواء في القاهرة وناشدته إنقاذ كرامة العائلة من التدهور، أو أن عائلة النجار قد أرسلت برقية شديدة اللهجة لوزير الداخلية تقول فيها كيت وكيت، أو أن عائلة الجرن ـ وهي العائلة الوحيدة في البلدة التي تباري عائلة العمدة في الجنون ـ لم تجد مفرًّا

من التدبير لقتل العمدة نفسه، وأن التدبير نظامه كذا وكذا. وحقيقة الأمر أنه حكى وأشاع ما يتمنى من صميم قلبه أن يحدث.

هذه الإشاعات كانت تصل بالطبع إلى أهلها، فيشعر كبار رجال هذه العائلات كأن تدليكًا عظيمًا قد جرى لأعصابهم وهدهد مشاعرهم المتوترة، إذ ها هي ذي الإشاعات في البلدة تذيع بأنهم لم يسكتوا ولم يخضعوا، وأنهم يفعلون شيئًا يتهدد العمدة من مجرد سماعه. لهذا، فرغم أنهم يجاهرون جميعًا بالاحتقار لأبو سماعين ومعاملته معاملة الأشياء الصماء، فإنهم في أعماقهم يحبونه لحظتئذ، ويشعرون بأنه خدمهم دون أن يدفعوا له أجرًا، أنه على الأقل ـ بهذه الإشاعات ـ حفظ لهم ماء وجوههم. لكنهم بعد ذلك مباشرة ـ وأبو سماعين واثق من هذا ـ لا بد أن يفعلوا شيئًا من هذا، فبعد أن تهدأ أعصابهم هذه الهدأة السريعة سرعان ما يلتقطون أنفاسهم ويفكرون في مضمون الإشاعات التي تخصهم تفكيرًا جديًا. وهكذا فإن المقترحات التي ألفها أبو سماعين في صيغة تصريحات جاءته من مصادر موثوقة تصبح بالفعل مقترحات جديرة بالمناقشة بل والتنفيذ على الفور. إذ «ما المانع في أن نتصل فعلًا بسيادة اللواء؟»، هكذا يقول الزعالكة. و«لماذا لا نرسل بالفعل برقية شديدة اللهجة إلى وزير الداخلية نكتب فيها كيت وكيت؟»، هكذا تقول عائلة النجار. و«لماذا لا نشكل مجموعة من الولدان تتصدى لزرع العمدة ومواشيه وأبناء عائلته بأعمال جنونية؟»، هكذا تقول عائلة الجرن.

ما بين عشية وضحاها يأتي الصبح محملًا بأنفاس خريفية تضمر

الزوابع والعواصف، يكثر الرواح والمجيء في حواري البلدة وشوارعها بسرعة كبيرة، ترى في الشوارع ناسًا كثيرين ليس من عادتهم المشي في الشوارع، وركائب تنقل رجالًا عجائز، ووفودًا تذهب لانتداب وفود، تتلاقى الوفود بالوفود في بيوت ليست بالقصور ولكن لمرآها مهابة وقدسية، في المندرة الكبيرة تتجمع زبدة العائلات الركينة في البلدة، تتبادل الرأي والمقترحات، تُدخل عليها تعديلات يشركون فيها العائلات الأخرى ليكون الأمر أمر بلدة كاملة في مواجهة العمدة. ومهما كان البيت مهابًا أو ملغمًا بالحراس، فإن أبو سماعين لا بد أن يكون حاضرًا، ليس بمقترحاته هذه التي انتحلوها فحسب، بل تنظر حولك فجأة فتراه جالسًا في طرف المجلس، وربما اكتشفت ـ أنت صاحب الدار وسيدها ـ أن خدمك قد تنازلوا لأبو سماعين عن سلطنة الشاي منذ وقت مبكر. قد ينسى الحاضرون وجوده لساعات طويلة، لكنهم يتذكرونه في كثير من اللحظات فيرونه بينهم، وقد تصك أسماعهم ضحكته المعهودة فتنتزعهم من استغراقة عميقة فيضحكون بصوت عالٍ.

ضحكته تجيء دائمًا في اللحظة المناسبة. ها هو ذا قد شد المجلس بها وجذبهم إليه، فإذا هو بعد برهة يترك سلطنة الشاي ويقترب منهم قليلًا، ثم يتقرفص أمامهم مشوحًا بيده في حركة تنبيه قائلًا إن الحكاية وما فيها بسيطة، وإن ربنا عرفوه بالعقل، وإنها تاهت ولقيناها:

ـ خذوا بالكم من كلامي، العمدة الآن ليس بعمدة، المفروض أنه مستقيل من منصبه منذ أن وافق على طلب ترشيحه للانتخاب عن دائرة بلدتنا. ومعنى ذلك أن قبضه على الأولاد ليس قانونيًّا.

إنه ليس من حقه أن يقبض على أحد أو يمارس العمدية على أحد. الشؤون كلها منوطة اليوم بشيخ البلد، الشيخ فراج، وهو من أعمدة العائلة، وهو كما نعلم رجل طيب ليس له في الطور ولا في الطحين. العمدة الآن رجل عادي مثله مثلنا، فكيف يأمر بالقبض على أولادنا؟! هذه واحدة. نجيء للتلغراف الذي تودون تشييعه لوزير الداخلية. ها أنتم تملون كاتبكم قائلين: السيد وزير الداخلية لقد فعل العمدة بنا كذا وكذا. والواقع أن الأمر لا يكون هكذا. إن هذا يكون ـ عدم المؤاخذة ـ تخريفًا في تخريف!

يضحك القوم المحترمون ضحكة أريحية، فأبو سماعين في النهاية صار منهم، صار ملمحًا ثابتًا لا يحق لأحد زعزعته أو الاعتراض عليه، لهم الحق فقط في إهانته وقتما يشاءون، ومصالحته بقرش تعريفة أو أكلة دسمة أو ربما ربتة على كتفه النحيلة. ثم إن أريحيتهم هذه ليست بدافع من كرمهم وحده، بل بدافع من الخجل الخفي الذي أحسه كلٌّ منهم على حدة لمجرد أن أبو سماعين قد نبههم إلى هذا الأمر وحده وهو خطير. كيف لم ينتبهوا من قبل هذه اللحظة إلى أن العمدة الآن لا يعتبر عمدة، بل شخصًا عاديًا يمكن النيل منه أو على الأقل تحييده؟ تتمدد الأريحية في الألغاد الصغيرة وعلى الوجوه الطيِّبة، تتنقل الابتسامة السمحة على وجوههم وهم يقولون في تسليم أكيد وإن بدا في لهجتهم استعلاء ساخر:

ـ أمال إيه بقى العقل يا أبو سماعين؟ ورينا.

يطلق أبو سماعين ضحكته المعهودة التي تجيء هذه المرة بمثابة

الموسيقى التصويرية التي تسجل عجزهم وترد عليهم سخريتهم، يقول لهم:

ـ إن البرقية التي نرسلها حقًّا يجب أن تكون للنائب العام، على أساس أن ما حدث يعتبر جرمًا خارجًا على القانون، هذه واحدة. والثانية أننا لا نقول في البرقية حضرة العمدة فعل كذا، لأن جملة «حضرة العمدة» في حد ذاتها سوف يكون لها تأثير على النائب العام بشكل أو بآخر، ربما حاول علاج الأمر بطريقة تمتد شهورًا يتضاعف أثناءها عذاب الأولاد في سجن البدروم. إنما علينا أن نكتب في البرقية اسم العمدة مجردًا، فنقول إن محمد عبد المنعم أبو سيف قد فعل فينا كذا. ثم هناك واحدة ثالثة، هي أننا لا نقول إنه قبض على أولادنا، لأن كلمة «قبض» سوف تثير دهشة النائب العام، وتلفت نظره إلى أشياء ليست في مصلحتنا. إنما علينا أن نقول إنه قد اختطف. آخدين بالكم؟ سيادة النائب العام ـ أفندم ـ أغثنا يا سيادة النائب، إن رجلًا ظالمًا من بلدتنا يدعى محمد عبد المنعم أبو سيف قد اختطف أولادنا فلان وفلان وفلان، وأخفاهم بواسطة عصاباته في مكان لا يعرفه أحد. أغيثونا من فضلكم، وطمئنونا على فلذات أكبادنا أدامكم الله ذخرًا للعدالة في البلاد. ونفيدكم يا سيادة النائب العام أن هذه العائلة مشهورة بالظلم طول عمرها، وتعيث في البلدة فسادًا، لا يردعها رادع ولا يوقفها حاجز، وإليكم توقيعات رؤساء عائلات البلدة عن بكرة أبيها.

تتمدد الراحة على الوجوه شيئًا فشيئًا، ويبدو أنها تتصارع تحت

الجلد مع نذر شريرة تغري بحب المغامرة. ووجوههم استهجنت الكثير مما قاله أبو سماعين تفصيليًا بدافع الخوف الدفين من التطرف على الحاكم والهزء به إلى هذا الحد، وتناقشوا كثيرًا في بعض عباراته التي رأوا فيها كثيرًا من الحدة وقلة الذوق والجرأة المبالغ فيها، لكنهم مع ذلك حين استمعوا إلى نص البرقية ووقَّعوا عليه بأختامهم وبصماتهم وشخبطاتهم لم ينتبهوا إلى أن البرقية لم تخرج في جوهرها عما قاله أبو سماعين، بل هي بنفس صياغته وألفاظه.

أبو سماعين ليس تائهًا عن تراخي القوم الأصيل فيهم. يدرك جيدًا أن المثل الشعبي الشائع بينهم: «كلام الليل مدهون بزبدة يطلع عليه النهار يسيح»، ليس مجرد قول براق جذاب، إنما هو حقيقة. فهذه الأمثال ـ يقول دائمًا ـ لا تأتي من فراغ، إن لها أصولًا ثابتة في سلوك البشر حتى لو أنكروا ذلك، لذا فإنه لن يترك لهم فرصة للتراجع، من غدٍ سوف يقوم بالخدمة، ها هم سادة المجلس قد جهزوا البرقية، ولم يبقَ سوى أن يذهب الأولاد التملية في الصباح بالركائب إلى مصلحة البرق في البندر ويسلموها نص البرقية مع الرسوم المقررة. وها هو ذا ينبه القوم إلى أن هؤلاء التملية قد تروح عليهم نومة ويضيع الوقت ويصبح هناك مجال للتراخي والتراجع، ينبههم إلى هذا لكي يقولوا له بطبيعة الحال: «من فضلك يا أبو سماعين ابقى خبط عليهم بعد صلاة الفجر صحيهم»، فعلى الفور يصيح: «طبعًا».

لا يقتضيه الأمر أكثر من سرحة في عزبة العبيد، يقضي فيها ساعتين أو ثلاثًا، وسرحة أخرى عند شاطئ ترعة خلَّاف خلف عزبة صباح، حيث يخلع ثيابه ويأخذ غُطسًا في الترعة. مع صوت الأذان يظهر

شبحه مقبلًا من خلف أبراج الحمام وسط الأشجار الكثيفة، يأكل أشياء يستخرجها من سيالته، ربما كانت لقمة طرية طرأت عليه من عزبة العبيد، وربما كانت ثمارًا من سقط هذه الأشجار جمعها في ذهابه وإيابه. يخرم على الدار التي ينام في حوشها التملية، يظل يطرق الباب حتى يضج كل من فيها. يضطر التملية إلى الاستيقاظ، يلاحقهم كل بضع دقائق، رائحًا جائيًا تحت الجدار ينده كل حين ندهة عالية. ينفتح الباب، وتخرج الركائب يمتطيها التملية بالفعل.

يروح هو يذكرهم بالورقة التي فيها نص البرقية، وباسم الرجل الذي سيمرون عليه في مكتب المحامي ليضمنهم لدى مصلحة البرق ببطاقته الشخصية، يذكرهم أيضًا بالنقود التي ستُدفع رسومًا، يعيد على أسماعهم كثيرًا من النصائح التي وُجهت إليهم بالأمس: كيف يقولون كذا حين يقال لهم كذا، ويردون بكيت حين يسألونهم عن كذا، يشد من أزرهم، ويوصيهم بتجميد قلوبهم إذا ما تصادف وقابلهم أحد من طرف العمدة:

ـ لن يحدث شيء، ولكن يعني خلوا بالكم. لا يداخلنكم شيءٍ من التردد. الشيء الوحيد الذي ستثبتون به رجولتكم حقًا هو أن تجيئوا بإيصال دفع النقود الذي يؤكد إرسالكم للبرقية. هاتوا هذا الإيصال ولو على جثتكم. سوف تكونون مهزأة البلدة طول حياتكم لو عدتم بدون إيصال البرقية. تذكروا هذا فقط، واتكلوا على الله وهو كارمكم بإذنه، فلستم تفعلون إلا خيرًا وجهادًا في سبيله.

تملية هم أي نعم، ولكن حتى التملية من حقهم أن يستهجنوا

نصيحة تأتي إليهم من أبو سماعين. إنهم تملية القوم، ولهم ما ليس لأسافل القوم الذين هم في الأصل منهم قبل أن يُلحقوا أنفسهم بالخدمة متطوعين لأيٍّ من العائلات الميسورة، ويصبحوا ينتمون إلى أحد بعينه من علية القوم يتمتعون بحمايته ويشملهم شيء من سيادته. أما أمثال أبو سماعين هذا، الصايع الضايع الأفيونجي، فليس له أي كيان، فكيف يحق له أن ينصحهم كأنه من علية القوم؟ هو أيضًا من جانبه يعرف هذا جيدًا، ويداعبهم قائلًا في سخرية: «حمار الأمير أمير الحمير». وإنه في النهاية لواثق من أنهم سيكونون رجالًا في تنفيذ المهمة خوفًا من لسانه وحده على الأقل، فهو وحده الذي سيحيلهم إلى هزأة مباحة لجميع الخلق.

يطلع التملية رجالًا بالفعل ويرسلون البرقية. يمر اليوم ولا حس ولا خبر. أبو سماعين يترصد القوم لكي يقولوا له في تهكم كأنه الحكومة المسؤولة:

ـ يعني ما حصلش حاجة!

حيث يرد عليهم من فوره:

ـ نعمل استعجال. إحنا ورانا إيه؟ ورانا إيه غيرهم؟ مصطفى كامل قال ما يموتش حق وراه مطالب، وسعد زغلول قال مفيش فايدة، يعني مفيش فايدة من المفاوضات السلمية، وإحنا لازم نفهم كده يا أسيادنا، اللي ما ينفعش بالكلام السلمي لا بد ينفع بالقوة. إحنا بقى نجيب القوة دي منين؟ نستلفها من الحكومة. إذا الحكومة استعبطت نستعبط أكثر منها، إذا طرمخت نروح لها في كل مكان موجودة فيه ونقلق منامها

لحد ما تيجي وتشوفلنا حل. ما هو اللي ما حيلتوش قوة لازم يستلف. ثم إحنا ورانا إيه؟ خسرانين إيه؟ دي الحكاية كلها ما تتكلفش ملاليم. نشيع غيرها وغيرها وغيرها، وحكمك يا حاكم لازم يبان في المحاكم.

وهكذا نشيع إلى النائب العام برقية ثانية ورابعة وعاشرة. يبتدع أبو سماعين بدعة في البرقيات، لم يفهموا مغزاها في أول الأمر إلا بعد أن شرحه لهم مضطرًا، إذ إنه أراد أن يحمل النيابة مسؤولية التراخي إن هي تراخت أكثر من هذا، فكان يوصي القوم بأن يكتبوا على كل برقية رقمها في وسط السطر، الثانية أو العاشرة أو ما شئت من أرقام تستجد، فهو بهذا قد أعطى النيابة إحساسًا بالمسؤولية، وهو أيضًا يصادر على أذناب العمدة في جميع المصالح الحكومية محاولاتهم إخفاء البرقية عن النائب العام أو التقليل من شأنها لديه، إذ لا بد أن برقية من كل هذه البرقيات ستقع حتمًا في يديه ولو بالصدفة، فيعرف من رقمها أن ثمة برقيات قبلها قد أرسلت، وثمة برقيات بعدها سوف تجيء، وأن الأمر تبعًا لذلك خطير. وبالفعل، ما كادت البرقية العاشرة تخرج من البلدة مسافرة إلى العاصمة حتى فوجئ المنتظرون دائمًا على المدخل الرئيسي للبلدة بفوج من العسكر السواري فوق الجياد، وخلفهم سيارة تقل بعض الأفندية، بدا من شكلهم المهيب أنهم النيابة لا شك والمباحث، أما هؤلاء فلا شك مأمور البندر ورجاله وقواته. من نظرة واحدة عرف أبو سماعين أن المأمور شخص مستجد، فليس هو المأمور الذي يعرفونه في البلد. هدأت عاصفة الغبار التي أثارها ركبهم، فاقترب منهم أبو سماعين

معرضًا نفسه لأن يسألوه عن شيء. وقد كان، هز العسكري السواري كرباجه المطوي في يده صائحًا:

ـ إنت يا جدع إنت، تعرف بيت المدعو محمد عبد المنعم أبو سيف؟

صاح أبو سماعين على الفور:

ـ أيوه يا سعادة البيه. اتفضل معايا وأنا أوريه لسعادتك.

فلوَّح له العسكري بالكرباج صائحًا:

ـ طب يلَّا انجر قدامي.

فاندفع أبو سماعين يجري أمام الركب كأنه يؤدي رقصة فيها الكثير من التشفي والابتهاج، ولا بد أنه كان مدخرًا في دماغه لحظتها نصف طن من الأفيون الخام حتى وصل إلى هذه الدرجة من اعتدال المزاج.

اخترق بهم الطريق دون أن يدري ـ كما بات يقول، حيث إن هذه الفكرة لم تكن قد خطرت على باله من قبل، إنما سطعت في ذهنه فجأة، ورأى نفسه ينفذها وقد فقد الحد الفاصل بين الجد والهزل ـ حتى وصل بهم إلى بيت زاطة المجنون، وأشار إليه قائلًا لهم:

ـ هذا هو بيته يا سعادة البيه. محمد عبد المنعم أبو سيف.

ثم انزوى في مكان خفي واختبأ فيه بحيث لا يراه أحد، في حين يرى هو كل شيء، ثم إنه لف التلفيعة حول رأسه مغيرًا من شكله بعض الشيء، ووقف في مخبئه يرقب العسكر وهم يترجلون عن جيادهم ويتركونها في حراسة الخفراء الذين خفوا إليهم من تلقاء أنفسهم بحكم أن دوار العمدة لا يبعد كثيرًا عن بيت زاطة. هما خفيران لا أكثر، وخلفهما بعض تملية عائلة العمدة، قدما نفسيهما بالطريقة

الرسمية. تلقيا أمرًا بمناداة العمدة، فقال الخفيران إن العمدة مسافر إلى القاهرة من أجل شؤون الانتخابات حيث يرشح نفسه. فتلقيا أمرًا بانتداب شيخ البلد، فقال الخفيران إنه هو الآخر ـ وهو العم الأكبر للعمدة ـ قد سافر مع العمدة ليساعده في بعض الأمور العائلية. فأين إذن شيخ الخفراء؟ قالا إنه هو الآخر يؤدي خدمة خاصة بالعمدة في المديرية. أي أن الضيوف الأجلاء لم يجدوا في استقبالهم من حكومة البلدة سوى خفيرين كحيانين، هما: علي الأزعر، القصير القزعة المتخصص في تبليغ المتهمين أمر القبض عليهم بالرضا والتسليم، وعبده الجحشة، المتخصص في سقي بهائم العمدة.

تقدم أفندي مهيب نحو باب البيت يحرسه رهط من العسكر المدججين بالسلاح والكرابيج. طرق الباب بكل أدب. خرج له زاطة يبسمل ويحوقل، أو هكذا يبدو، رافعًا بيده ذيل جلبابه النظيف، وعلى صفحة وجهه جهامة وعظمة لا حد لهما. وفي خطوة لهوجة وغطرسة وأحيانًا نزق، اقترب من الهيئة الحكومية الواقفة بالباب، فتح باب السور الخارجي نصف فتحة وهو يقول في استنكار مشبع باللامبالاة، غير مبالٍ بمنظر العسكر والضباط، ولا بلباس الأفندية الفاخر، كأنه يكلم خدمًا في معيته:

ـ إيه؟ فيه إيه يا ولد إنت وهو؟

انحطت فوق الجميع جبال من الفزع والذهول الجليدي، ولا أحد من الخفيرين أو التملية يجرؤ على التنبيه بأن الرجل مجنون، لأن هذا أمر غير مطروح في العائلة، وليس بينهم من يعترف به، وويل لمن يشير إلى هذا مجرد الإشارة بله أن يقول بصريح العبارة إن

الرجل مجنون. تيبسوا جميعًا لبرهة، خُيِّل إليهم خلالها أن ما حدث لم يحدث. لكن الأفندي المهيب الذي يبدو أنه الرئيس في هؤلاء، ما لبث أن استعاد حرارته، فاعتدل في وقفته وقد تلبسته غضبة شرسة راح خلالها ينظر إلى العسكر يستعديهم على هذا المأفون الجبان، شخط في زاطة:

ـ دا منزل المدعو محمد عبد المنعم أبو سيف؟

عوج زاطة لسانه في حلقه مستخفًّا بلهجة الرجل مرددًا:

ـ أيوه يا أخويا. منزل محمد عبد المنعم أبو سيف. سيدك وتاج راسك!

صرخ الرجل المهيب صرخة عالية حاول أن يستعين فيها بقوة الحكومة التي يمثلها:

ـ عايزينه حالًا!

فإذا بزاطة يهشه بعصاه العوجاية كما يهش كلبًا ضالًّا أو دجاجة شاردة، قائلًا:

ـ طب وسع شوية. وسع خلِّي الهوا يدخل.

صرخ الرجل المهيب صرخة أخرى كان يبدو أنها آخر ما في طوقه:

ـ احترم نفسك يا حيوان!

فما كان من زاطة إلا أن رفع حاجبيه دهشة وقال:

ـ حيوان! والله ما حيوان إلا أبوك، عشان ما عرفش يربيك. كلب ابن كلب سل مل.

صار الخفيران والناس يلطمون وجوههم، وعبثًا ضاعت محاولاتهم تُبين للقوم بدون تصريح أن الرجل مصاب في قواه

العقلية. إن هي إلا دقائق حتى فوجئ زاطة بالصفع والركل ينهالان عليه من كل منفذ، فاندفع في جنون هائل يسب ويضرب بالعصا وبأي شيء، حتى اضطروا إلى استخدام الكرابيج، فاندفع رهط من شُبان عائلة أبو سيف يتبعهم صف كبير من التملية يهجمون على العسكر والأفندية كالجاموس، يشبعونهم ضربًا وتلطيشًا في محاولة لتخليص زاطة. فما كان من الرجل المهيب إلا أن صرخ آمرًا بضرب النار، فانطلقت رصاصات في الهواء أرعبت البلدة، وبعثرت صفوف المعتدين تحت فوهات البنادق. تم تكبيل عدد كبير من التملية وشباب عائلة أبو سيف، ربطوهم جميعًا في بعضهم بعضًا بالقيود والحبال، كل مجموعة تربط في ركاب حصان. سأل الرجل المهيب الخفيرين عن المكان الذي تخبئ فيه العصابة مجموعة الشُّبان، فأنكر الخفيران معرفتهما بأي شيء. فلما سألهما عما إذا كان هذا الرجل المأفون هو المدعو محمد عبد المنعم أبو سيف، قالا نعم. فهل هو زعيم العصابة التي تخطف الشُّبان؟ أنكر الخفيران معرفتهما بأي شيء من هذا. أحس الرجل المهيب بغبار الكذب يصبغ لهجة الخفيرين، خاصة أنه قد لاحظ أنهما انحازا لفريق المعتدين دون أن يشعرا، فأمر باعتقالهما وربطهما أيضًا في ركاب الحصان.

على أن الرجل المهيب ما كاد يخطو نحو السيارة مصطحبًا رفاقه، حتى كان أبو سماعين من مخبئه قد أرسل له طفلًا لبيبًا بريء الوجه نظيف المظهر، تقدم من الرجل المهيب في براءة وثقة وثبات، قائلًا ما لقنه إياه مرسله:

ـ أنا عارف المكان يا سعادة البيه، اللي العصابة مخبية فيه الشُّبان.

فمال عليه الرجل المهيب وربت على كتفه في حنان وتشجيع قائلًا:

ـ براوة عليك! إذا وريتهولي حاديلك حاجة حلوة بس كبيرة قوي.

هز الطفل اللبيب رأسه قائلًا بنفس البراءة والصدق:

ـ لا يا سعادة البيه، أنا مش عايز حاجة، عيب، هو أنا باشتغل بالأجرة؟ دا أنا تلميذ ويمكن لما أكبر أطلع زي حضرتك.

وهذا أيضًا ما لقنه إياه أبو سماعين. انشرح وجه الرجل المهيب ومال على الطفل فقبَّله واحتضنه وربت على كتفه بحب كبير، وقال:

ـ براوة عليك! فعلًا أما تكبر حتبقى زيي وأحسن مني كمان. إنت دلوقت راجل بصحيح. يَلَّا بينا ورينا المكان.

أمسك الطفل بيد الرجل المهيب وسحبه ماضيًا به نحو دوار العمدة، ورهط من العسكر خلفهما في ذهول. حتى إذا ما وصل الطفل إلى الدوار سحب الرجل المهيب دافعًا الباب الصغير برفق. أشار الطفل نحو باب غائص في الأرض بمسافة عميقة وقال:

ـ هنا يا سعادة البيه. زعيم العصابة ساجنهم في البدروم ده.

وكان الأولاد المحبوسون قد نفذوا الوصية التي أبلغها لهم أبو سماعين سرًّا من خلال شبابيك البدروم المطلة على الشارع العمومي، عن طريق أطفال يتصنعون اللعب تحت الشباك بكورة شراب مثلًا، ويحدثون الشُّبان كأنهم يحدثون أنفسهم في أمور اللعب، وعن طريق مندوب كبير في السن متنكر في هيئة بائع سرِّيح هدَّه التعب فارتمى جالسًا يلتقط أنفاسه تحت شباك البدروم، ويهذي بكلمات توهمك بأنه من الدراويش المجاذيب الذين يقولون أي كلام، لكنه في

صيغة الأي كلام هذه يسرب كلامًا بل كلامًا خطيرًا موجهًا إلى الشُّبان المحبوسين في البدروم فردًا فردًا، يناديهم بانجذاب كأنه ينادي على أقطابه وأعمامه في الطريقة يطلب المدد، ويبلغهم أن عليهم أن يظلوا يصرخون ليل نهار صرخة في السماء وأخرى في الأرض، ففي السماء آذان صاغية وسوف تسمع هذه الصرخات.

لم يكن صعبًا على الرجل المهيب أن يعرف أنه في دوار العمدة، ولكن كان صعبًا عليه أن يرى أمامه بابًا مغلقًا على ناس يصرخون صرخة في السماء وأخرى في الأرض، صرخات يتصاعد منها الألم الشديد تنبئ عن عذاب وحشي. لقد فوجئ الرجل المهيب أنه أمام ناس يحتضرون احتضارًا، وأن عليه أن يفعل أي شيء لإنقاذهم أولًا، وليكن بعد ذلك ما يكون المجرم أو طبيعة الجريمة.

تحيَّر الرجل المهيب فيما يجب عليه أن يفعل إزاء هذا الباب الغائص في الأرض المغلق بأقفال ودرافيل. وحينئذٍ نبحت طائفة من الكلاب الشرسة مربوطة بسلاسل في تراسينة بيت العمدة، تكاد تفتت عمدان التراسينة الحديدية لتنقض على الجميع، فكان منظرها مخيفًا جدًّا، وأطلت نسوان العمدة من خلف التراسينات الدائرية باستدارة الجدران في كل اتجاه داخل الحوش الكبير: أم العمدة وزوجاته الثلاث ـ من نفس العائلة ـ وبناته الأربع العوانس وبنتان متزوجتان من عاطلين بالوراثة في العائلة ومقيمتان عند أبيهما على الدوام لا تذهب إحداهما إلى بيت زوجها إلا لكي تنام له فحسب، وأحيانًا ترسل له ليجيء وينام معها في بيت أبيها ويتغدى وينصرف، كلهن سوقيات، ذوات لسان زفر، بندريات صرف، غير محتشمات،

يتوهمن أن عدم الاحتشام والسوقية من قبيل المدنية، يلبسن القمصان المسماة بـ«الجابونير» عريانة الصدر والظهر والكتفين، الشعور الكرتاء منطرحة على الكتفين دون خجل أو حياء، يتبادلن التنكيت على هؤلاء الجُرَآء المغشي عليهم والذين سيلاقون لا شك حتفهم:

ـ هيء هيء، يا ندامة، يا أختي، آه، هـ، خوفتونا. هيء هيء. ربنا يشفي. شي الله يا عسكر وسواري كمان! ومتشطرين على الراجل العيان؟ يا حرام! على العموم كلها ساعات وكل واحد منهم ياخد جزاءه ويعرف مركزه.

وهكذا راح الرجل المهيب ينقل البصر مذهولًا في ذلك الذي يرى: صدور كبيرة تندلق أثداؤها على أفاريز التراسينات، يتشدقن بأقبح الألفاظ، ويمضغن اللبان، فخيل للرجل ـ لا بد ـ أنه أمام بيت سري من بيوت البغاء. وكنت أنظر في وجهه فأرى البصقة تتجمع في فمه وتكاد تنطلق في دائرة التراسينات المبتذلة، وكنت لحظتها أقرب واحد إليه، ذلك أنني كنت ذلك الطفل الذي أرسله أبو سماعين ليرشده إلى مكان الحبس هذا.

أرسل الرجل المهيب إلى التراسينات نظرة تجمعت فيها كل قدرته على الاحتقار والاشمئزاز، ثم حوَّل البصقة إلى نفخة مشمئزة في اتجاههم، ثم صاح فيمن حوله من العسكر:

ـ افتحوا الباب ده!

حاول العسكر، ولكن الباب كان تخينًا جدًّا غليظ الأقفال والدرافيل، وصراخ الشُّبان خلفه يقتحم الآذان ويغطي على نباح الكلاب ورقاعة ضحكات النسوان. طرق الرجل المهيب فوق الباب

صائحًا يا فلان، فرد عليه من الداخل صوت مدغوم غير واضح. ونادى الرجل ثانية يا فلان، فرد عليه صوت آخر لكنه غير واضح أيضًا. فنادى الرجل كل أسماء الشُّبان المدونة لديه في الشكوى، فردوا عليه جميعًا بأصواتهم ولكن دون نطق واضح. ومع كل صوتٍ كان يصيح رهط من المتجمهرين:

ـ ابني يا حبيبي! هو ده صوته!

هز الرجل المهيب رأسه بحركة ذات معنى، وقال إن الشُّبان أفواههم مكممة، وإنهم يتكلمون من حلوقهم باصطناع إيقاعات صوتية تشبه إيقاع حروف الكلمات، ثم نظر فيمن حوله من الأفندية، فقال بعضهم إن المسألة بالفعل خطيرة، بل أخطر مما كانوا يتصورون.

خرج الرجل فتبعوه في حركة استطلاع حول القصر من الخارج. توقف عند شباك مطل على الشارع غائص بدوره في الأرض حتى منتصفه. وأشار الرجل فجيء ببضعة رجال أشداء من أهل البلدة، تعلَّقوا بحديد الشباك وشدوه بقوة حتى نزعوه من أماكنه، ووسعوا بين أعواد الحديد مسافة تتسع لمرور جسدين، ثم ضربوا درفتي الشباك بالكريكات فانكسرتا. بالأمر نزل عسكريان ومخبران، لغبائهما الشديد لم يفكرا في خلع المعطف المترهل فانتزعه الشباك من كلٍّ منهما. تصاعدت من شباك البدروم روائح الرطوبة والعفن وعرق الشُّبان وجوعهم وروثهم؛ طوال عشرة أيام أو أكثر لا يتصل بهم أحد من أهلهم.

النساء المتبرجات خلف التراسينات خلعن كل البراقع، وصرن يقذفن في الشارع قللًا وأباريق من الفخار ممتلئة بالماء، تهوي في

الشارع مرتطمة بالأرض أو بالرؤوس، وصفائح قمامة، وطوبًا وزلطًا وقصاري زرع. اعتصم الجميع تحت سقف التراسينات، وخرج العسكر يحملون سبعة شُبان مثل الورد تحوَّلوا إلى خرق بالية، مكممي الأفواه، مربوطي الأيدي من الخلف، مهزولين لا يستطيع أحد منهم الوقوف على قدميه، يتألمون بصوت رهيب.

أمر الرجل المهيب بفك القيود وفك الكمامات، ثم أملى تقريره بدقة انبسط لها كل الواقفين، ثم اقتحم الدوار داخلًا المكتب الخارجي الذي فيه السلاحليك وآلة التلفون ومكتب العمدة وسكرتيره وعامل التلفون. لم يكن في المكتب لحظتها سوى عامل التلفون محمود فتح الله، الذي هو في نفس الوقت مندوب لوزارة الصحة في بلدتنا، ويملك في داره دفاتر خاصة قيدت فيها مواليد البلدة منذ أجيال بعيدة، نقلها من دفاتر الوزارة بصبر عجيب، وبات مشهورًا في البلدة أكثر من العمدة نفسه، بل إن العمدة ليقع في رجائه أحيانًا طالبًا خدمة. هو أيضًا مختص باستخراج شهادات الميلاد لكل فرد في البلد يريد شهادة ميلاد، مقابل رسوم يستقضيها من طالب المستخرج وفوقها أتعابه الخاصة. لن يكلفه الأمر شيئًا كثيرًا، سيلجأ إلى دفتره المفتوح على الدوام، حيث تجيء كل داية من دايات البلدة أو العزب المجاورة لها لكي تبلغه أنها أولدت اليوم طفلًا لفلان أو طفلة لعلان، بعدها بيومين يجيء والد المولود نفسه ليسجل اسم مولوده لدى محمود فتح الله، حتى يتسنى له استخراج شهادة ميلاد عند اللزوم. من دفتره الخاص يأخذ كل البيانات المطلوبة، وبعد أن تتجمع لديه بضع مأموريات تستحق السفر يذهب من فوره إلى المديرية

فيملأ استمارات رسمية ويوقعها ويختمها بخاتم المصلحة. هو كذلك المختص بأمور «القرعة» ومسائل التجنيد في بلدتنا، حيث يعرف تاريخ تجنيد كل شاب في البلدة ويبلغه به وبموعد «النظارة» وما إلى ذلك. وقد درج الناس في البلدة من كبيرهم لصغيرهم على أن يقصدوه في التأكد من تاريخ مولدهم لقاء خمسة قروش مثلًا.

محمود فتح الله عامل التلفون كان لبقًا متكلمًا، نظيف المظهر، مثلث الوجه، غليظ الشفتين، كبير الأنف، على جبينه زبيبة الصلاة كثمرة التوت، والطاقية الصوف ذات اللون البُني تتراجع إلى مؤخرة رأسه كاشفة عن جزيرة من الشعر الجميل. رغم أنه لم يحصل على شهادات مدرسية، وتعلم القراءة والكتابة في مدرسة البلدة، فإنه يتحدث مع كبار القوم من السياسيين والمدرسين والموظفين والمشايخ باللغة العربية الفصحى، وبعبارات مما يرد في الصحف، في لهجته وصوته رنة طيبة لكنها محايدة تعطي لكل إنسان حقه الواجب من الاحترام والتوقير.

قام باستقبال الرجل المهيب استقبالًا حافلًا بالانحناءات والاعتذارات اللبقة. قدم له آلة التلفون، فتناولها الرجل المهيب وأدارها، وطلب قوة من البندر وسيارة إسعاف وسيارة نقل. ثم جلس يتحدث مع محمود فتح الله، الذي استأذن من سيادته برهة قصيرة غاب خلالها ثم عاد، فجاءت في أعقابه صبية تحمل صينية عليها أكواب الشاي قادمة من أقرب بيت صادفه محمود فتح الله عند خروجه. جلس يستأنف الترحيب بالضيوف الأجلاء، ويكرر الاعتذارات عن الغائبين. عرف نفسه للضيوف تعريفًا جيدًا،

واستخدموه استخدامًا جيدًا. عرفوا منه كل شيء عن هؤلاء الشُّبان السبعة، وتأكدوا من أن التهمة التي يزمع العمدة تلفيقها لهم بزعم أنهم هاربون من الجندية تهمة باطلة، إذ إنهم جميعًا معفون بدفع البدلية، وهم جميعًا من خيار الناس، ومن أنضج الشُّبان عقلًا وخلقًا، وأهلهم ميسورون لا يستطيع أحد أن يذم أخلاقهم. ثم ينظر حواليه ليُشهد الواقفين من أهل هؤلاء الشُّبان على أنه خلَّص ضميره وقال كلمة الحق في شأنهم. وحقيقة الأمر أنه اضطر لقول الصدق نظرًا لوجود القوم حوله كأنهم يُحكمون حصاره، وكانت فكرة وجودهم داخل هذه الحجرة ولو على سبيل التطفل وتخانة الوجه من تدبير أبو سماعين الذي كان واقفًا في الخلاء على مبعدة يبحث عن زرار ضال ليشبكه في عروة مناسبة، ذلك أنه ليس في موقع اجتماعي يمكنه من أن يأمر بفعل كذا أو يقترح كذا، إنما كان يغري الأشخاص ـ من طرف خفي ـ بأن يفعلوا كذا. يقول لك وأنت واقف تنتظر خارج الحجرة: «أما لو الواحد يدخل ويسمع إيه اللي بيتقال جوه؟ والله لو كنت قريب واحد من العيال لدخلت بقلب جامد»، فتجد نفسك ـ وأنت أحد أقارب الشُّبان ـ قد زحفت من تلقاء نفسك شيئًا فشيئًا حتى تدخل بقلب جامد. ويقول للجالسين يتشاورون: «أما لو فلان الفلاني يعمل كذا وكذا!»، فيستحسن القوم الفكرة ويتحمس لها فلان نفسه فيقوم بتعديلها قليلًا وتنفيذها.

على أن محمود فتح الله حين أحس أنه قد خان سيده ووقف في صف البلدة، وأن ما قاله سوف يسجَّل في أوراق رسمية ويؤخذ عليه فيما بعد باللوم، وأن أحدًا من عائلة سيده ربما يكون قد سمعه،

حاول أن يعتدل فيمسك بالعصا من المنتصف، أن يشطب على ما قاله بجرة قلم، فأخذ يدافع عن تصرف العمدة، إذ مال هامسًا في آذان الضيوف الأجلاء بأن هؤلاء الشُّبان ذوو أنوف متعالية، متزعمة، مشاكسة، يحلو لهم إثارة الشغب لله في لله، وقد وصلت للعمدة أخبار مؤكدة بأنهم يثيرون الفتن في البلدة، ويحرِّضون على مقتله وعلى إثارة الفوضى:

ـ وبيني وبينكم يا أسيادي هم أولاد يستطيعون فعل ذلك وأكثر. ولكن العمدة قلبه أبيض، واضطر إلى أن يهوشهم، أن يرعبهم قليلًا، حتى يفيقوا لأنفسهم ولا يؤرقوا الأمن بعد ذلك، فاحتجزهم على زعم أنهم هاربون من الجندية، إلا أنه كان ينوي أن يتركهم بعد حين قصير، ولكن بعد أن يتشربوا الدرس ولا يصبحوا من الأشقياء.

بعد حوالي ساعتين من الكلام المسجَّل على ورق رسمي، تخللهما شاي آخر ثم قهوة ثم شاي مع أقراص، تدفقت الصواني الكبيرة على الدوار قادمة من جميع أنحاء البلدة، عليها كل ما لذ وطاب من الطيور المقلية واللحوم المشوية وأنواع الفطير وكافة الخيرات المتاحة، يدخل بها شُبان نبلاء الوجه في عشم كبير وشهامة تلقائية يصعب عليك صدها، بل إنك لتراهم تجنَّبهم الكسوف، يوسعون المكان ويضعون الصواني أمام الضيوف. وجد الضيوف أمامهم طائفة من الصواني الحافلة تدعوهم للأكل، وكانوا بالفعل قد جاعوا من طول الوقت والمجهود. وبدا على الوجوه رضا واسترخاء بعد طول عصبية وتوتر، وبدا أنهم قد أعيدت إليهم كرامتهم المسلوبة

المعتدى عليها، وشعروا كأن أهل البلدة يمسحون عن صدورهم ما علق بها من قاذورات هذه العائلة.

وفيما هم يتبادلون النظر في حيرة وتورط، دخل رهط من الرجال الكبار المحترمين في وقار مهيب، هم صور مكررة من آباء لهؤلاء الضيوف في قرى أخرى، فرض محضرهم على الضيوف أن يهبوا واقفين لاستقبالهم والسلام عليهم في احترام. كانوا أربعة يشكلون وفدًا من الزعالكة والعقالوة والجرانة والنجار. ما إن سلموا على الضيوف حتى وقف عميد الزعالكة بما اشتهر به من لباقة وقدرة على الخطابة في استقبال المرشحين والضيوف الكبار. وباعتباره من عائلة فيها لواء في البوليس ومحامٍ وطبيب وتجار كبار وموظفون في مصلحة المساحة، فوق ما فيها مِن فلاحين ذوي أملاك طائلة، فإنه يتقن فن الأصول ولهجة القول، ويفهم في منازل الرجال والألقاب والأوصاف المناسبة لكل لقب. خطب على المائدة خطبة قصيرة لطيفة حلوة اللفظ، فيها كلمات للمتنبي وأبي نواس وشوقي وعلي بن أبي طالب والرسول عليه الصلاة والسلام، رحب فيها بالضيوف السادة الأجلاء نيابة عن كافة أهل البلدة، منوهًا إلى أن هذا الغداء ليس يقصد من ورائه أي شيء سوى القيام بالواجب وهو ديدنهم، إنه غداء الشعب، وشعب هذه البلدة الأبية العظيمة ليؤسفه بالغ الأسف ما ظهر اليوم من سلوك بعض أهلها، وهم أهلنا في نهاية الأمر، صحيح أننا قد نكون على خلافات حول بعض الأمور، ولكنهم في النهاية من أهل البلدة، ولهم علينا حق الاعتذار عما بدر من حريمهم في غيبة رجالهم، ومهما يكن من أمر فليمسحها الضيوف في جبينهم،

ويبقى هناك شيء أخير هو أن الضيوف الأجلاء إن رفضوا هذه العزومة الشعبية فإنهم بذلك يكسرون خاطر بلدة برمتها. ثم استوى جالسًا أمام إحدى الصواني مشمرًا ذراعيه ناظرًا حواليه قائلًا للجميع:

ـ هيا، باسم الله الرحمن الرحيم.

فنزل الجميع وراءه في الحال دون تردد، وشرعوا في الأكل كأنهم في بيوتهم، وقال الرجل المهيب وهو يمضغ اللقيمات في سأم:

ـ مش كان لازم نطمئن الأول على صحة المصابين حتى يجينا نفس ناكل؟

فنظر له عميد الزعالكة وهو يفسخ الديك الرومي إلى قطع يرمي بها هنا وهناك أمام ملاعق الضيوف، ثم قال له:

ـ اطمئن سعادتك، أهاليهم أسعفوهم. وتحت أمركم في أي لحظة.

ثم اندمج في الأكل بشهية يعمد بها إلى فتح شهيتهم، وقد نجح في ذلك بالفعل، حتى إن الصواني كلها رجعت خاوية، حيث أتى العسكر على ثلاثة أرباعها في سرعة هائلة.

فيما هم يغسلون أيديهم على الطشت والولد يصب عليها من الإبريق النحاسي الكبير، صلصلت أجراس عربة الإسعاف، وخلفها سارينة عربة البوليس مرعِبة مجلجلة تهدد بالويل وعظائم الأمور. سرعان ما حملت عربة الإسعاف المصابين واندفعت بهم عائدة، يتبعها الأفندية بقيادة الرجل المهيب، خلفهم العسكر السواري تجرجر خيولهم الناس المربوطين بالحبال بمن فيهم محمود فتح الله الذي لم تشفع له لباقته، وبينهم زاطة الذي انتابته حالة هستيرية موسيقية، فصار يتراقص وهو موثق صائحًا:

ـ سلامات يا حكومة، يا حكومة سلامات، سلامات سلامات، عدوك مات، يا حكومة سلامات.

خلفهم عربة عليها قوة من الجنود المسلحين، في أعقابهم انطلقت الركائب من كل اتجاه تحمل الوجهاء والكبراء يتبعونهم إلى البندر، يحملون نقودًا لأطباء المستشفيات، ورسائل لمحامين يقيمونهم على قضايا سوف تقام في النيابات والمحاكم. وتهيأت البلدة كلها لإنفاقات باهظة سوف تنفقها عن رضا ولذة، وصدامات مع عائلة العمدة سوف تتصادمها أيضًا عن رضا ولذة فائقين.

تستمر الأوضاع شهورًا طويلة على أعلى درجة من التوتر والقلق، وصوت طلقات الرصاص يدوي في الحقول في أنصاص الليالي، وأصوات الفجائع تتوالى مع الأصبحة عن قطن انتزعت أشجاره، وقمح احترقت سنابله، وأرض أغرقت، وبهيمة فطست، وشُبان سقطوا، بفعل فاعل مجهول.

٩

عبود عبد الشافي

الضيوف الأجلاء لم ينسوا ما لحقهم من إهانات فاضحة، ولم يفرطوا في حقوقهم. ولقد علمت من أبو سماعين أن الرجل المهيب وحاشيته قد خاضوا معركة رهيبة مع أقطاب عائلة العمدة الكثيرين في القاهرة في مناصب مختلفة، وآخر ما وصلت إليه نضالات الرجل المهيب إيقاف العمدة عن العمل وحرمانه من الترشيح حتى تنتهي القضية التي رفعتها النيابة ضده وضد رهط من عائلته أمام المحاكم، ويترافع فيها محامون من فصيلة عبد الفتاح الطويل باشا أو ما أشبه.

على أن أهل البلدة سرعان ما تكاتلت قضاياهم وتكاثفت. ذلك أن أبو سماعين تجوَّل في البلدة عدة جولات شاف خلالها مزاجه وانبسط، ثم أوصى لمعظم العائلات الرؤوس برفع أنواع من القضايا ضد العمدة وعائلته سواء بالحق أو بالباطل. وكان أبو سماعين يزم شفتيه ويطلق ضحكته الشهيرة سعيدًا كلما سمع أن فلانًا من أهل البلدة رفع قضية ضد فلان أبو سيف، ويقول مطرقعًا أصابعه

٩٣

في بعضها كالملسوع من النار: «حلو! كثرة القضايا ضد هذه العائلة كفيلة بإسقاط حقها في العمدية».

وقت ذاك كان عبود، ابن عبد الشافي تاجر الحبوب الميسور، قد حصل على ليسانس الحقوق من جامعة القاهرة، وذبح أبوه ثلاثة عجول وزِّعت على جميع السابلة والمعوزين، وأقيم فرح غنى فيه سيد مرسال، أشهر مطرب في الناحية. وكان عبود هذا شابًّا مؤدبًا من يومه، يدعو له جميع الناس بالنجاح. كذلك كان صديقًا لأبو سماعين، يستعير منه الكتب الصفراء القديمة المطوية في جيبه على الدوام، ولا يدري أحد من أيِّ مكان يحضرها، وإن كان يقال إنه يشتريها من مكتبات دسوق، في مقابل ذلك يعيره عبود كتبًا حديثة للدكتور طه حسين والعقاد والمنفلوطي ومصطفى صادق الرافعي والدكتور هيكل، وروايات تاريخ الإسلام لجرجي زيدان، وأحيانًا كتبًا في القانون يطلبها أبو سماعين بالاسم، ويتضح جهل عبود بها فيسأل عنها ويشتريها ويغامر بإعارتها لأبو سماعين فتستمر عنده جمعة أو جمعتين.

كان ذلك أمرًا مشهورًا في محيط حيِّنا، ويتساءل الناس بكثير من الدهشة كيف يتساهل عبود في كتبه إلى هذا الحد فيعيرها لرجل كهذا يكورها في جيبه ويفصصها وربما تضيع منه في أي مكان ينام فيه! أما أنا فقد كنت مبهورًا بعبود، وبكلمة الليسانس بالذات، انبهارًا شديدًا جدًّا، خاصة أن أبو سماعين كان دائمًا يدعو أن يراني قد حصلت أنا الآخر على هذه الشهادة العالية. كنت أتكلم مع عبود كثيرًا كلما جاء إلى دكان معلمي سعد الله لكي نقيس عليه ثيابه الجديدة الكثيرة.

لم يكن يضيق بثرثرتي، بل كان يجاوبني على كل شيء. سألته مرة ـ لأثبت له أنني عميق الفهم للأمور ـ نفس السؤال الذي يردده الكبار، وأضفت تعبيرًا عن فطنتي:

ـ أليست هذه الكتب هي مكتبتك القانونية حين تصير محاميًا؟

فابتسم ونظر لي نظرة إعجاب خاص، وقال إن أبو سماعين يحافظ على الكتب أكثر منه، ويردها له في الموعد الذي يحدده، ثم إن الكتاب لا يضيع من أبو سماعين أبدًا، قد يضيع من أي شخص آخر أما أبو سماعين فلا؛ إنه أحسن من يفهم قيمة الكتاب ويحنو عليه، لو ضاع منه كتاب لحزن عليه أكثر من حزن أيٍّ منا على فقيد عزيز.

في الحقيقة، لقد انبهرت من قول عبود وسألته ـ وما كان ينبغي أن أسأل بالطبع ـ هل هو يعتبر صديقًا لأبو سماعين، فقال على الفور كأنه يستنكر سؤالي:

ـ طبعًا.

ثم أضاف:

ـ ده راجل بركة. محدش فاهمه. دا اللي يفهمه يستفيد منه أكبر فوايد.

بمجرد حصول عبود على الليسانس بدأ يُكثر من السفر إلى المديرية كل بضعة أيام ليمكث هناك أيامًا، وبدأ ـ طوال الأيام التي يوجد فيها في البلد ـ يُكثر من الجلوس مع أبو سماعين على المصاطب في الطرقات، على قاعدة ساقية، على شاطئ قناة، تحت نخيل بحر السبيل. ولقد طغت هذه الظاهرة على سطح الأحداث حتى نافست أحداث خلافات البلدة مع العمدة وعائلته المستبدة.

العلاقات وصلت إلى ذروة الجنون من جانب عائلة العمدة، وذروة الحكمة من جانب بقية العائلات. وفي كل يوم هناك جديد يتحدث فيه الناس ويشغلون أنفسهم به، لكن ظاهرة الجلسات الانفرادية الطويلة بين عبود وأبو سماعين احتجزت لنفسها وقتًا من حديث الناس واهتمامهم، حتى كبار القوم الذين من المفروض أنهم منشغلون بأمورهم، يدعكون لحاهم البيضاء في اندهاش بالغ قائلين: «يا أخويا إيه الحكاية؟! أبو سماعين اليومين دول لازق للأستاذ عبود عاوز منه إيه؟ دا الواحد كل ما يروح في حتة يلاقيهم مع بعض!». على أن الإشاعة التي استقرت بعد ذلك بسرعة، وصدَّقها الناس إلى حدٍّ كبير، هي أن الأستاذ عبود يعمل الآن ـ بإيحاء من أبو سماعين ـ على فتح أول مكتب محامٍ في بلدتنا يكون فرعًا أو نواة لمكتب أساسي يفتحه في البندر بجوار المحكمة، وأنه ـ الأستاذ عبود ـ سوف يعين أبو سماعين كاتبًا في مكتبه هذا، وأنه قد آن الأوان لكي يخلع أبو سماعين ذلك الجلباب الأبدي الرث، ويرتدي البدلة والطربوش من جديد.

إلا أنني بحكم ارتباطي بالشخصيتين سمعت طرفًا كبيرًا من الحديث بينهما، ولقد تأكد لي أن أبو سماعين خلال تلك الجلسات الانفرادية بينه وبين عبود قد نجح في أمور كثيرة: اختار له مكتبًا يتمرن فيه لأحد المحامين الكبار جدًّا في المديرية، اسمه خالد البرادعي، أحد أقطاب الوفد اللامعين في كل ترشيحاته ووفوده ولجانه، كما أنه أحد أقطاب اللجان الاستشارية بوجه عام، ويقع عليه اختيار الحكومات في عهود كثيرة ليفصل في أمر قانوني أو يترأس لجنة

أو هيئة أو ما إلى ذلك. وصحيح أنه كان مشهورًا في العِب كله لدرجة أن الناس عند العراك يهددون بعضهم بعضًا بالقتل والمجيء بخالد البرادعي للحصول على البراءة، إلا أن أبو سماعين كان دونًا عن الجميع يعرف عن الأستاذ البرادعي كل المعلومات، ويعرف ناسًا على صلة نسب وثيقة به في العزبة الفلانية المجاورة لبلدتنا. تطوع بمرافقة عبود إليهم ذات يوم بالركائب، حتى توسطوا لعبود وألحقوه بمكتب الأستاذ. ذلك أن الالتحاق بمكتب الأستاذ حينذاك لم يكن سهلًا، فهناك اعتبارات كثيرة لا بد أن تتوفر فيمن يوافق الأستاذ عليهم ليعملوا لديه وباسمه أمام القضاء، فهو يعتبر أن المحامي الذي يتمرن عنده لا بد أن يكون صورة مصغرة منه شخصيًّا، حتى إذا ما وقف أمام القضاة تحت علم اسمه كبر وصار كأنه هو، وأي محكمة سوف تعامل مندوبه بنفس القدر من الاحترام والإنصات، فلا بد والأمر كذلك أن يكون هذا المحامي الشاب من أوائل الخريجين النجباء الأذكياء، هذه قاعدة أولية، ثم لا بد أن يكون وفديًّا هو الآخر مثل صاحب المكتب، ويا حبذا لو كان من بين الزعامات الطلابية وله مواقف مسموعة خارج أسوار الجامعة. هكذا كان يفرض الأستاذ خالد البرادعي على من ينالون شرف الانتساب إلى مكتبه. غير أن عبود حين التقى بالأستاذ البرادعي لأول مرة للمناقشة على سبيل التعرف ـ وهو الاسم المهذب للامتحان والاختبار ـ كانت شخصية أبو سماعين حاضرة، بل ماثلة في ذهنه طوال فترة اللقاء التي استمرت ما يقرب من ساعتين، حيث عرف عبود من أبو سماعين كيف يتخاطب مع مثل هذا الرجل الداهية، وكيف يقنعه أنه شاب ذو مبدأ وذو موقف

سياسي يتجانس مع موقف الأستاذ، بل إنه ذو قضية، وقضيته قضية بلدة بكاملها، من أكبر بلدان اللِعب كله، وتعتبر الورقة الرابحة في يد أي مرشح انتخابي وبدونها لا يفوز أحد، تستبد بها عائلة مجنونة تنتهك حرماتها وتذل كبرياءها.

استطاع عبود أن يملأ دماغ الأستاذ ويحصل على إعجابه. فما إن استقر الأستاذ عبود عبد الشافي بمكتب الأستاذ البرادعي حتى بدأت عراوٍ جديدة يحوكها أبو سماعين. إنه لينافسني في شغل العراوي ولكن على طريقة الحياة، سريعًا ما يفتح عروة في طرف موضوع ثم يحوكها جيدًا، كما أفعل أنا بالخيط والإبرة، ثم يحوك لها زرارًا في طرف آخر بعيد جدًا، وبأعجوبة أسطورية يلضم الزرار في العروة. وإذا كنت أنا وزملائي نمل من عراوي صديري واحد لكثرتها وكثرة أزرارها، فإن أبو سماعين يستطيع أن يظل يصنع العراوي في أطراف الموضوعات والعلاقات بين الناس فيحوكها جيدًا ويضع لها في المقابل أزرارًا مهما طالت قامة الموضوع.

هكذا دخل زرار مربوط في صدر المديرية اسمه خالد البرادعي، في عروة مفتوحة ومشغولة بالحياكة في صدر مشكلة بلدتنا اسمه عبود عبد الشافي المحامي تحت التمرين. فإذا بدم جديد يتدفق في عروق القضية فيحييها ويهيج قروحها القديمة المتجددة على الدوام. وكانت الجلسات الانفرادية المتكررة التي حدثت وتحدث بين عبود وأبو سماعين هي في الواقع جلسات بحث وتمحيص في بنود عريضة دعوى يرفعها الأستاذ عبود عبد الشافي باسم البلدة كلها في مكتب الأستاذ خالد البرادعي المحامي الكبير. ومن غيرك

يا برادعي يستطيع أن يغرز أسنانه في لحم عائلة العمدة فيوجعها؟ وحسبما توقع أبو سماعين، لقد فرح الأستاذ البرادعي بهذه القضية فرحًا كبيرًا وقبل فيها أتفه الأتعاب، فهي فرصة ينفس فيها عن حقده الدفين ضد خصومه في السياسة الذين فوق ذلك أصبحوا خصومه في الإنسانية بما يرتكبونه من فاحش الأفعال.

لم يجد الأستاذ عبود صعوبة في جمع توقيعات، حيث تكفل أبو سماعين بصنع عراوٍ وحياكة أزرار بين كل العائلات المتناحرة، حتى تلك التي كانت حليفة لعائلة العمدة بحكم مصالح متبادلة أو نتيجة ضعف أسري. هو خبير بالناس والعلاقات والأشياء خبرة تمكنه من السيطرة على النفوس كما يهوى، إذ هو بتعبيره يعرف كيف يهرش للناس مطرح ما تستحلى، ففي نفس كل إنسان منا منطقة نفسية معينة أو أكثر من منطقة يستلذ الهرش فيها كما البدن سواء بسواء، وهو يعرف هذه المناطق النفسية، ويقول ضاحكًا إنها ليست عبقرية ولكنها أمر يستطيع كل إنسان أن يعرفه لو أراد. وكان لا يفتأ يردد: «العلاقات بين أولاد آدم وبعضهم تشبه هذا الصديري الذي في يديك، هي التي تسترنا وتستر عوراتنا، هي الثوب الذي لا بد أن نلمه حول جسدنا». وكنت أظن أن هذا الكلام من قبيل الحكم الأفيونية، ولكنني شهدت بصدقه حين رأيت البلدة كلها، بفضل جهوده العظيمة والمنكورة في نفس الوقت، توقع ببصماتها على أغرب توكيل شهدته مكاتب المحامين على اختلاف مستوياتها، بموجبه يصبح الأستاذ البرادعي وكيلًا رسميًّا عن بلدة برمتها ضد عائلة واحدة. وهكذا أقام الأستاذ البرادعي دفاعه مطالبًا بنزع العمدية عن هذه العائلة، بعد أن نجح ـ

بإيحاء من أفكار أبو سماعين عبر الأستاذ عبود ـ في تجريم العائلة ودمغها بالجنون المتوارث.

شهور طويلة والقضية قائمة على قدم وساق، كلفت البلدة الجلد والسقط، ولكن العمدة خسر في النهاية كل شيء، وخرجت العمدية من عائلته إلى الأبد. وكان يوم انتقال آلة التلفون من دوار السوايفة إلى مبنى المدرسة ـ مقر العمدية المؤقتة التي أسندت مؤقتًا لشكري أفندي ناظر التفتيش ينوب عنه الشيخ عبد العزيز أبو غلاب إمام المسجد الكبير ـ يومًا من أيام بلدتنا لا تنساه ذاكرتها أبدًا، دقت فيه طبول، ورفرفت زغاريد بقدر يفوق جميع ما أطلق في جميع أفراحها طوال حياتها من زغاريد، يومها أبيح لكل من هب ودب أن يسخر من لهجة العمدة، وأن يقلدها كما كان يفعل الكبار في جلساتهم الخاصة، بأن يلوك الواحد منهم لسانه في حلقه مصعدًا أصوات الحروف ليخنقها تعبيرًا عن الأنفة والغطرسة الشديدتين اللتين تتميز بهما هذه العائلة.

١٠
الحاج مصطفى الحداد

لو أن أحدًا، كائنًا من كانت مرتبته في البلدة، قال في مجلس من المجالس، ولو على سبيل المزاح العابر، إنه يرشح الحاج مصطفى الحداد لعمدية البلدة، لجر على نفسه، ليس فقط كثيرًا من السخرية والاستهجان، بل ربما تعرض للضرب والإهانة إذا ما كان المجلس يضم أفرادًا من عائلات كبيرة في البلدة، فبلدتنا تضم أعدادًا هائلة من العائلات الضخمة التي يعمل لها الجميع ألف حساب، فلا يدوسون لبعضهم البعض على طرف. وربما كان هذا هو الشيء الوحيد الذي أقام نوعًا من التوازن في أمن البلدة. فهناك أكثر من ثلاثين عائلة مرهوبة الجانب، يقدر عدد أفرادها بالمئات وعدد فدادينها بالآلاف. بعض هذه العائلات تحتل بلدانًا صغيرة وعزبًا مجاورة تُسمى باسمها. لكن الجميع مع بعضهم سمن على عسل، حدود الأراضي متجاورة، الخصوبة معدية هي الأخرى، عدوى الاخضرار ذات نفس سمحة لا تفرق بين أرض هذا وأرض ذاك، فكل الأراضي حقلها ميدانها. هكذا النفوس أيضًا بين أصحاب هذه الأراضي

وبين أهل البلدة كلهم: أفراد من هذه العائلة أو تلك يتطوعون بمساعدة الجيران في جمع أو نقاوة أرز أو حصاد أو ري أو دفع مخاطر، لكي يساعدهم الجيران نفس المساعدة في ظروف قادمة، حقولنا حقولكم، بهائمنا تحت أمر سواقيكم، محاريثنا ونوارجنا بل وأولادنا فداء لكم، النقوط في الأفراح حضور حي للعائلات، الشربات على شرف العريس في استقبال موكبه عند المرور على كل بيت أمر لا يفوته أحد، سيقان الرجال تنهب الأرض جريًا في إنقاذ بهيمة فطسى، يمنعونها من الوقوع، فإن وقعت يمنعونها من الضياع، لا بد أن يلحقوها بالسكين، ولا بد أن يشتري كل فرد قطعة من لحمها بسعر السوق، حتى لو كانت غير صالحة للأكل، فليأخذوها إلى بيوتهم ويتصرفوا فيها كيف يشاءون، المهم أن ثمنها لا بد أن يتجمع في يد صاحبها يزيل عنه هول الفاجعة، الصوات الملتاع إن أطلقته امرأة هب الرجال من رقادهم فزعين وهرعوا ينقذون، إن كان حريقًا فلا بد أن تخمده البلدة في رقصة فرعونية منتظمة، حيث تخرج جميع النساء بجميع الجِرار، تنتظم صفوف الرجال تلقائيًا من أقرب مصدر للماء حتى قلب الحريق، النسوة كالغزلان المائسات يسلمن الرجال جِرارهن ويتلقفن غيرها ليسرعن بملئها من الترعة أو القناة أو ميضأة المسجد، حتى لتشغي البلدة كلها بالحركة من أولها إلى آخرها، والكل يعمل على إخماد الحريق حتى ولو كان في بيت من عائلة معزولة كالسوايفة.

هذه العائلة تكتسب عزوة وأصالة وقوة، وترى لنفسها الحق في العمدية أو على الأقل الترشيح لها، بالإضافة إلى ذلك هناك مجموعة

أخرى قليلة من عائلات ليست كبيرة في عدد أفرادها ولكنها كبيرة الحجم، أفرادها قليلون أي نعم، ولكن العائلة الواحدة ترى منها محاميًا ومدرسًا وطبيبًا وصيدليًا وضابطًا في الجيش أو كنوستبلًا في البوليس، صحيح أن أعلامها هؤلاء يقيمون في المدن إقامة تامة ولا يحضرون إلا كل بضعة أعياد، لكن حضورهم يظل أبدًا يسحب على دورهم وعلى أهلهم في البلدة هالة من الرهبة والاحترام. لهم أبناء موظفون في جهات حكومية حساسة، وأهلهم في البلدة يتوسطون كل يوم لأهالي البلدة في تخليص أوراق هامة وخدمات جوهرية. حقيقة الأمر أن هذه المجموعة القليلة من العائلات، التي تمثلت في الزعالكة والعقالوة والنجار والبكاروة، والتي تنحدر كلها في الأساس من أصول زراعية وتجارية محضة، آمنت بالعلم وانتبهت إلى جدواه الاجتماعية منذ وقت مبكر، ويغلب على الظن أنهم من أحفاد الجيل العربي القديم الذي استوطن بلدتنا عن طريق نظام الارتباع الذي حدثنا عنه أبو سماعين، إبان الفتح الإسلامي لمصر، وقد انتبهوا إلى ضرورة العلم والوظائف الحكومية متأثرين بالأقباط المصريين الذين عاشروهم قرونًا طويلة، وكانوا فيما مضى يغرمون بالتعليم الأزهري الصرف، ولكنهم تأقلموا مع الزمن فأدخلوا أبناءهم المدارس المدنية والمهنية، مع ضرورة أن تحتفظ كل عائلة لنفسها بابن من أبنائها يدرس في الأزهر الشريف ويصبح شيخًا له جلاله، تستمد منه العائلة حظوة كبيرة بين الناس. يغلب على الظن أنهم عرب لأن معظمهم يحتفظ في داره بشجرة العائلة، وهذا تقليد عربي خالص كما أفهمني أبو سماعين.

هذه العائلات ـ في حقيقة الأمر ـ هي التي باتت ذات القوة الفعلية الحقيقية في البلدة. فكثرة الرجال وكثرة الأموال لا تنفع العائلات في تعاملها مع الحكومة، بل ينفعها رجالهم الذين حصلوا على قسط من العلم وأصبحوا في مواقع حساسة في الجهاز الحكومي، أولئك الذين لم يفُتهم الميري، فليسوا في حاجة للتمرغ في ترابه مثل الآخرين. لقد باتت هذه هي القوة الحقيقية التي تستمد منها هذه العائلات محدودة العدد والمال سلطانها وهيبتها في البلدة، وكانوا بالفعل أليق بهذا السلطان وهذه الهيبة. كنا نحكم بذلك من خلال أولادهم الذين أصبحنا نزاملهم في المدرسة، حيث كنا نلاحظ أن الأولاد الذين يثيرون خيالنا بنشاطات رياضية وفنية متفوقة كانوا من أبناء الزعالكة والعقالوة والنجار والبكاروة، وكنا نحبهم لفرط أدبهم وحسن تربيتهم، بالقياس إلى الآخرين ممن هم في مستوى ثرائهم وبغددتهم. كانوا في أنظارنا النموذج الأرقى لمن نسميهم بـ«أولاد الناس»، فهم يتشابهون مع أبناء العائلات الأخرى الثرية في نظافة المظهر باستمرار، والثياب الثمينة الجديدة، وانتعال الأحذية التي فُصلت خصيصًا لهم، والتزود بالمأكولات والفواكه في أكياس من النايلون، والحقائب الجلدية بدلًا من المخالي. إلا أن أبناء العائلات الذين لهم صلة بالعلم والوظائف الحكومية كانوا يمتازون ـ رغم سمار وجوههم ـ بالأدب والفصاحة واللباقة، يأخذون عشرة على عشرة في دروس المحفوظات والإنشاء، ويرأسون جمعيات الخطابة والتمثيل والكشافة، والأهم من كل ذلك وغيره أنهم كانوا يعاملوننا باعتبارنا تلاميذ مثلهم في مدرسة واحدة رغم حفائنا وسوء مظهرنا

وزناخة رائحتنا، وتخلو لهجاتهم وسلوكياتهم نحونا من نزعات التحقير والسخرية والاستعلاء والاستقواء التي كان يمارسها علينا كل من انتعل حذاء.

هذه العائلات هي الأخرى كانت تطمح في العمدية، بل إنها سعت إليها مرات عديدة في عهود مختلفة، وكانت تعرف مُقدمًا أنها لن تحصل على نزع هذه اللقمة السائغة من حنك السوايفة، ولكنها تحب أن تسجل لنفسها في تاريخها شرف المحاولة.

فيما عدا هؤلاء وأولئك فعموم الناس في بلدتنا طيبون ولا يطمحون في شيء ولا يرشحون أنفسهم لأي شيء. عموم الناس في بلدتنا ـ مع كل هذه العائلات القوية الجبارة ـ رهط كبير جدًّا من الأنفار الشغِّيلة والتملية والعمال الزراعيين والحِرفيين من خياطين ونجارين وحدادين وبرادعية وغربلية وعتيقة وسمكرية بوابير جاز وبقالين، فضلًا عن صغار الفلاحين من ذوي نصف فدان فأكثر قليلًا.

أبو سماعين يعرف دخيلة هؤلاء وأولئك من كل أهل البلدة. وقد لاحظ عموم الناس أن أبو سماعين قد بدأ يختفي من مجالسهم أيامًا طويلة. لم يقلقوا بالطبع، لأنهم كانوا يرونه من حين إلى حين مستغرقًا في مجالس العائلات الكبيرة المرموقة، ينسحب من واحد ليقبِل على آخر. موضوع العمدية مطروح في كل مجلس، أبو سماعين لا يفعل شيئًا في الظاهر، وإن كان هو الدينامو الذي يحركه، وفوق ذلك يمسك بعجلة القيادة من طرف خفي ليوجهه في وجهات معينة. هو في كل مجلس يشيع ـ همسًا ـ أنه قد سمع من مصدر موثوق منه

أن العمدية سوف ترسو على العائلة الفلانية بعد سعي جهيد من عميدها فلان. لا يقابل المجلس هذه الإشاعة بالاستهجان، إذ إن هذه العائلة يمكن بالفعل أن تكون واردة. لكن أبو سماعين ينتظر الطعون التي يتوقع تتابعها في المجلس بطريق غير مباشر، إذ يبدأ كل واحد في المجلس فيقول على سبيل المجاملة إنه لا يمانع في أن يكون الحاج فلان أو الحاج علان هو العمدة، بل يسره ذلك في الواقع، لكنه ـ فقط ـ يخشى من... ويبدي بعض التحفظات التي يصفها بأنها بسيطة، وهي في الواقع مطاعن خطيرة في الشخصية وفي العائلة بأسلوب متحفظ لبق.

لم تستغرق الجولات أكثر من أسابيع قليلة، تأكد لأبو سماعين خلالها أن عمدة من أيٍّ من هذه العائلات المرموقة سوف يكون وبالًا على البلدة، سيكون على الأقل استمرارًا للوضع الذي كان. فصحيح أن عائلة في سخف السوايفة وجلافتهم وغطرستهم وعجرفتهم لم ولن توجد مرة أخرى في بلدتنا، لكنه متأكد الآن أن العمدية تفسد الناس، فالإنسان بغير قوة، غيره بقوة، ربما اختلفت شخصيته تمام الاختلاف. هكذا كان يردد أبو سماعين حين استأنف جولاته بين عموم الناس ومجالسهم في الشوارع وفي الدكاكين. كل عائلة من العائلات المرموقة التي طُرح اسمها للترشيح للعمدية لم تنجُ من مطاعن خطيرة، جمعها أبو سماعين في دماغه من مجالس علية القوم، ونشرها في مجالس عموم الناس مطورة بشكل فني بارع لم أعهد له مثيلًا من قبل ولا من بعد.

فأبو سماعين في الواقع ليس يجرؤ على الطعن في شخصية

أو كفاءة أحد، بله أن يكون هذا الأحد مرموقًا من عائلة مرهوبة الجانب. فماذا يفعل ولديه مطاعن كثيرة يقتنع بخطورتها ويرى ألا مفر من تنبيه الناس إليها؟ إذا به يلجأ إلى طريقة هو وحده الذي يبرع فيها، حيث تصهلل الأفيونة في رأسه فيعمد إلى تقليد واحد من عمداء هذه العائلات، وكل عمداء العائلات معروفون معرفة تامة لدى جميع أهل البلدة كبيرًا وصغيرًا، يتقمص أبو سماعين شخصية واحد منهم في حالة عمدية، يتكلم ويتصرف باعتباره العمدة. ولأنه موهوب في تقليد الشخصيات، خبير بالتقاط السمات النفسية والكلامية والخصائص العامة التي تميز الأفراد والأعلام، فإنه حين يعيد إرسال الشخصية من خلال تقمصها في لحظة عمدية تمثيلية كان يميت الجالسين من الضحك، حتى عائلات هؤلاء العمداء كانوا يضحكون أيضًا. في كل يوم ينبسط أبو سماعين، ويقلد شخصًا عميدًا، وفي كل مجلس تُستعاد هذه التقليدات بعد انصرافه طلبًا لمزيد من الضحك، فلما أخذ الضحك غايته بقيت في أذهان القوم تلك التجسيدات الكاريكاتورية الخطيرة التي رسمها وجسَّدها أبو سماعين في صيغة مزاح بريء، بقيت في الأذهان وثيقة فنية تؤكد أن كل هذه الوجوه المطروحة للعمدية سوف تكون عذابًا آخر لا يقل عن عذاب السوايفة وإن اختلفت مظاهره، وأن كل العائلات المرشحة للعمدية لن يضمن أحد حيدتها الكاملة بحكم ما لديها من نوازع خفية سلطوية متطرفة كشف عنها أبو سماعين بصنعة لطافة.

ثم إن العائلات بدأت تدعو لانتخابها صراحة، فإذا بالنوازع الشريرة التي كانت خفية فيما مضى تتصادم في الحال، وإذا بكل

العائلات المرموقة تبدو كأنها تزمع القضاء نهائيًا على بعضها البعض. فبدلًا من أن تقدم كل عائلة مبررات قوية تدعم ترشيحها، انشغلت في تجريح العائلة الأخرى وتسويء سُمعتها، واستدعاء ـ أو ربما اختلاق ـ أحداث تاريخية قديمة تنقص من قدر العائلة المنافسة وتحرمها من حق الترشيح للعمدية، حتى ضجت المديرية وضج الحكمدار، بل ضجت العاصمة نفسها من هذا اللغط الشديد، وكادت البلدة تفقد سُمعتها، وكادت عائلة السوايفة تصعد على سطح الماء العكر من جديد لتثبت قدرتها على شكم هؤلاء الرعاع!

في قمة هذا اللغط استأنف أبو سماعين جولاته بين عموم الناس حاملًا رسالة أخرى لا يدريها أحد. أنا وحدي الذي لاحظ ما يهدف إليه أبو سماعين من هذه الحكايات والطرائف الجديدة التي بدأ يحكيها في كل مجلس بطرق مختلفة، تدور كلها حول طيبة قلب الحاج مصطفى الحداد. يحكي الكثير من نوادره التي يطرب لها الناس ويحبونها.

للحاج مصطفى الحداد نوادر كثيرة مشهورة بين أهل البلدة، ولكن أبو سماعين يخترع من دماغه نوادر أخرى أكثر طرافة، يخلعها على الحاج مصطفى الحداد، إذا تأملها السامع ـ ولا بد أن يتأملها لطرافتها ـ يتضح له من خلالها كيف أن الحاج مصطفى الحداد هذا رجل شهم شجاع، وحقاني، يحب العدل، يحب الناس ويحبه الناس، إذ هو رجل ضحوك يجمع بين الوقار وخفة الظل، بين الجد والأريحية. وهكذا بدا كأن الناس قد تذكروا الحاج مصطفى الحداد فجأة، إذ ـ فجأة أيضًا ـ قد صار له كل ذلك الحضور القوي بين الناس في كل

مجالسهم، وبدأ يتحول من رمز للضحك والسخرية الوقورة إلى شيء أكبر من هذا بكثير.

ينحدر الحاج مصطفى الحداد من صلب أب تركي الجد ـ وأم مصرية الجد فلاحة ـ يُدعى «سميح أفندي شوكت»، كان يعمل سمسارًا لجلب الأقطان من مزارعي بلدتنا لحساب التجار الكبار نظير عمولات كبيرة لقاء خبرته بأنواع الأقطان ومعرفته المباشرة بالمزارعين. ورغم أنه لم يكن من بلدتنا، فإنه كان معروفًا فيها وفيما حولها من بلدان كأنه أحد أبناء المنطقة. كان نصف فلاح ونصف أفندي، نصف الفلاح الذي فيه يتعامل بخبرة جيدة مع الفلاحين، ونصف الأفندي الذي فيه يتعامل بخبرة جيدة مع التجار والمقاولين، غير أن النصف فيه كان كلًّا متكاملًا. لم يكن له ثمة أقارب إلا أخت متزوجة في الإسكندرية وأخ يعمل في إستانبول. تزوَّج من بلدتنا بنتًا صغيرة من عائلة كانت ذات يوم ميسورة ثم انقرضت، وبها أصبح واحدًا من بلدتنا، فابتنى بيتًا من الأسمنت المسلح نصفه قصر ونصفه دار فلاحية، أما نصف القصر فلاستقبال الضيوف، ذو شرفات فخيمة عالية، وأما بقيته الداخلية فحظيرة للمواشي وحجرات للحريم والطيور وخزين الدار. وقد أنجب سميح أفندي شوكت من هذه الزيجة بنتين، توقفت زوجته عن الخلفة بعدهما سنوات طويلة.

بدر البدور، وستوتة، كانتا جميلتين، فيهما دم تركي يوناني يجري في ملامح وجه مصري لونه أقرب إلى النحاس الأحمر. كانتا فضلًا عن ذلك جذابتين، لهذا كان لهما فضل كبير على سميح أفندي شوكت، إذ بهما وحدهما توطدت أركانه في البلدة نهائيًا، وصار من أعلامها

المبرزين، حين تزوجت بدر البدور من شاب ثري أصبح فيما بعد عميد عائلة الزعالكة، وتزوجت ستوتة من شاب ثري آخر أصبح فيما بعد عميد عائلة العقالوة، فاتسعت تجارة سميح أفندي شوكت، وضوعفت أملاكه في البلدة.

لكن زوجته بعد واحد وعشرين عامًا حملت من جديد، فكان لذلك احتفال عظيم، وأنجبت له مصطفى. منذ لحظة ميلاده وخلال جميع الاحتفالات بأعياده الأولى كان أبوه وكل فرد من العائلتين المتصاهرتين، ليس فقط يتوقع، بل يتأكد، أن مصطفى سوف يكون ولدًا نجيبًا دون شك، سيدخل مدرسة الحقوق لا بد، ويتخرج محاميًا أو وكيل نيابة، وقد يغدو سياسيًّا كبيرًا بإذن الله، فما الذي يمكن أن يعطله عن ذلك؟ أبوه أفندي ذكي، والأموال موجودة للصرف عليه بدون حساب في أيٍّ من فرنسا أو لندن أو ما أشبه من بلاد بره التي يذهب إليها أولاد الذوات يتعلمون. على أن مصطفى خيَّب ظن الجميع وخاصة أباه، فلم يحتفظ له بأي أمل طاف بخياله، حتى اسمه لم يحتفظ به مصطفى، قضى حتى على طموح أبيه الطبيعي في أن يردد الناس اسم مصطفى سميح شوكت مصحوبًا بهالة النجاح أو حتى بدون نجاح. أصبحوا لا يعرفون إلا اسم مصطفى النجار، وتراجع اسم سميح شوكت عن الألسنة تمامًا إلا في شهادات الميلاد والأوراق الرسمية الصامتة.

ذلك أن مصطفى سميح شوكت حقق فشلًا عظيمًا في الدراسة من أول سنة دراسية. فلقد تعوَّد على أن تجاب له جميع طلباته قبل أن يطلبها. فتح عينيه على التميز الواضح كأنه الطفل الوحيد في العالم:

عربة يد تنقله من السرير إلى الرضعة، السرير نفسه عربة متنقلة، حجرة خاصة، ملابس خاصة جيء بها من بلاد بره. عائلتان كبيرتان تتنافسان في حبه وتهنئته وتقديم الهدايا له، تنقلب الدنيا بهم إذا ارتفعت درجة حرارته أو أصابه زكام، يجيء أكثر من طبيب من المديرية نفسها. حِيل بينه وبين شوارع البلدة إلا مخفورًا بحرس، ومحاطًا بالعناية خوفًا من غبار الطريق. دخل مدرسة البلدة سنة واحدة كانت الكارتَّة توصله كل يوم يجرها جوادان، تنتظره لتعود به، كثيرًا ما يزوره الطبيب في المدرسة ليفحصه بسرعة. انتقل إلى المدرسة الابتدائية في المدينة، الأسرة تنتقل معه، أبوه وأمه يستأجران بيتًا في المدينة ثابتًا، لا بأس من شرائه ليكون مقرًّا للأسرة طوال سنوات تعليم الولد حتى الشهادة الابتدائية وحتى يلتحق بمدرسة الحقوق أو الطب أو المهندسخانة. التوصيات والدروس الخصوصية المتوالية. النقود والهدايا التي ينفقها أبوه على طاقم التدريس. كل ذلك لم ينجح في تنوير مخ مصطفى، أو تأهيله لمواصلة التعليم بيسر وسهولة بعد أن كان قد تعوَّد على أن يجيئه كل شيء جاهزًا، وعلى ألا يبذل جهدًا على الإطلاق في تحصيل أي شيء، حتى مذاكرة الدروس وهي جهد فردي كانوا يأتونه بمن يذاكرها له من أولاد كبار ومدرسين!

وهكذا مكث مصطفى سميح شوكت في المدرسة الابتدائية سنوات مضاعفة، إما ليقظة ضمير الامتحانات واللجان، وإما لانعدامه تمامًا بغية تطويل وقت الاستفادة من وراء هذا التلميذ اللُّقطة. فلما حصل على الشهادة الابتدائية بشق النفس كانت سنه قد تجاوزت القبول في مدرسة أخرى، وكان هو نفسه قد مل التعليم وطلب

التوقف عند هذا الحد. لكن أباه ـ ومن ورائه الأصهار ـ أصر على أن يكمل الدراسة بأي شكل ولو ليتعلم مهنة تكون في يديه عند الشدة لا قدر الله. فألحقوه بمدرسة الصنايع في مدينة دمنهور. فأسوأ شيء في بلدتنا أن يعود الابن بعد سنوات الدراسة خائبًا دون وظيفة في الميري. ولم تكن في الأرض وظيفة يمكن أن يستفيد منها مصطفى سميح شوكت بالمرتب الذي يكفيه لإنفاق أسبوع واحد، كذلك لم تكن في الأرض ثمة وظيفة يمكن أن تستفيد من مصطفى سميح شوكت، فهو تقريبًا ليس يصلح لأي شيء سوى أن يجلس فوق الكنبة المنجدة متربعًا ليأمر وينهى في رهط من التملية، مع أن شيئًا ما في وجهه وعينيه وسلوكه بوجه عام كان يتناقض مع مظهر الخشونة والأمر والنهي!

مع ذلك، لعبت الوساطة دورًا كبيرًا في توظيفه فور تخرجه من مدرسة الصنايع. هذه الوساطة لم تكن سوى أبي، الذي كان آنذاك موظفًا كبيرًا في مصلحة الفنارات بالإسكندرية أيام كانت عائلتنا ـ الكلّافين ـ في صدر العائلات المرموقة في البلدة، على حس جدي بطبيعة الحال، وقبل أن تخطف المنية رجالها الكبار واحدًا وراء الآخر، وكانت موشكة على الانقراض لولا أن أحيل أبي إلى التقاعد فجاء إلى البلدة ليصبح عميد العائلة ويغذيها بعدة شُبان من نتاجه ونتاج أبناء إخوته، ويعيد لها كيانها المرموق من جديد، ولكن بدون عزوة أو قوة حقيقية. كللت جهود أبي بالنجاح في تعيين مصطفى سميح شوكت في وظيفة براد في الترسانة البحرية بالإسكندرية. وظيفة صغيرة أي نعم، ولكنها في

الإسكندرية، وفي الترسانة، اسمان لهما في بلدتنا شنة ورنة، خاصة عند حضور مصطفى أفندي إلى البلدة في إجازة قصيرة ومعاودة السفر بالركائب يجري خلفها التملية بأحمال الحقائب والخزين. وتتويجًا للوظيفة، وليحفظ الأب لابنه شبابه ومستقبله في الغربة قام بتزويجه من إحدى بنات البكاروة الشقراوات حيث انتقلت معه إلى الإسكندرية في زفة مهيبة.

غير أن مصطفى سميح شوكت الذي تعوَّد على الأمر والنهي ما لبث أن ضاق بقيود الوظيفة وتحكم الرؤساء فيه، في حين أنهم ـ في نظره ـ ربما كانوا أبناء غسَّالات في المدينة لا يصلحن خدمًا له. حتى العيش في الإسكندرية نفسها ـ وهي عروس البلاد ـ ضاق به مصطفى، لما في شخصيته من طبيعة فلاحية صرفة غرسها فيه أخواله، ثم إنه لم يكن يطيق لبس البدلة أكثر من ساعات معدودة، فما بالك والمطلوب منه أن يلبس ما يُسمى بـ«العفريتة الزرقاء»! تجمع كل هذا الضيق لينطلق دفعة واحدة في لحظة مجنونة على شدة بساطتها: كان المهندس الكبير قد كلَّفه بخرط جِلبة مستديرة تُستخدم كتخشينة لموضع ما في ماكينة إحدى السفن التي يتم بناؤها داخل البحر، على أن تكون نموذجًا يتم عليه خرط الكثير منها. وقد خرطها مصطفى بالفعل، ولكنها لم تجئ مضبوطة تمامًا، فطلب منه المهندس الكبير أن يبرُدَها قليلًا في مناطق معينة ويعود بها. فكان عليه أن يهبط إلى الدور الأرضي حيث الورشة، عبر سلالم حديدية حلزونية مزينة، وقد فعل، ثم صعد بها ثانية للمهندس الكبير قائلًا:

ـ كويس كده؟

فقاسها المهندس الكبير فوجدها محتاجة لقليل من البرد الهين.
فنزل إلى الورشة فبرَدَها جيدًا ثم صعد ثالثة قائلًا للمهندس الكبير:

ـ كويس كده؟

فقاسها المهندس الكبير فوجدها مضبوطة تمامًا، لكنها في حاجة
إلى تنعيم، فقال:

ـ لسه شوية تنعيم.

فإذا بمصطفى يطوح بالجِلبة في عرض البحر قائلًا:

ـ طب كويس كده؟!

وحينئذٍ نظر إليه المهندس الكبير برضا كبير قائلًا:

ـ جدًّا جدًّا. كده كويس قوي قوي.

ولم يكن مصطفى في حاجة إلى تقديم استقالة أو أمر بالفصل،
فنزل من حجرة المهندس ليخلع العفريتة ويرمي بها خارجًا من
الترسانة إلى غير رجعة.

أقام في البلدة شهورًا لا يدري ماذا يفعل. وكمحاولة لتغطية الفشل
وستر الوجه أمام البلدة، قرر مصطفى أن يفتتح في البلدة ورشة حدادة
مجهزة بأحدث العِدد والأدوات. لم يفكر طبعًا في العمل الذي يمكن
أن يغذي ورشة كهذه في بلدة كبلدتنا، لكن الحماس خيل له أن العمل
سينهال على الورشة من تجهيز ساقية إلى صنع منجل للحصاد. أمده
أبوه بالمال اللازم، وأقيم للورشة بناء في وسط البلدة تمامًا كأنها عنبر
في مستشفى، وجيء بصبيان يتعلمون فيها ويخدمون، خُصص منهم
ولد لجذب يد الكير عند النفخ لتوليع النار، حيث يظل الولد يشد يد
الكير ويتركها تصعد ثم يشدها حتى تنخلع ذراعه. وقرئ على عتبتها

١١٤

القرآن، وعند المساء رقص وغنى وتبذل محترفون من عزبة العبيد. ثم إنها بقيت مفتوحة الأبواب، يجلس مصطفى أفندي على بابها خلف مكتب أنيق ينتظر فيض الكريم. مر يوم ويومان، ثم جاءه في الصباح فلاح يمسك بقضيب من الحديد طويل، قدَّمه لمصطفى أفندي قائلًا:

ـ عايزينك ترجم دي منجل!

أي أن يحول هذا القضيب إلى منجل للحصاد. هز مصطفى أفندي رأسه في رضا وامتثال لأمر الله قائلًا في أريحية:

ـ استفتاحك ندى بإذن الله. وماله. شغَّل الكور يا ولد.

ونشط الولد في الحال ليثبت جدارته بالعمل، فملأ الكير بالفحم وأشعله. وقدَّم الفلاح واحدًا بأربعة ـ أي نصف أفرنك من الفضة الخالصة قوامها أربع تعريفات بعشرين مليمًا ـ فنحاه مصطفى أفندي جانبًا برفق كأنما أمر الأجر غير وارد في شغله، فتركه له الفلاح على سطح المكتب وانصرف ليعود بعد صلاة العصر ليأخذ المنجل. خلع مصطفى ثيابه استعدادًا للعرق في العمل، ودفع بقضيب الحديد إلى النار المتوهجة مثل جهنم، وتركه وجلس يقرأ الجرنان لمدة ساعتين، فقام وجذبه من طرفه الحر بالكلابات، ووضعه فوق السندان، وجعل يدق بالمرزبة بغية أن يثنيه أولًا على شكل نصف قُطر الدائرة تنزلق منه قطعة سرحة تمسكها اليد، ثم بعد ذلك يبططه تمامًا، وبالمبرد الكبير ـ وربما بمجموعة مبارد ـ يشق له أسنانًا مدببة.

علَّم ولدًا كيف يمسك بطرف القضيب بالكلابات بقبضة حديدية، وولدًا آخر كيف يهوي بالمرزبة فوق القضيب، وليس على مصطفى أفندي سوى أن يحدد للقضيب موضعه فوق السندان، وللولد موقع

الضربة فوقه، وله أن يهوي بقبضة حديدية لو أراد فوق دماغ هذا الولد إذا لم يُحكم هو الضرب جيدًا.

القضيب اللعين جامد لا يستجيب لطرق، حتى تصبب الولد عرقًا. أمر مصطفى فأدخله النار ثانية، ورجع إلى الجرنان مدة ساعة أو أكثر، وأمر فأخرج الولد القضيب وقد صار عمودًا من اللهب الأحمر الشفاف. هب، راح الولد يطرق، ثم يطرق، ويطرق، والقضيب اللعين لا يزداد إلا رسوخًا وإباء واستعصاء على الانثناء. بصبر مشكوك فيه أمر بإدخال القضيب إلى النار ثالثة، وانصرف إلى تناول الغداء وصلاة الظهر، ثم عاد موقنًا أن القضيب زمانه قد باش في النار وذاب. ألقى عليه نظرة داخل اللهب المصفوع بالريح يدفعه الكير بآخر ما في طوق الصبي المسكين من نفس، ولم يكن يظهر للقضيب وجود داخل دائرة اللهب، فيما عدا طرفه الحر خارج النار، وهو قطعة لا تزيد على طول مسطرة، حاول مصطفى أن يتبعها ليقف على امتدادها داخل اللهب فلم يفلح. أمسك الطرف بالكلابات ورفعه قليلًا، فانهارت كومة اللهب تحت صعود عمود من اللهب كان كامنًا في الأعماق جزءًا لا يتجزأ منها، ونظر إلى جوال الفحم فوجده قد فرغ تمامًا، فقال الحمد لله على هذا بارك الله فيما رزق، ثم أمر فسحب الولد القضيب وقد فقد هويته تمامًا وتجنَّس بجنسية النار، ثم أمر فبدأ الولد الدق بالمرزبة فوق القضيب، بكل غيظ وحقد راح الولد يطرق، مستنجدًا بقوة الله وقوى الأولياء جميعًا من الدسوقي إلى سيدي مطرف راح يطرق، ومصطفى أفندي يراقب القضيب والطارق في تأمل عميق أسيف غاية الأسف، يهز يده بجوار رأسه قائلًا في تمخول:

ـ من المؤكد أن هذا القضيب كان كل هذا الوقت في الجنة لا في النار!

ثم إذا به يوقف الولد عن الطرق، ويبصق فوق القضيب بصقة جمع فيها كل احتقار وغضب وسخرية صائحًا:

ـ اتفوه! ديك أمك! عليَّ الطلاق لو أنني لبسته في مؤخرتي لانثنى! وشاط الهواء بحذائه، وارتدى ثيابه وانصرف إلى المسجد يصلي العصر، وتكاسل عن الذهاب إلى الورشة فاتجه إلى البيت موحيًا أن وعكة ألمت به، فدخلت زوجته وراءه الحجرة، فظل يجامعها ثلاثة أيام متصلة بحجة أنه مريض، تخرج زوجته خلالها لحظات تفعل شيئًا لتعود. ثم إن الورشة قد فشلت بالطبع وأغلقت أبوابها أيامًا طويلة، ثم بيعت معداتها لنفس التاجر الذي باعها لهم في المدينة.

لكن هذه النادرة لم تمت قَطُّ، ظلت محفورة في الأذهان بين كثير من نوادر مصطفى سميح شوكت، الذي بات اسمه منذ ذلك التاريخ مصطفى الحداد. ثم ما لبث الأب أن مات غيظًا وكمدًا، وبقي مصطفى الحداد وحده قيِّمًا على هذا البيت وهذه الممتلكات، فراح ينمِّيها عن طريق البيع والشراء والسمسرة، ولكن في بيع أشياء ثمينة كالجواهر والمشغولات الفضية والذهبية والتحف الثمينة جدًّا. وعاش كواحد من الأعيان، يرتدي الجلباب النظيف ذا القماشة الثمينة والطربوش الأحمر القاني، ويمسك العصا الأبنوس ذات المقبض المشغول على هيئة ثمينة فنية مطعَّمة بالأصداف والفضة والذهب، وعند السفر يرتدي البالطو الجبردين الفاخر فوق الجلباب الصوفي، والعباءة الجوخ المعتبر على كتفيه.

طويلًا كان مثل نخلة، وجهه قريب الشبه إلى حدٍّ كبير جدًّا بالمفكر توفيق الحكيم الذي نرى صوره في الجرنان والمجلة، الشارب الكث المبيض يستقر فوق فمه الواسع الساذج، وجهه مليء بالتجاعيد التي تبدو كأنها وفرة في الجلد والملامح تقابلها وفرة في الدم، ضيق العينين، في نظراته نزق وطفولة وشرود وخفة ظل، في عمق عينيه نظرة ثابتة، هي على التحديد نظرة طفل خبيث شقي ضبطك متلبسًا بفعل المحظور، تكاد إشعاعاتها تنطق ممسكة بتلابيبك: «آه يا عفريت! ضبطتك!». لذلك فإن أحدًا من الناس لا يستطيع التركيز في عينيه كثيرًا، وإلا قاده ذلك إلى الاعتراف بأشياء دفينة يتوهم أن الحاج مصطفى قد كشفها أو ربما يكون قد علم بها. وكانت هذه النظرة تؤتي بخير ثمارها في جلسات الحاج مصطفى الخاصة بين خلصائه أثناء حديثهم ـ المفضَّل لديه دائمًا عن أي حديث آخر ـ في أمور الجنس والمضاجعة، سيما وأنهم يستخدمون الكثير من الوصفات التي تقوي الباه وتشد العصب، إلا هو بالطبع، فسُمعته الجنسية فوق كل الشبهات، وطرفه ـ فيما يشاع ـ لا يقل عن نصف طوله المشدود على الدوام. معظمهم من المسنين الشيوخ، وكلُّ منهم يزعم أنه بالأمس قطَّع السمكة وذيلها وفعل ما لا يفعله ثور مطلوق في حظيرة أبقار، فيبادر الحاج مصطفى قائلًا في هدوء وبساطة مبطنَين بالجدية الرصينة:

ـ عملت كم؟

فيقول الرجل وقد بدأ يتلجلج:

ـ حوالي أربعة.

فيركز الحاج مصطفى الحداد فيه عينيه، فيرتبك الرجل أيما ارتباك، وإن هي إلا دقائق معدودة حتى يعترف بالحقيقة. أما إذا اهتم الحاج مصطفى الحداد بالمحاورة، فلسوف يتضح أن صاحبهم بات في حال يرثى لها من العجز والفشل والضياع، لكن من مميزات الحاج مصطفى الحداد أنه يكتفي بمعرفة حقيقة الأمر فحسب، غير ميَّال إلى الفضيحة وتجريس القوم.

بفضل نظراته الأزلية هذه عرف كثيرًا من الأسرار دون أن يسعى لمعرفتها، إلا أنه كالنهر تلقي فيه بالأشياء فيبتلعها لتسقط في القاع إلى الأبد. كثيرًا ما تعارك بعض الناس مع الحاج مصطفى الحداد لسبب أو لآخر، فكانت تركبهم العصبية لأسباب تبدو تافهة غير مفهومة! الحاج مصطفى وحده هو الذي يكون مُلمًّا بشيء من أسبابها، لهذا لا يني يوحي لخصمه المتعارك ضاحكًا في صفاء وأبوَّة حانية بأنه لن يشي بأي شيء مما يعرفه، هذا إذا كانت الأسرار التي يعرفها عن خصمه تافهة وبسيطة ومضحكة، أما إن كانت كبيرة يترتب عليها قطع رؤوس فإنه لن يتذكرها على الإطلاق، لكنه كان يضطر إلى الصياح في خصمه كلما أفرط الخصم في اللجاجة، قائلًا في حنو:

ـ إنت يا جدع إنت خايف مني كده ليه؟! هو أنا باقطع رقابي؟!

أو يلف على المجالس أو قعدات الأصدقاء ليقول بين لحظة وأخرى في ألم حقيقي:

ـ يا إخوتي، الواد فلان الفلاني ده حامل عليَّ حملة شديدة قوي ما أعرفش ليه! زي ما أكون قتلتله قتيل!

أشياء كثيرة جدًّا ظهرت في شخصية الحاج مصطفى الحداد

بعد موت أبيه لم يكن أحد يتوقعها على الإطلاق، منها مثلًا أنه أصبح رجلًا ملء هدومه، ذا مهابة مخيفة لأول وهلة لولا نظرة عينيه. وإذا كانت الأجيال الكبيرة تحكي لنا عن ماضيه باعتباره فاشلًا في الدراسة، غليظ الذهن، فإن الحاج مصطفى الذي عرفناه في طفولتنا في الأربعينيات كان يتناقض تمامًا مع ذلك. فلقد فتحنا أعيننا عليه رجلًا حلو المعشر، يتسابق كبار البلدة في الحصول على وده وصداقته، حتى إن أي مجلس من مجالس البلدة يعتبر ناقصًا إذا غاب عنه الحاج مصطفى الحداد، ولسوف يحس بذلك الجالسون من أول وهلة وعلى طول وقت الغياب، حيث يبدو المجلس جهمًا فارغًا من المحتوى المفيد، يبدو كذلك مطفأ، كأن الجالسين فيه ـ وهم علية القوم دون منازع ـ أناس عاديون بل أقل من عاديين مهما لبسوا فاخر الثياب وأمسكوا بثمين العصي وفاحت من ريحهم أطيب العطور. أما إذا كان الحاج مصطفى موجودًا، فإنه يضفي على القوم أبهة بمنظره الذي يقنعك أن الأبهة عنصر أصيل في خلقه، وأن وجهه وشعر رأسه وشاربه وكل شيء فيه تفصيل من تفاصيل الأبهة والباشوية. ورغم أنه يرتدي الجلباب البلدي مثلهم، ولا يزيد عليهم في أي شيء من ناحية اللبس والمظهر، فإن سلوكه يتميز عنهم جميعًا بالرقة، وحُسن التربية، والمدنية والتحضر. ويقال إن الذي غرس فيه هذه المدنية وجعلها سلوكًا، اختلاطه بالأسر الأرستقراطية الكبيرة التي كان أبوه يصطحبه إليها عند الزيارات الكثيرة، فكان يقضي معهم معظم الإجازات الصيفية.

حيث يوجد الحاج مصطفى الحداد في مجلس، فإن الضحكات

ترتفع على الدوام، لكنها ضحكات وقورة مبتهجة يشوبها قليل من النزق الطفولي. فإن بحثت في سبب الضحك وجدته مفارقة اكتشفها الحاج مصطفى بعمق تأمله ونظرته الثاقبة. وحيث يوجد أيضًا فإن المجلس لا بد أن يتسع ليشغل حارة بأكملها أمام بيت الزعالكة، أو ناصية كبيرة عند بيت العقالوة، أو حتى عند دكان مهيا في قلب الخمَّارة، حيث عائلة أبو سيف نفسها كانت تستثني الحاج مصطفى الحداد من خلافاتها مع البلدة، فهو وحده دون كبار القوم في البلدة حين يمر من شوارع السوايفة فإنه يُلقي السلام على كل من هبَّ ودبَّ، فيتلقى ردودًا عظيمة مناسبة، وتنهال خلفه الدعوات بأن يتفضَّل الشاي. حتى نسوان السوايفة اللاتي لا يتحشمن أبدًا يتحشمن حين يرينه تحشمًا زائفًا، ويصحن في قليل من الأدب:

ـ اتفضل يا خال مصطفى.

وهو لا يني يردد أثناء سيره كالأهبل في الزفة: «أهلًا أهلًا. تُشكر تُشكر. ربنا يخليك. ربنا يكرمك»، إلخ.

يتسع المجلس، ليس فقط حبًّا في نكات الحاج مصطفى وقفشاته، بل طمعًا في أن يكون محضر خير ـ مثلما هو دائمًا ـ في مشكلة لديهم، يتعشمون في التسلل بين ثنايا الحديث الرحيب لإثارتها، لكي يتحفهم الحاج مصطفى بكلمة تُسهِّل كل عسير من أمرهم، أو تُصلِح بين متخاصمين، ذلك أن أحدًا لن يجرؤ على رفض طلب للحاج مصطفى أو كلمة يقولها. الحق أنه كثيرًا ما يثبت كرامات جليلة في مثل هذه الأمور، بل إنه كثيرًا ما صالح رجلًا على امرأته، أو ردها وهي طالق. من المألوف أن يلتقطه أحدهم أو إحداهن من الشارع، لا بد من شرب

الشاي، مع الشاي تُطرح عليه تفاصيل الأزمة الواقعة بين زوجين، لا يتورع عن توبيخ الزوج وشتمه إن كان هو المخطئ، واتهامه بأنه خنزير أعمى العين. كذلك لا يتورع عن الشخط في الزوجة وهز العصا العوجاية في وجهها إن كانت هي المخطئة، قد ينقر بطرف العصا فوق رأسها برفق بغية تنبيهها إلى خطورة ما سيقول، ليس في الأمر أخطر من دلع النسوان في مثل هذه الأيام السوداء، حيث العالم كله في حرب وكساد، وحيث يقل عدد الرجال بعد موت معظمهم في الحروب، وغدًا سوف تصبح كل خمس نساء بقرش تعريفة، ثم ينثني فيلف سيجارة، وكنوع من الاعتذار للزوجة يروح يطري جمالها للزوج، وكيف أنها خسارة في جنته.

يُسمح للحاج مصطفى الحداد بكل ذلك لثقتهم الشديدة في طهارة ذيله. هم مع ذلك يثقون أيضًا أن الحاج مصطفى الحداد يموت في النسوان، وهو لهذا متصابٍ دائمًا. فرغم بلوغه سن الستين منذ أعوام طويلة فإنه متين البنيان رائق الوجه والبال. مزواج، وهذه فضيلة فيه يراها فيه القوم، إذ إنه لشدة إيمانه وخوفه من الله وحجه سبع مرات يخشى الزنى ولا يسعى إليه، لذلك فإنه سريعًا ما يتزوج ممن تروق له، فإن تزوجها لا يفرط فيها أو في حقوقها بأي درجة، يظل يحبها ويخلص لها وينفق عليها ويزورها بين ليلة وأخرى وربما بين ساعة وأخرى، ومهما كانت الزوجة الجديدة مثيرة فإنها لا تشغله عن القديمة ولا تأخذه منها أبدًا، فمن فات قديمه تاه. زوجته الأولى تُوفِّيت، وكانت قد أنجبت له رجلًا كبيرًا، وثلاث بنات، تزوجوا جميعًا وأنجبوا. ولم يكن يزعج الحاج مصطفى شيء في الدنيا قدر انزعاجه

من ظهور ابنه الكبير محمد فجأة، ما إن يراه حتى يشعر بقليل من الانقباض، فابنه محمد كبير جدًّا، صار جَدًّا، وبات منظره من الكبر والشقاء أكبر سنًّا من أبيه الحاج مصطفى الحداد، وكان يعمل هو وأولاده في مهنة النسيج بالأنوال اليدوية، فأضافت هذه المهنة إلى سنه الكبيرة انحناء كبيرًا في الظهر حتى ليبدو كأنه بقتب، شعره أبيض محروق، ورأسه أصلع من الوسط، يبدو كرأس ميت لولا أن عينين تدوران في محجريهما بسرعة في وجهه الأصفر المستطيل المجهد.

الحاج مصطفى لم يطق أن يهدده الانقباض والانزعاج كلما قابل ابنه في الشارع، حيث يتعين على الابن أن يحيي أباه قائلًا: «إزيك يا آبا»، ويسلم عليه ويقبل يديه، فيتصادف أن يراه الناس فيندهشون أن هذا الرجل مشدود الحيل هو أب لذلك الكهل المتهالك. ورغم أنهم يعرفون ذلك من قديم الأزل، فإنهم يندهشون في كل مرة يسمعون فيها محمد مصطفى ينادي أباه قائلًا: «يا آبا»، كأنهم يكتشفون هذه الحقيقة لأول مرة. فما كان من الحاج مصطفى إلا أن استدعى ابنه ذات يوم في فراندة البيت، وشخط فيه قائلًا:

ـ اسمع يا ولد يا ابن الكلب إنت، لو شفتني في أي حتة وقلتلي يا آبا حاهزأك وأخرب بيتك! فاهم ولَّا لأ؟

فهز محمد رأسه في امتثال قائلًا:

ـ حاضر يا آبا.

ومن يومها صار كلما التقى أباه في الشارع صاح بصوت عالٍ: «مساء الخير يا سي مصطفى». وقد أضيفت هذه أيضًا إلى نوادر الحاج مصطفى.

وعلى الرغم من أن في داره ثلاث زوجات بعد التي تُوفِّيت، فإنه سافر ذات يوم إلى الإسكندرية يزور أولاد إحدى عماته، فاكتشف هناك عروسًا غاية في الجمال، فتزوجها على الفور، وجاء بها إلى البلدة في زفة كأي شاب صغير، رغم أنها كانت في سن أحفاده. وقد أنجبت له زوجاته الثلاث عددًا من الأولاد ذكورًا وإناثًا امتلأت بهم الدار والدار الأخرى التي ابتناها في عمق الدار القديمة. ثم جاءت السكندرية فأعطته خمسة أولاد جُدد، حتى بات لا يستطيع التمييز بين أولاده، وإذا لم يسعفه الولد بذكر اسمه فإنه قد ينساه. وكل أبناء زوجاته الثلاث كانوا يتعلمون فك الخط فحسب، لينزلوا بعد ذلك إلى الشغل وما أكثره لدى الحاج مصطفى، فهناك ماكينة الطحين التي اقتناها في المدخل الشرقي للبلدة، وهناك مزرعة للدواجن على مقربة من الماكينة، وهناك الأرض الزراعية الواسعة المحتاجة للفلاحة. أما أبناؤه من الزوجة السكندرية فقد تعلموا جميعًا في المدارس الابتدائية وما زالوا يواصلون التعليم في بعض المعاهد العليا.

فجأة طغت شخصية الحاج مصطفى الحداد على سطح الأحداث في بلدتنا، وأصبح لها حضور غير طبيعي. لقد نجح أبو سماعين في جعل اسمه يتردد في معظم المجالس دفعة واحدة، كلٌّ ينشغل بمجموعة من نوادر الحاج مصطفى الضاحكة، أو الساعية إلى إيجاد موقف عادل.

فوق هذه الأرض بدأ أبو سماعين يسعى بين الناس بإشاعة مؤداها أن الحاج مصطفى الحداد قد ترشح للعمدية، فبدأت بعض العائلات تدس في حقه بعض الدسائس، خوفًا من أنه لو أمسك العمدية فلن

يعرف أباهِ إذا ما أخطأ أبوه، في حين أن هذه العائلات تريد شُرَّابة خُرج تستخدمها متى شاءت في حماية مصالحها الخاصة. «وأنتم تعرفون ـ هكذا يقول أبو سماعين ـ أن الحاج مصطفى موته وسمه أن يستخدمه أحد أو أن يوالس على أحد». فإذا بهذه الإشاعة المختلقة من أساسها تقابل بحماس شديد من جانب عامة أهل البلدة وهم نسبة كبيرة جدًّا.

وفي يوم ذهب أبو سماعين مبسوطًا فوق العادة، والتقى بالحاج مصطفى الحداد في منزله على انفراد، وجرَّه في الكلام، حتى تساءل الحاج مصطفى عن هذه الإشاعة التي يتناقلها الناس، فقال له أبو سماعين إن ألسنة الناس أقلام الحق، وإن سر هذه الإشاعة أن شعب البلدة يرشحه للعمدية بطريق غير مباشر، نظرًا لحبهم له، واقتناعهم بشخصيته، والتأكد من أنه سيكون أعدل عمدة عرفته البلدة طوال حياتها. تمعن الحاج مصطفى الحداد في هذا الكلام، ولمعت في عينيه الأحلام، ولمع كذلك الشعور بالمسؤولية، ثم قال في تواضع جم إنه شخصيًّا لم يسعَ إلى هذا المنصب، ولم يفكر فيه طوال حياته، وإنه لن يكون سعيدًا إذا عينوه عمدة لهذه البلدة الخربانة المغضوب عليها من الله، ولكن إذا جاءته العمدية فإنه لن يملك إلا احترامها وإكرام وفادتها. هتف أبو سماعين من أعماقه:

ـ حلو! وهذا هو بيت القصيد.

ثم لم يزد.

من غدٍ بدأت جولات أبو سماعين مصحوبة هذه المرَّة ببضع عرائض مبرومة في سيالته، ما إن يجلس حتى يخرجها، ويقرأها على

الجالسين، فإذا هي التماس من أهالي البلدة مقدم لوزير الداخلية وللحكمدار بأن ينزل على رغبتهم ويعين الحاج مصطفى سميح شوكت الشهير بـ«مصطفى الحداد» عمدة للبلدة، حيث إنهم ـ الأهالي ـ قد نظروا في أمر كل المرشحين فلم يجدوا سواه صالحًا للعمدية، وهو من اختيارهم الصميم، أدامكم الله ذخرًا للعدالة ونصيرًا للفقراء والمظلومين. وبعد أن يقرأها يبدأ في حاشية مؤداها أن البلدة بهذا الالتماس تقطع الطريق على من يدبرون في الخفاء لاختيار واحد من العائلات المتعجرفة المتغطرسة.

في أقل من أسبوع واحد كان أبو سماعين قد جمع كل توقيعات عامة أهل البلدة، ولم يبقَ سوى العائلات الكبيرة، الذين حين جلس عمداؤها مع الحاج مصطفى في مجلسهم الخاص أحسوا بشعور من الحرج لخلو الالتماس من توقيعاتهم. وهؤلاء كان أبو سماعين قد ادخر لهم مفاجأة مذهلة، إذ إنه كان قد لف على عائلة السوايفة وعرض عليهم الالتماس، وكانوا بدورهم يمسكون قلوبهم بأيديهم خوفًا من اختيار عمدة من إحدى العائلات الكبيرة يذيقهم سوء العذاب وألوان العسف، فلما وجدوا الحاج مصطفى الحداد مرشحًا من قِبل البلدة اندهشوا في أول الأمر لعدم توقعهم ذلك، لكنهم وقَّعوا بإمضاءاتهم وبصماتهم على الالتماس في ترحيب شديد ثم في حماس كبير. وهكذا حُق لأبو سماعين أن يقول لهم في أحد المجالس وهو يلوح بورقة الالتماس:

ـ حتى السوايفة وافقوا!

ولم يكمل بقية العبارة، فما كان من عميد الزعالكة، وهو صهر

للحاج مصطفى، إلا أن أخذه الحماس المفاجئ متناسيًا طموحه الشخصي في العمدية، فقال:

ـ إزاي الكلام ده؟! يعني إحنا اللي مش موافقين؟ دا حتى يبقى عيب. هات يا ولد.

ثم وقَّع بإمضائه في أسفله، وتبعه عميد عائلة العقالوة، ثم عائلة النجار. وهكذا أصبح الالتماس تعبيرًا حقيقيًا عن رغبة البلدة كلها دون استثناء. ذهب وفد من أهل البلدة يضم ناسًا محترمين ذوي حيثية، فقدموا هذا الالتماس يدًا بيد.

أُسندت العمدية بالإجماع إلى الحاج مصطفى سميح شوكت الشهير بـ«مصطفى الحداد»، فكان يوم صدور هذا القرار يوم عيد حقيقي لا تنساه ذاكرة بلدتنا أبدًا.

يومها قُدِّر لنا نحن أطفال البلدة ـ لأول مرة في حياتنا ـ أن نرى عمدتنا القديم محمد عبد المنعم أبو سيف وهو يمشي في الشارع مثل خَلق الله، منتقلًا من قصره إلى دار الحاج مصطفى الحداد لكي يقدم التهنئة نيابة عن السوايفة. كان ضخم الجثة كعملاق من الصلصال المسود عند الجبهة، غليظ الوجه والملامح، جبهته عريضة، مليئة بالتجاعيد ونذر الشر، في عينيه أنفة وكبرياء، وعلى شفتيه اشمئزاز يجعلهما في حالة التواء مستمر على قرف وتقزز، أكرش بصورة مخيفة كإنسان الغابة، يرتدي قميصًا إفرنجيًا وبنطلونًا واسعًا بحمالات على الكتفين، رأسه صغير مدبب كرأس الهدهد لكن شعره أكرت، يمسك الطربوش دائمًا في يده، يتحرك ببطء شديد، خلفه رهط من التملية والأنفار وأبناء عمومته، لا ينظر إلى أحد من المارة، لا يُلقي

السلام على أحد من الجالسين، بل لا يبالي بفعل أي شيء، محني القامة بفعل الشيخوخة، يرفع إليته وهو ماضٍ ليضرط بصوت عالٍ في الطريق العام في وجه أي مخلوق مهما كانت رتبته!

وكنا نمشي خلفه ونقلده صائحين بلهجة خنفاء متغطرسة: «يا ولد، يا غفير، يا غفير يا ابن الكلب، اتفوه عليك وعلى أبوك»، فيفرقنا التملية بالخيزرانة، ونتجمع من جديد، حتى وصل إلى بيت الحاج مصطفى الحداد، فظللنا واقفين في انتظاره يتزايد عددنا، إلى أن خرج بعد ساعة أو أكثر يعلم الله ماذا دار بينهما خلالها، فمضينا وراءه من جديد نشيعه بالتقليد الساخر، لا يوقفنا شتم ولا يردعنا ضرب. فلما شارفنا حي الخمَّارة دب الذعر في أوصالنا، فارتددنا إلى الخلف مسرعين نجري خلف بعضنا صائحين مهددين: «يا غفير يا كلب».

١١

العروة الوثقى

يعم البلدة هدوء منقطع النظير. فترت الخلافات بين أهل البلدة وعائلة السوايفة، ثم أخذت تتلاشى. يعود أبو سماعين للانشغال بالأفيونة بعد أن يكون قد نسي أمرها طوال انشغاله، اللهم إلا أن تجيء له من باب الله دون أن يسعى لشرائها. فحيث لا يكون مطلوبًا منه مقلبًا يدبره أو إشاعة يرددها مستهدفًا من ورائها شيئًا أو أمرًا يسعى إليه تراه يجلس متثائبًا في ملل، ويزحف العماص على عينيه، ثم يزحف الاكتئاب على صدره ووجهه، فترتعش أعصابه، ويبدأ الهرش في جسده، وتبدأ عذابات التسول الصريح تنتابه، ومشكلة الذهاب إلى السيد الشيال تؤرقني من جديد، حتى لقد أصبحت أعتقد أن التسول من أجل هذه الأفيونة المقيتة ـ وهو ملمح أصيل في مظهر أبو سماعين ـ هو مع ذلك شيء دخيل عليه يمقته مقتًا شديدًا، لذلك فهو سريعًا ما ينسى أنه تسول منك، إذ لا يكاد يتبسط حتى يجالسك مجالسة الند للند، وقد يبادلك الشتم بعين قوية، فإن اضطررت لتذكيره بأنك أحسنت إليه فإنه ربما تحول إلى حيوان شرس يشبعك تمزيقًا وهلهلة.

كذلك أصبحت أعتقد أن أبو سماعين لا يلجأ إلى أكل الأفيونة إلا لكي ينظر بهدوء شديد في أمور جد خطيرة تعنينا كلنا ولكننا لا نرى منها شيئًا في حين يرى هو منها أشياء وأشياء. فكونه يرى أكثر مما نرى، ويفهم أكثر مما نفهم، ويعرف من الأمور أكثر مما نعرف، ويدبر أحسن مما ندبر، هذه كلها حقائق لا شك فيها، لكن الذين يعترفون بهذه الحقيقة في بلدتنا قليلون جدًّا، ربما كان معلمي سعد الله على رأسهم، يليهم أبي وإن كان لا يُظهر للرجل ذلك أبدًا، ربما أيضًا عمتي الكلّافة هي الأخرى على الرغم مما بينهما من عدم استلطاف يكاد يخفي عداوة غامضة غير مفهومة! وقد لاحظت أنها كثيرًا ما تنتهز فرصة وجوده في دارنا لتطرح موضوعًا معينًا بهدف أن تعرف رأي أبو سماعين فيه، وبعد أن يفيدها ترسل له لعنة أو لعنتين!

في وسط هذا الهدوء بدا على معظم أهل البلدة أنهم فرحون بالعمدة الجديد وباستقرار الأحوال، إلا هو، سرعان ما زايله الفرح، واختفى من مجالس السادة، وبدأ يكثر من الجلوس في دكان معلمي. أقدم له عدة الشاي قائلًا له:

ـ إيه رأيك في العمدة الجديد؟ مش الحالة بقت كويسة دلوقت؟

يشوح بيده، مُركزًا النظر في عينَي، هامسًا كأنه يدلي بتصريح خطير، قائلًا إن هذا الهدوء الذي شمل البلدة هدوء كاذب، وإن العمدة القديم كان مستبدًّا قويًّا، أما العمدة الجديد فقد خيَّب ظنه، واتضح أنه لا يستطيع أن «يمشي كلامه» على العائلات الكبيرة، أي لا يملك فرض العدل عليهم، مما جعلهم يستبدون استبدادًا واضحًا. فأقول له:

ـ ولكن أين هو الاستبداد الذي تقول إنه واضح؟

فيضحك قائلًا إنني لا أستطيع أن أراه، وإن الكثيرين أيضًا لا يستطيعون. ثم إنه يسألني فجأة:

ـ أمال فين معلمك؟

فأشير له برأسي نحو كوة مفتوحة في الحائط على دار معلمي، فيعرف أن المعلم في الدار، فيمتد ذقنه المستطيل الذي يشبه حافظة النقود النسائية، مغالبًا ابتسامة سجينة بين شفتيه، يشوح في استخفاف وسخرية عميقين:

ـ لسه بيعمل تجاربه الكيماوية على ملح الطعام؟!

ذلك أن المعلم سعد الله مشغول طوال عمره بأمر خطير يسيطر عليه، ألا وهو اختراع نوع من السماد الكيماوي للأرض ينافس به إنتاج شركة «ثابت إخوان» وغيرها من شركات السماد التي أصبحت تصيب الأرض بالعقم بدلًا من مساعدتها على الإخصاب!

تصيبني الدهشة من سخرية أبو سماعين من جهود معلمي سعد الله، مع أنه هو الوحيد في بلدتنا الذي يشجع معلمي على المُضي في هذه الفكرة، بل هو الوحيد الذي يذهب إلى أبعد من ذلك فيخاطب معلمي على أنه مخترع كبير. وإذ يرى الدهشة في عينَي يبادرني بالمزاح. مزاحه معي لا يتجاوز جملة واحدة ينطقها من بين شفتيه المزمومتين، وفي عينيه ما لا أدري إن كان خبثًا أو ذكاءً، تهكمًا أو استرضاءً، يقول:

ـ إيه أخبار العراوي معاك؟!

ثم يتبعها بضحكته المعهودة التي تجيء هذه المرة مجرد إيقاع صوتي بلا روح ضاحكة حقًّا: «هو هو هو.. و... و.. هـ»، فأعرف

أنه يصر على استصغار شأني في الدكان، حيث كانت لذلك قصة بدأت يوم جيء بي إلى دكان المعلم سعد الله، وسلَّمني أبي له يدًا بيد، إذ نطق المعلم سعد الله أول ما نطق:

ـ بتعرف تعمل عراوي؟

فقلت بسرعة كأنني أدفع عن نفسي تهمة مخجلة:

ـ لا، باركِّب زراير بس.

وكان أبو سماعين جالسًا وقتها فاندفع يضحك، وحدجني المعلم سعد الله بنظرات استنكار، ثم قال:

ـ إزاي بقى؟! أمال كنت بتعمل إيه عند المعلم فرحات؟! اقعد اشتغل العراوي دي.

وأزاح أمامي ثوبًا، فصحت كأنني على وشك البكاء:

ـ والله العظيم ما أعرف أعملها!

فقرصني المعلم سعد الله من أذني بقسوة، فوجدت مبررًا للبكاء، فاندفع يصالحني قائلًا إن شغل العراوي فيه فن كبير يجب أن أتعلمه قبل أي شيء في هذه الصنعة، فليس يكتمل الثوب بدون أزرار، ولا بد للأزرار من عراوٍ تدخل فيها، وعليك أن تشتغل العروة هكذا... ثم حدد بالقلم الكوبيا نقطًا في طرف الصديري متباعدة قليلًا، وبطرف المقص شق فيه ما يوازي عقلة إصبع عند كل علامة، وبحث في الدرج عن كستبان صغير يليق بإصبعي، فلما وضعه في بنصري شعرت بنشوة بالغة، إذ أحسست بأنني قد صرت صنايعيًّا بحق يلبس الكستبان، ثم إنه جاء لي بإبرة صغيرة جدًّا تختلف عن إبرة السراجة التي تقطع غرزًا واسعة، لضمها لي، وعقد طرف الخيط بسرعة سحرتني، ثم بدأ يخيط

أول غرزة في العروة ليريني كيف أن غرزة العروة تختلف عن غرزة السراجة وغرزة الأقطان، فحين يبرز سن الإبرة من مكان الغرزة لا أشد الخيط إلا بعد أن أمرر الإبرة في الدائرة التي بين الخيط والإبرة، وحين أشد الخيط لا بد أن تكون شدة قوية وبرفق في نفس الوقت، وأن تتجاور الغرز وتتلاحم حتى لتبدو في النهاية كأنها خيوط متجاورة منسوجة بالماكينة تحتمل دخول وخروج الزرار في العروة مدى حياة الثوب.

أشهد أنني صرت بعدها أسطى في شغل العراوي، وصار معلمي يزعم أن الماكينة ليست بأفضل مني في إتقان العروة. وفي البداية كان أبو سماعين يشجعني على احتمال شغل العراوي، الذي كثيرًا ما كنت أضيق به من فرط الغرز وكثرتها، وكان يقول لي:

ـ يا جدع ما تبقاش هلف! لازم تفهم إنك بتعمل أهم حاجة في الثوب. دا معلمك ده أصله حمار لا مؤاخذة! كان الأصول هو اللي يعملها بنفسه، لأنها في وش الثوب وعايزة غرزة صنعة مش أي كلام.

وكنت أشعر كأنه يتحداني، فأجتهد، ثم أعرض عليه عراوي، فيضحك ساخرًا ويقول إنها كالدمامل في وجه الثوب، ثم يقترح على معلمي أن يبططها بالمكواة كعلاج وحيد. العجيب أنه لم يكن يعبأ بوجود العراوي في ثوبه، فقد كان يرتدي ما يشبه الصديري تحت الجلابية، وكان طرفا الصديري يبرزان من خلال فتحة الثوب مزورين كل طرف في ناحية بعيدة، وأحيانًا يختفي الطرفان تمامًا، حتى إذا ما أراد وضع شيء في جيب الصديري الذي هو تحت الإبط مباشرة دب ذراعه عن آخرها في عبه وظل مدة طويلة يبحث عن الجيب. وكنت

أظن أن أبو سماعين المهتم بمنظر العراوي لا يمكن أن يكون مهملًا في شبك زراير الصديري في عراويه، وعزوت الأمر إلى أن الأزرار قد تساقطت، إذ إنه ليس ثمة صديري بدون عراوٍ، والأزرار في العادة هي التي تتساقط حين تذوب الخيوط التي تربطها بالثوب. لكنني نظرت من خلال فتحة ثوب أبو سماعين فيما هو متقرفص فلمحت طرفَي الصديري المنفصلين: طرف العراوي تحت إبطه الأيسر، وطرف الأزرار تحت إبطه الأيمن، كخرقتين لا لزوم لهما على الإطلاق، ورأيت الأزرار كاملة غير منقوصة. وكان لا بد أن أسأل أبو سماعين، ولو على سبيل المداعبة، لماذا لا يقفل الصديري ما دامت الأزرار كلها موجودة وفي مقابلها العراوي؟ فشوح في فروغ بال، فصممت على مشاغبته بالسؤال، فشوح ثانية بقليل من الانفعال الضاحك:

ـ الصديري بتاعي ده أصله ما بيتزررش!

قلت:

ـ لازم العراوي دايبة، هات أضيقهالك.

فقال باسمًا:

ـ أي أزرار لكي تبيت في عراويها لا بد أن يلتقي الطرفان حول البدن، لكن صديري عجيب مثل الزمن، فطرفاه لا يلتقيان حول شيء أبدًا، وهكذا صديري هذا، لم يعد قادرًا على الالتفاف حول بدني. كان أصيلًا ذات يوم، اشتريته أيام العز والرخاء بسبعة قروش من أشهر محل في مدينة دسوق، لكن هذا الزمن اللعين لا يقبل أن ينافسه شيء أو أحد في القدم، بل لا يطيق، فيحكم على كل شيء أن يقل بأصله، هكذا حكم على كل

ثوب ارتديته، تحدى البدلة والصديري الإفرنجي والقميص الإفرنجي والكرافتة، فأحالها على جسدي إلى مزق لا يمكن التأليف بينها في صيغة وفاق أبدًا، أي أن جسدي كان لا بد أن يتعرى، فأدخلته عند التعري في جلباب كهذا وصديري كهذا. لكن هذا الصديري بقي مدة طويلة يمتنع عن تنفيذ حكم الزمن عليه بالرمي فوق كيمان عزبة العلمين، تهرأ في البداية من الظهر فرقَّعته، فتهرأت الرقعة فرقَّعتها، فتهرأت أخت لها بجوارها فلممتها، وهكذا أصبحت ألم الظهر بالخيط والإبرة كلما تيسر لي خيط وإبرة، إلى أن ضاق الظهر وحدث الفراق بين الطرفين إلى الأبد، حتى بات من المستحيل أن يلتقي زرار في عروته. هذا الصديري لم يعد سوى هذا الوجه فقط، المنقسم إلى طرفين متباعدين، وجه من الحرير الشاهي القديم الأصيل، وها هو ذا لم يتغير لونه قَطُّ ولم يبهت. والأمر يمكن أن يعالج بتجديد الظهر كله حتى تلتقي الأزرار بالعراوي، ولكنني لست أريد أن أقرف أحدًا بثوبي الخرق، إذ لست أطيق أن أتصور خياطًا يشمئز من وساخة ثوبي وهو يضطر إلى الشغل فيه!

ولم تفتني نبرة الحزن الأسيف التي بدت في صوت أبو سماعين. كان يضع فوق أذنه سيجارة مكن جاءته من باب الله، فقطمها نصفين، أعاد نصفًا إلى أذنه، وفك الثاني في ورقة بفرة ولفها، ثم أشعلها وسحب منها أنفاسًا عميقة ابتلعها، ثم سرح سرحة طويلة شاردة، ثم أردف قائلًا كأنه يبكي بحُرقة مع أنه لا يبكي:

ـ الدنيا ثوب قديم نعيد نسجه من جديد، ولكنه صائر حتمًا إلى مزق!

وأحسست أن دمعة تلمع كقطعة الماس من بعيد جدًّا في بقعة مختفية من نن عينيه لا نرى منها سوى الإشعاع، لكن الدمعة كان لها صوت في أنفه حين استطرد:

ـ نفس البني آدم تذوب هي الأخرى كالثوب، ولكن لا تفلح فيها الرُّقع!

ثم شرد شرودًا عميقًا، وبان عليه أسف شديد، لعله همٌّ وكدر. ثم إذا به ينهض فجأة مثلما يحضر فجأة. يلقي بنظرة إلى الطريق، ثم يمضي.

يختفي أيامًا طويلة لا يظهر حتى في عزبة العلمين، يربط الناس بين اختفائه واختفاء المهدية من عزبة العبيد. لا يرفض العقلاء هذه الإشاعة، لكنهم يضيفون في تحفظ أنها تحيي أفراحًا في بلاد مجاورة، ثم تحبك النكتة فإذا هم يضيفون في غير تحفُّظ: «وهو يحييها لكي تحيي الفرح جيدًا»، ثم يضحكون، ثم إنهم سرعان ما ينسون، إلا معلمي سعد الله، فإنه لا ينسى، ويكتب عليَّ الشقاء في البحث له عن أبو سماعين في كل الحواري والمساجد. تتسلط فكرة البحث على معلمي حتى ليفاجئني بعد يومين قائلًا ألا يحتمل أن يكون أبو سماعين في المكان الفلاني؟ فعلى الفور أقول له:

ـ جايز. نشوف.

ثم أنهض وأذهب إلى هناك، فإن لم أجده أعمل بنصيحة معلمي فأسأل الناس هناك عن آخر مرة رأوه فيها، وأن أتسقط أخباره من كل من أقابلهم!

١٢

المعلم سعد الله الترزي

إذ يكون معلمي سعد الله متربعًا خلف بنك التفصيل الخشبي فوق حشية من أثواب القماش، فإنك ترى أمامك رجلًا ينبئ عن قوام سمهري مربرب، حيث يرتفع جذعه الرشيق إلى صدر رياضي متين، بكتفين عريضتين جامدتين، ورقبة مستطيلة محتشدة بالعروق الصلبة، ووجه عالي الجبهة، مفوه الفم، تنفرج شفتاه المكتنزتان عن ابتسامة مضيئة مهذبة على الدوام. يوقر كل إنسان ويخاطبه في حياء ورقة مبطنة بالرجولة التي لا سبيل إلى الشك فيها. يهز ذراعيه الطويلتين أثناء الكلام، محركًا كفيه بأصابعهما المستطيلة في إيماءات تأكيد تبعث على الثقة المطلقة. لا ينزل عن كلمة قالها لو كلفته رقبته. كريم إلى أقصى الحدود. يرى الجوع في عيون السابلة والغرباء ويشم رائحته على بُعد، فيناديهم من الطريق، ويزغر لأولاده من خلال الكوة طالبًا أكلًا، فتجيء الصينية النحاس عليها أرغفة وقطع من جبن قريش ولفت وطبيخ وربما قطعة لحم أو جناح إوزة، ولا يني يردد أن اللقمة الحلال هي التي يكثر حولها الآكلون. ليس

لديه مانع من أن يظل الوابور مشتعلًا على الدوام يخرط الشاي له ولكل الجالسين دون أن يدفعوا شيئًا. عن طيب خاطر يرسلني كل برهتين لأشتري شايًا وسكرًا بخمسة مليمات، ونصف ربع أوقية دخان لف بعشرة مليمات. سيجارته في رُفع عود الكبريت، لكنه يعطيك علبته الصفيح الأنيقة لتلف لك واحدة كيفما تشاء. يشعل السيجارة ويضعها فوق المكواة التي صار إشعال القوالح لها من اختصاصي في الدكان.

المعلم سعد الله هو الوحيد في بلدتنا الذي يفصِّل الأثواب بأبخس الأثمان وربما بدون مقابل: «خلِّي علينا خالص». بل كثيرًا ما يرد بعض القروش لأصحابها بعد دفعها. يوم السوق يحفل دكانه بالغرباء. تنهال عليَّ البقشيشات. يمتلئ درج البنك بالبرايز وأنصاف وأرباع الجنيهات. يمسك بالدفتر المتهرئ عشرات المرات ليخط فيه بخطه العاجز أرقامًا ورموزًا وخطوطًا، مهمة ما لبثت أن أخذتها عنه، حيث نظل في نهاية المساء نجمع ونطرح ونضرب في متاهات رقمية خرقاء، على الورق تارة وبالبلدي تارة أخرى، فلا نعرف أين تسربت النقود، لكن معلمي في النهاية يطمئن إلى أنه هو الذي جمع وهو الذي بعثر. اطمئنانه الأكبر هو أن أحدًا لم يعد يريد منه شيئًا أو يطلب دينًا، يحمد الرب، يدعو بالغفران لكل خلقه.

ينهض ليخطف رجله إلى الدار يقضي حاجة ألمت به، فإذا ما نهض فإنك لا بد أن تفاجأ، بل قد يصيبك الدوار من المفاجأة رغم أنك رأيته قبل ذلك عشرات المرات، فلسوف تكتشف في كل مرة أن هذا الكيان الجميل ذا القوام الفارع هو نصف جسد فقط، أما نصفه

الأسفل فعبارة عن شبه ساقين منحازتين لبعضهما مثل أطراف ثوب منشور على حبل الغسيل. وإذا به يسحب من الركن عكازًا في طول قوامه، يثبته في الأرض وينتصب واقفًا مستقيمًا، فيبدو كفرع عملاق تفرع حول عكاز. ولأنه غير ملقٍ بالًا لهذا الأمر أبدًا، فإنه دائمًا يجلس في الدكان بملابسه الداخلية: الفانلة القطنية ذات الكُم الطويل الحابك على المعصم، فوقها الصديري الشاهي، والسروال من الدبلان المزهر فوق الركبتين اللتين تبدوان ككرتين صغيرتين مغروزتين في سيخين من لحم بشري، تنتهيان بقدمين طويلتين مزورتين عن بعضهما. يقال إن حريقًا شب في دكانه القديم منذ سنوات بعيدة فأضاف إلى عجزه الطبيعي تشوهًا وتسلخات غائرة، تقبَّلها بصدر رحب على أساس أن المؤمن مصاب دائمًا، وهذا كله في النهاية من فضل الرب، فمثلما نتقبل خيراته علينا أن نتقبل قضاءه فينا.

على أن المعلم سعد الله إذا ما لبس الثوب صار عملاقًا بحق وحقيق. يختفي العكاز على طوله وغلظه في أعطافه الحانية ورقته الشديدة وكرم أخلاقه وحلاوة كلامه. ولست أظن أن سيدنا المسيح عيسى ابن مريم كان بأفضل حديثًا وحسن معاملة. إذا سار دفع العكاز بكلتا يديه إلى الأمام، فيدق الأرض بشدة، ثم ينقل كعبه الأيمن، فيطحن به الأرض في تدويرة سريعة خاطفة، على إثرها يكون كعبه الأيسر قد لحق به، وتكون يداه قد دفعتا العكاز إلى الأمام دفعة تالية. وهكذا في دربة هائلة يستطيع أن يمشي مع أي رجل صحيح البدن لمسافات طويلة، بل ربما يكون هو الأسبق، وتضطر أنت إلى الصياح به في كل حين: «على مهلك يا معلم سعد الله»، فيهدئ من

سيره. فإذا ما أراد الاستراحة قليلًا توقف مستندًا على العكاز حتى يريح العمود الفقري قليلًا ثم يستأنف السير.

له أخ يُدعى «شنودة»، يعمل سكرتيرًا لمدرسة ثانوية بالمديرية. نسمع عنه منذ سنوات طويلة ولم نره مطلقًا، لكنه يعيش بيننا على الدوام كأي فرد منا. يناط بي قراءة خطاباته مثنى وثلاث ورباع، وإعادة استذكارها للتأكد من كذا، وكتابة الردود عليها. كتابة خطاب لشنودة احتفال كبير جدًّا، يون له الوابور تحت الشاي، ونحرق على شرفه أوقية دخان كاملة. كلما ظننا أن الخطاب قد انتهى خطرت لنا ملحوظة ثانية وثالثة ورابعة، ربما سلام فلان الفلاني وأهل منزله، وفلان الذي يقيم في بلدة مجاورة وتربطهم به صلة صحته هو الآخر على ما يرام، وكل من عندنا كبيرًا وصغيرًا يهدونكم ألف مليون سلام، وأنا يا أخي لو كنت طيرًا لطرت إليك، ولكن ماذا يفعل مقصوص الجناح! أنا مشتاق إليك اشتياق الزرع للماء، والرضيع للبن الأم، والإنسان للهواء. وعلى فكرة، كاميليا بنت خالك في بلدة الكنيسة، منذ شهر تقريبًا، حيث إنها تلد، فصلِّ من أجلها ينتعها الرب بالسلامة. ونحن بخير، ولا ينقصنا إلا رؤياكم الكريمة، والسلام ختام، من طرف أخيك المخلص لك دائمًا المعلم سعد الله حنا عبد الملك.

البوسطجي صديقنا، يمر على الدكان كل يوم في طريقه إلى صندوق البريد المثبت في جدار دوار العمدة القريب من حينا، وأثناء عودته ليستقل طريق بحر السبيل إلى بلدة مجاورة. مساء الخير يا معلم سعد الله، هكذا وهو راكب على حماره أمام الدكان ببذلته الصفراء التي تشبه بذلة العسكر السواري، وقبعته الكبيرة، وخُرجه الأنيق

الحافل بالخطابات. دائمًا جواب لك يا معلم سعد الله، ودائمًا فلان الفلاني من البلدة الفلانية يسلم عليك، وفلان من البلدة الفلانية يقول لك كذا وكيت. الجميل أن يدركنا البوسطجي لحظة نضج الشاي حتى تحييه بكوب على الواقف، يجرعه على عجل ريثما تنتهي من كتابة عنوان على الظرف الذي سيأخذه الآن. ذلك أننا نؤجل إغلاق الخطاب إلى آخر لحظة، فلربما يعن لنا كلام جديد نضيفه إليه كأنه آخر خطاب سنرسله في حياتنا. وكم احتملنا البوسطجي في صبر، واقفًا بحماره عند الرصيف وهو مُصر على عدم النزول. كان يخيل لي أنه يعرف شنودة شخصيًّا، ويعرف كل أصحاب الخطابات التي يحملها معرفة شخصية حميمة كمعرفته لمعلمي سعد الله.

رغم أن شنودة لم يزر بلدتنا قَطُّ، فإن معلمي سعد الله لا يكف عن الذهاب لزيارته في مدينة المديرية، وهي شديدة البعد عنا مهما قرَّبتها القطارات. إذ يغلق معلمي دكانه يوم أحد، ويكتري حمارًا يوصله إلى المحطة، ليمكث عند شنودة يومًا أو يومين. يأخذ له بعض الهدايا من خيرات الريف؛ مجموعة قفف وصناديق كرتونية يعجز صحيح البدن عن السفر بها، أما هو فيركب بها الحمار ثم القطار ثم قطارًا آخر ثم عربة حنطور، حتى يصل في مدخل الليل المنير إلى بيت شنودة. ويعود بعد الزيارة بكيسين من الفاكهة يشتريهما من محطة دسوق.

لست أذكر متى نشأت فكرة أن يخترع المعلم سعد الله سمادًا كيماويًّا، ولكنني حينما ضربني المعلم فرحات الترزي وانتقلت إلى دكان المعلم سعد الله، بدأت أنشغل بما يفعله معلمي أكثر من انشغالي بأمر الشغل، حيث أذهب إلى داره كل يوم صباح لأوقظه،

وآخذ مفتاح الدكان لأكنسه وأرشه بالماء ريثما ينتهي معلمي من فطوره ويجيء. فما أكاد أدخل من باب الشارع وأعبر الدهليز إلى القاعة الجوانية حتى أراه في ضوئها الصباحي الكابي، وقد افترش الحصير فوق الأرض بين سرير أجرد بعمدان، ودولاب حائل متآكل متفصص من بعضه، الصينية النحاس بجواره عليها بقايا طعام حافل. تزاح الصينية ناحيتي فور دخولي لأفطر مهما حلفت أنني أفطرت في بيتنا. يكون الوابور مشتعلًا، وزوجه السمينة جالسة أمام الوابور تصنع له الشاي، وتدفع الدجاج والبط إلى الخلاء، وتُعنى بالولد الزاحف بجوارها، كل ذلك في آن. كوب شاي الدور الأول موضوع أمام معلمي، تجاوره بضعة أكواب أخرى من الزجاج مستطيلة تمتلئ بمواد سائلة وأخرى مسحوقة، وكوز فيه ماء يغلي، يخلط شيئًا من هذا على شيء من ذاك، يقلب بقضيب رفيع من الحديد، يضع السائل المقلب فوق صندوق بجوار الحائط يسقط فوقه قرطاس من الشمس آتٍ من كوة في السقف مفتوحة، ثمة مسحوق آخر مفرود على سطح إناء ومنشور تحت قرطاس الشمس. أقول لزوجة معلمي على استحياء:

ـ هو معلمي بيعمل إيه؟

تبتسم الغمازتان في خديها، ويبتسم كل وجهها الطيب المستدير كالبطيخة، وتقول بلهجة مشوقة:

ـ أنا عارفة يا أخويا! اسأله.

فأنظر إلى معلمي، فإذا بأصابعه الطويلة السرحة تقبض على عظمة كتفي وتغمزها في ود عميق:

ـ بعدين حابقى أقولك.

فإذا بي أنبسط من هذا القول الودود، ثم أقوم لأفتح الدكان.

غير أنني سريعًا ما عرفت حقيقة الأمر، فسرعان ما نيط بي كتابة خطابات إلى مديرين في هيئات صناعية كبرى، ووكلاء في القاهرة، ورؤساء شركات، بل ووزراء أيضًا، بكلام عجيب يمليه معلمي سعد الله، يسأل عن أخبار العينة الفلانية التي أرسلها بتاريخ كذا، بموجب طرد بريدي بعلم الوصول رقم كذا، ينبئ عن تجربة جديدة أجراها فكان من نتائجها كذا وكيت، يقول المحرر في جريدة «المصري» إنه اكتشف أن السماد الفلاني الذي تورده الشركة الفلانية فيه نسبة كبيرة من كذا وكذا مما يفسد تربة الأرض ويجعلها مرتعًا للدود والحشرات. «نعم فاعلموا يا حضرات المسؤولين الكبار الكرام إن لم تكونوا تعلمون، أن الأرض هي الأخرى تتعفن وتدود بعد موتها كالجسد البشري سواء بسواء، وبعدها لا يمكن إحياؤها ثانية مهما فعلنا، وأن العلاج الناجع يا سيدي أدامك الله هو إضافة المادة الفلانية وتخفيف المادة العلانية».

ثمة ردود كثيرة كانت تجيء، وكان عليَّ أن أقرأها، لكنني لم أكن أفهم منها شيئًا على الإطلاق، ولا هو أيضًا، فكان يستوضحني الأمر سطرًا سطرًا وعبارة عبارة وكلمة كلمة، وقد يشير إلى كلمة في صدر الصفحة بالمطبعة قائلًا:

ـ أمال إيه دول؟

فأقول له إنها اسم الهيئة أو الوزارة أو مكتب صاحب الخطاب، فيرسل عينيه الصغيرتين الصافيتين إلى بعيد، وقد شاب ابتسامته قليل من الأسف يحمر له وجهه وتنعوج بعض ملامحه، ثم يشوح قائلًا:

ـ ولع الوابور.

فأشعل الوابور، وأضع البرَّاد فوقه حتى يغلي الماء، فيقول هو بعد برهة طويلة:

ـ فين الشاي؟

فأقول له:

ـ ما إحنا لسه ما اشتريناش.

فيدفع لي بقرش تعريفة أشتري به. وقد يشرب الشاي بأدواره الثلاثة ومع ذلك يسأل بعد برهة:

ـ أمال فين الشاي؟!

فأقول له:

ـ ما إحنا شربناه!

فيقول وهو يدفع لي بقرش آخر:

ـ طب اجري هاتلنا غيره.

وكثيرًا ما كنت أضبطه في المساء مختليًا بنفسه في القاعة الجوانية، فاردًا هذه الخطابات أمامه على السرير يمعن فيها النظر بدقة كأنه معها في حوار عميق، يحاول اختراق سطورها وكلماتها الغامضة التي لم نسمع بها من قبل. كذلك كثيرًا ما كنت أراه فجأة ساحبًا عكازه، بقفزتين اثنتين يصير في الشارع، يجري خلف قاسم أفندي المدرس الإلزامي، أو حمادة نصار كاتب التفتيش الحاصل على الشهادة الابتدائية، يدعوه ـ بعد إذنه، ولو تكرم ـ خمسة، ثم يقتاده إلى الدار كأنما لأمر جلل، يفتح الباب صائحًا في جموع الدجاج والبط والإوز، يدخل القاعة مرددًا:

ـ اتفضل يا حمادة بيه.

يرتب له طرف السرير على عجل، يجلس الرجل، يفتح المعلم سعد الله دولابًا غائصًا في الحائط، يسحب لفة خطابات مبرومة حول بعضها ومحكومة بأستك، يفردها، يطلب قراءة الألفاظ المكتوبة بالإنجليزية وتفسير معناها بالبلدي، لكن أحدًا لا يفلح في ذلك، لأنها أسماء مصطلحات كيميائية كما يقولون له لا يفقهون فيها شيئًا، إلا أنه يروح يقدم اقتراحات بالمعنى، أيكون كذا؟ أيكون كيت؟ احتمال أن يكون المقصود كذا ما دامت قد وردت الكلمة الفلانية، والقارئ لا يملك إلا أن يردد خلفه: «جايز. يجوز. جايز. يجوز»، إلى أن يخرج وهو يدخر ابتسامته الساخرة، لكنه في العادة لا يطلقها أبدًا، بل يودع معلمي سعد الله بنظرة تقدير عميق وإن شابها قليل من الاستهجان.

متسامح معلمي إلى أقصى درجة. حدث أن طلبته إحدى الهيئات لمقابلة مديرها المسؤول وتقديم ما لديه من عينات والتخاطب بشأنها. كنا في شهر رمضان وموسم الخياطة على أشده، وليس في الدكان سوى صنايعي واحد يعتمد عليه في شغل الماكينة وتركيب الأقطان، أساعده أنا في تركيب الزراير وشغل العراوي، ومعي حنا ابن زوجة معلمي من رجل آخر، كان أصغر مني بقليل، وكان سمينًا مرغددًا، بارد الطبع يخلو من الحماس والخشونة، وكان معلمي يعامله بمعزَّة أكثر من أولاده، ولا يهينه في الشغل، ويصر على إدخاله المدارس والصرف عليه، فالولد يتيم، وهو أمانة، بل هو أكبر مسؤولياته في هذه الحياة. ولكن يبدو أن المعلم سعد الله حينما قرر السفر إلى القاهرة لمقابلة ذلك المسؤول رغم ضيق الوقت وزنقة

الموسم، أوصى ابن زوجته أن يجعل باله من الدكان وألا يغادره، فجاء الولد حنا ليسهر معنا، وكنا نسهر حتى الصباح ونفتح عند الضحى. كبس النوم على الولد فنام. بعد مدفع الإمساك أمرني الصنايعي أن أنصرف لكي أجيء مبكرًا فأفتح الدكان. على امتداد ضوء الكلوب في أرض الشارع لحقت بأبي في مسجد العصاروة قبل خروجه من صلاة الفجر.

في الضحى عندما ذهبت لأفتح الدكان فوجئت بصوات في دار المعلم، وإذا بالولد حنا قد ذهب إلى المستشفى، والصنايعي إلى دوار العمدة، وإذا بالخبر يقول إن الصنايعي القذر اعتدى على الولد في الليل، أثناء نومه، بوحشية، فأسال دمه، وصرخ الولد فجاءت أمه تجري، وذهبت من فورها إلى العمدة. في المساء جاء المعلم سعد الله فالتقاه الخبر عند أول الطريق فاربد وجهه واكتسى شحوبًا وأسفًا عميقين. ما إن وصل إلى الدار حتى جلس على رصيف الدكان وانخرط في بكاء عميق حاد، يهم بشق ثوبه في كل شهقة. الناس من حوله يطيبون خاطره، لكنه نهض، وانطلق جريًا إلى المستشفى حيث اطمأن على الولد وبكى عنده كثيرًا، ثم أصر على أن يأخذ بثأره تفتيتًا لرأس هذا المعتدي بهذا العكاز.

اندفع يجري بكل غضب إلى دوار العمدة، يصيح:
ـ هوَّ فين؟ وريهولي بس عاوز أشوفه!

والناس والخفراء يبعدونه برفق. في الصباح الباكر حرص على أن يكون أمام الدوار قبل ترحيل الصنايعي إلى البندر. العكاز في يديه يهتز ويتوعد. فما إن خرج الصنايعي من حبس الدوار والخفراء يكتفونه،

حتى قفز المعلم سعد الله نحوه كالأسد، ثم وقف أمامه يرتعش في غضب عظيم، وأخيرًا صاح بكل رقة:

ـ بقى كده! كده يا حنفي! إخص عليك وعلى تربيتك! اتفوه!

ثم بان على وجهه الأسف في الحال، داراه بقوله في نبرة لا تقل أسفًا:

ـ يلّا روح اتلقى وعدك! ربنا ينتقم منك!

وفي صبيحة اليوم التالي فوجئ به الصنايعي في مركز الشرطة والعسكر يهمون بوضع الحديد في يديه لترحيله إلى النيابة في المديرية. انفجر المعلم سعد الله باكيًا، ودخل للمأمور فتنازل عن المحضر.

بعدها نسي المعلم سعد الله أمر السماد لبضع سنوات، وغاب الصنايعي في محلات كثيرة في بلدان أخرى هربًا من الفضيحة، وانتقل الولد حنا إلى بلد بعيد يتعلم في مدرسته الداخلية. ثم سرعان ما هجر الصنايعي مهنة الخياطة، وفكر في فتح دكان للبقالة، فتوسط له أبو سماعين لدى معلمي ـ ويا للعجب ـ الذي باعه جزءًا من قطعة أرض يملكها بجوار دكانه مباشرة، أقام حنفي فوقها دكانًا لبيع الأقمشة والأقطان والأزرار وخيوط الحياكة بجميع أنواعها. ثم إن معلمي سرعان ما رجع إلى هوايته القديمة: إجراء التجارب الكيماوية، وإرسال العينات إلى كثير من الجهات والهيئات والوزارات.

تسعون في المائة من هذه التجارب وهذه العينات وهذه الخطابات كان أبو سماعين حاضرًا فيها. كان يشعل حماس معلمي قائلًا إذا استمع منه إلى عبارة جديدة:

ـ قلت هذه في الخطاب أم لا؟

فيقول معلمي:

ـ مش فاكر.

وينظر إليَّ يستذكرني، فيقول أبو سماعين:

ـ لازم تقولها.

فنجيء بورقة جديدة، ليملينا أبو سماعين صيغة أكثر شمولًا وأكثر مدعاة للاحترام، حافلة بـ«لا سيما» و«بيد أن» وما إلى ذلك من عبارات ينبسط لها معلمي وينشرح صدره.

قلت لأبو سماعين بعد تشويحته الساخرة تلك:

ـ يظهر أن المعلم سعد الله اكتشف عينة جديدة.

فإذا به يطلق ضحكته المزمومة: «هو هو هو.. و.. هـ»، ويضيف:

ـ الله يكون في عونه ويساعده.

قلت له:

ـ مش جايز يجيب نتيجة؟

قال:

ـ جايز قوي قوي.. ليه لأ؟ بس المشكلة أن اختراعه لا بد يركب عليه ناس تانيين من أهل المهنة، بتوع المصطلحات، اللي فاهمين كل حاجة فيها، اللي يقدروا يعبروا عن فكرتهم بلغة المهنة، هي دي عادة الدنيا، مخلوقات تأكل مخلوقات، وحتى الكائن الإنساني الأرقى يأكل الأقل منه رُقيًّا، يستوعبه ويتشرب كل محتوياته المفيدة ليظهر بها هو، فيبدو كأنه الأصل في المخلوقات في حين أنه قائم بها!

لا أفهم كلامه جيدًا، أعود فأسأله بشيء من الخبث والحذر:
ـ لكن حمادة أفندي نصار كاتب التفتيش قال لنا مرة إنه قرأ أحد الخطابات الواردة لمعلمي، فوجد أنهم يقولون عن تجاربه إنها ملح طعام لا أزيد ولا أقل!
فابتسم أبو سماعين، وبدا على وجهه أنه هو الآخر قد قرأ هذا التصريح الخطير، لكنه قال في لهجة واثقة:
ـ لنفرض أنهم قالوا له ذلك. إن كلامهم ليس قرآنًا منزلًا. يجوز أنهم لم يفحصوا العينة جيدًا ويريدون التخلص منه، وربما وجدوا فيها شيئًا مهمًّا ولكن طريقته في التعبير عن هذا الشيء أغرتهم به،، كالذي يجد جوهرة ثمينة في يد رجل حافٍ متخلف عقليًّا، إنه سوف يحاول الضحك عليه وإقناعه أنها شيء بلا قيمة ليأخذها ويعرضها هو بالشكل اللائق بها. هل يستطيع أحد منا أن يحكي قصة أبو زيد الهلالي أو عنترة مثلما يحكيها شاعر الربابة؟ لا طبعًا. هكذا الدنيا، يصنعها الأبرياء المخلصون، ويستمتع بها التافهون المنافقون المغرضون، والفهلويون والمحتالون! وعلى كل حال فالمثل يقول من سار على الدرب وصل. فمن يدري؟ لعل وعسى!
لحظتها طب علينا معلمي، فخشي أبو سماعين أن يكون قد سمعنا، فظل مرتبكًا لفترة، ثم ما لبث أن راح يدعو لمعلمي بالتوفيق والفتوحات الربانية، ثم اكتسى وجهه بكآبة مفاجئة غاب خلالها شاردًا، ثم تحامل واقفًا واضعًا يده اليسرى في سيالته واليمنى طليقة، ثم اندفع إلى الطريق متعجلًا كأنما يسعى وراء مشوار خطير.

١٣
أبناء الواجهة

كل الناس في بلدتنا يعرفون بعضهم البعض ربما إلى سابع جد،
يعرفون أيضًا شجرة العلاقات، فهذا فلان ابن فلان، خاله فلان وابن
عمته وصهره فلان، إلا أبو سماعين، لا نعرف له عمًّا أو خالًا
أو أي صلة على الإطلاق، وقد تعوَّد الناس ألا يسألوه عن أي شيء
من هذا القبيل، إنه أبو سماعين وكفى، وهو مع ذلك معروف لكل
الناس، مألوف لكل الناس، بل مشهور أكثر من عمدة البلدة نفسه،
ثم إنه هو الوحيد المسموح له بدخول كل البيوت بلا سبب واضح،
حيث يرتمي جالسًا بجوار أهلها منكمشًا على نفسه في انتظار حسنة
أو كوب شاي أو ربما كلمة ترحيب طيبة. لا أحد يراه يأكل أبدًا. كذلك
لا يعرف أحد أين يبيت، لكننا نراه أحيانًا يغسل ثيابه في أي ترعة،
أو يستحم في ميضأة المسجد القريب من ديارنا.

كثيرًا ما كنت أراه يجلس في مندرتنا بين أبي ورهط من عائلتنا.
لم يكن وحده أليفًا، بل كان اسمه أيضًا أليفًا، لكنها تلك الألفة التي
تقوم بيننا وبين الأشياء، فهو أليف كصورة جدي «الكلَّاف بك»

المعلَّقة على حائط مندرتنا في مواجهة الداخل من بابها، وسط برواز مذهب، قريب الشبه جدًّا من أحمد عرابي زعيم الفلاحين، نفس الذقن السكسوكة، والببيون الأسود البارز في فتحة ياقة القميص الإفرنجي، والطربوش القصير، تطل من عينيه نظرة أراها في جميع أبناء عمومتي.

مندرتنا هذه العتيدة شهدت كثيرًا من الأمجاد، ففيها جلس الكثيرون من علية القوم في أزمنة متعددة، فيها جلس أفندينا نفسه أثناء زياراته المتعددة لجدي في فترات الاستراحة التي كان يقضيها جدي في بلدتنا ريثما تعود الأسرة الخديوية من مصيفها في أوروبا، حيث يتحرر جدي من رسمياته، وينطلق كأحد البكوات الكبار يقضي وقتًا في الإسكندرية ووقتًا في بلدتنا.

كان لجدي عشرة أبناء: سبعة رجال، وثلاث نساء. وكانت الأسرة الخديوية قد أنعمت عليه بإقطاعية سبعمائة فدان ونصف بور، يقوم هو بإصلاحها وامتلاكها، وقد فعل، ومن عرقه وشقائه أكمل المئات السبع إلى عشر، منتفعًا بخبرة وسواعد أصهار له من بلدة مجاورة لبلدتنا، حيث توفروا على الأفدنة فأصلحوها وتولوا زراعتها وتوريد ريعها إلى جدي، ثم علَّموا أعمامي الفلاحة، فلم يدخل منهم المدارس سوى ثلاثة فقط، هم: عمي سعد وعمي سعيد وأبي. أما عمي سعد فقد تخرج في الأزهر الشريف، وأصبح شيخًا كبيرًا في الأزهر، لا يزور بلدتنا إلا في الأعياد. وأما عمي سعيد فقد تخرج هو الآخر في الأزهر، ولكنه كان حلو الصوت مهتمًّا بالموسيقى، فاشتغل صَييتًا ومقرئًا للقرآن الكريم. ولست أدري هل لحلاوة صوته أم بحكم صلة جدي بأفندينا اشتغل عمي سعيد صَييتًا

ومقرئًا خاصًا بسراي أفندينا، يحيي لياليه الدينية الدائمة في الأشهر الحرم. وأما أبي فقد تخرج في مدرسة المهندسخانة، وعمل موظفًا بهيئة الفنارات. وكان أبي وأخواه سعد وسعيد من مشاهير الناس في العب كله، لنشاطهم السياسي المسموع وخدماتهم التي يؤدونها لكل من جاءهم يحمل بطاقة توصية من أحد في البلدة. لكن شهرة أبي ـ رغم أنه أصغر إخوته ـ قد تفوقت، لأنه كان من أقطاب الوفد، وكان دائم الاحتكاك بالسلطات البريطانية ودائم الزيارة لمعتقلهم.

أما عمي محمود وعمي فارس وعمي عطية وعمي عبد الخالق، فقد كانوا يفلحون الأرض في البلدة. كانوا يشغلون هذين البيتين الكبيرين المهيبين: بيت بالطوب الأحمر يضم عشرين قاعة، وزريبة، ومنخًا للجمل، ومخزنًا للتبن، وآخر للحبوب، ودهليزًا كبيرًا، في ركن رطيب منه ثلاثة أزيار للماء على قاعدة من الأسمنت، وملحقة به من الخلف تعريشة للفرن تُسمى الدويرة، والفرن يشتعل يوميًا للخبيز الكبير، أو لخبيز لقمة طرية كالرقاق والفطير والقرص، أو لدس الأرز وهو غذاء يومي. يمتد جدار هذا البيت ـ وفي منتصفه البوابة ـ إلى الداخل، حيث ينكسر يمينًا بجدار الزريبة مكونًا حارة سد. ابتداء من نهاية حائط الزريبة يمتد إلى الخارج جدار البيت الثاني، حيث تنتصفه هو الآخر بوابة كبيرة ضخمة لا تقل عن التي تواجهها مهابة وأصالة، هذا البيت مبني بالطوب النيئ في دوره الأول، ودوره الثاني مصنوع من الخشب البغدادلي المغفق بالطين ثم الجير الملون، وهو متصل بالبيت المجاور من فوق بواسطة تراسينة خشبية تعبر الحارة بين البيتين ذات سور حديدي مشغول بالمخرطة. وكان واضحًا أن هذا

البيت ذا الدورين كان مخصصًا كاستراحة خاصة لأبنائهم المقيمين في العاصمة ومن يجيء معهم من ضيوف، حيث كان الدور الثاني المصنوع من البغدادلي مكونًا من ثلاث حجرات كبيرة تتلقف الرياح والشمس من جميع الجهات، وكانت مليئة كلها بالأسرَّة النحاسية والبوريهات والكراسي العباسي والسجاجيد الثمينة وأشياء كثيرة عاصرتُ آخر معارك النزاع حولها بين أبي وأبناء عمومتي. وأما الدور الأول فقد كان عبارة عن مندرة كبيرة جدًّا، وملحق بها دهليز يغلق عليه باب متين حيث توجد به دورة المياه والسلم الصاعد للدور الثاني.

عمي محمود كان عميد عائلة الكلَّافين حتى في حياة جدي، وكان عملاقًا فتيًّا كثير الإنجاب، بلغ أولاده سبعة وأربعين ذكرًا وأنثى من أربع نساء في عصمته وخمس مطلقات، لكن كل أولاده يعيشون معه في حوزته. وكان زعيمًا لأولاد الليل والفتوات والأشقياء، لا يشاركهم الإجرام، ولكنه يشكمهم ويقهرهم ويستخدمهم عند اللزوم لمصلحة عامة. دائم الانتقاد لفُسولة رجولتهم ويعتبرهم عيالًا على الرجولة الحقيقية. أي شيء يضيع في المنطقة يجيء إليه المصاب ويشكو جليل مصابه، فيستفهم منه عن بعض الأوصاف وبعض المعلومات، ثم يهز رأسه في هدوء قائلًا:

ـ خلاص انحلت.

ثم يميل على أحد التملية ـ وما كان أكثرهم في ديارنا آنذاك ـ هامسًا بشيء، فيذهب التملي ليغيب ساعة أو أكثر مسافة ما يتناول الضيف الغداء والشاي، ويعود ساحبًا خلفه أحد الأولاد الأشقياء قائلًا:

ـ أهه.

فيشير له عمي محمود بطرف العصا على الأرض أن يجلس، فيجلس متقرفصًا على مبعدة خوفًا من استطالة العصا، يزغده عمي بالعصا في صدره زغدة خفيفة، لكن الولد ينعدل تلقاءها متربعًا وقد جحظت عيناه في استكناه المجهول. يفتل عمي محمود شاربه بحركة ذات معنى، مركزًا النظر في الولد، صائحًا: «فين يا ولد كذا وكذا وكذا، اللي سرقتوه أول إمبارح من الحتة الفلانية، بأمارة كذا وكذا»، فيفتح الولد فمه ليتكلم، فيضرب عمي محمود الأرض بطرف عصاه صائحًا:

ـ الحاجة دي تيجي دلوقت! يلّا قوم! خمس دقايق بالعدد.

فينتفض الولد مستردًّا روحه قائلًا:

ـ حاضر يا عم محمود.

وينطلق ليعود بكل شيء بعد حين قصير.

هكذا كان عمي محمود، كما وصفه لي أبو سماعين. أما بقية أعمامي الفلاحين فلم تكن لهم مثل هذه الشخصية، ولكنهم كانوا ذوي احترام كبير هم أهل له. وكانت العائلة بفضله مرهوبة الجانب، إذ يشاع عن عمي محمود أنه كان لاعبًا بالنبوت لا يباريه أي فارس في الأرض، لدرجة أنه كان يضرب النبوت في الأرض فيزرعه زرع البصل، ثم يقف فوق طرف النبوت بقدم واحدة ويبرم جسمه حول نفسه وربما يؤدي طبقة ذكر دون أن يقع. غير أن الكارثة الكبرى التي منيت بها عائلتنا مبكرًا هي موت عمي محمود الذي جمحت به الفرسة ذات يوم، فاندفعت تجري عمياء بين الحقول ليختطفه من فوقها فرع جميز عتيق يلقي به على الأرض ممزق الجبهة. وكان

مشهد دفنه عظيمًا، إذ حضره أفندينا، واستمر سرادق العزاء أسبوعًا كاملًا في استقبال المعزين من كافة البلدان.

على أن لواء الفروسية في العائلة انتقل في الحال إلى عمتي نجية الكلَّاف التي كانت هي الوحيدة في إخوتها موازية في قوة الشخصية لأخيها محمود، وكانت متكلمة وصاحبة واجب، تقيم على مديحه عشرات المئات من العلاقات المتينة القوية، وكانت أيضًا صاحبة سطوة، حتى لقد شغلت فراغًا تركه عمي محمود، وحضرت في كل مجلس كان يتطلبه. وظل اسم الكلَّافين يعبر معها البحور والكفور والحقول لأداء واجب العزاء أو الفرح في بلاد بعيدة، وظلت هي تلعب دورها بكفاءة عالية إلى أن مات جدي الكلَّاف بك، فتحولت هي إلى حيوان شرس يعض جميع إخوتها دون رحمة، وراحت تدخل كل يوم في قضية أمام المحاكم مع واحد من إخوتها حول مواريث تدعي ملكيتها بناء على توصيات زائفة تزعم أن أباها أعطاها لها قبيل موته، ولم تتوقف قضية من قضاياها إلا بموت خصمها ـ أخوها في نفس الوقت. حتى أختها الصغرى التي كانت تكفلها أرادت أن تستولي على نصيبها فماتت هي الأخرى بفعل الحسرة.

حينذاك كان أبي قد أحيل إلى المعاش، وجاء يحضر تقسيم التركة ويحصل على نصيبه منها. في مجلس التقسيم الذي يضم علية القوم في البلدة قيل لأبي:

ـ تختار نصيبك من الأرض في أنهو حوض يا عبد الفتاح أفندي؟

وكان أبي إسكندرانيًّا مرفهًا لا يفهم شيئًا في الأرض أو شؤون الفلاحة، ويبدو أنه قد ردد الكلمة التي يسمعهم جميعًا يرددونها في

الإسكندرية عند تقسيمهم للأراضي: «على واجهة!»، باعتبار أن الأرض هناك تقسم للمباني فتصبح الواجهة مهمة، إذ قال أبي هو الآخر بعد أن وضع ساقًا على ساق منجعصًا:

ـ أنا مش حاتنازل عن إن الأرض بتاعتي تكون على واجهة!

فذهل القوم، وتبادلوا نظرة حرجة تمنعهم من الضحك الساخر، لسان حالها يقول: «ما بال هذا العبيط يصر على هذا الطلب الغريب! إن الأرض التي على واجهة لا تصلح للزراعة مطلقًا، يجور عليها الطريق ويرملها، ثم إنها تصبح طريقًا سهلًا يخرم منه العابرون!». تطوع أحدهم لتنبيهه على سبيل إبراء الذمة:

ـ حتبنيها يا عبده أفندي ولَّا إيه؟

قال أبي مستمرًّا في الغشومية:

ـ أنا حر بقى.

ونشطت عمتي نجية، ووبخت هذا الرجل في خبث شديد، قائلة له أن يترك أبي يختار ما يشاء دون مراجعة، لتكون في الظاهر قد انتصرت لرغبة أبي ودافعت عنه، وفي الباطن تغريه بالاستمرار في غشوميته حتى يأخذ الجانب البائر من الأرض المطلة على الطريق، لتتسع أمامها الفرصة في اختيار نصيبها ضمن الأرض الخصيبة، فالمعركة التي كانت تخشى قيامها كانت ستدور حول هذه القطعة المالحة المجدبة من الأرض، ومن ذا الذي سيقبل أن تكون من نصيبه، ولكن ها هو ذا أبي يحل المشكلة بجهالة فائقة، فأهلًا به وسهلًا!

وهكذا، كان من نصيبنا البوار أنا وإخوتي طوال حياتنا. طاردتنا

النكتة في شوارع البلدة، والتصقت بطفولتنا، حيث أطلق أهل البلدة علينا جميعًا لقب «أبناء الواجهة»، وكانت النكتة تزداد التصاقًا بنا يومًا بعد يوم، فتزداد عمقًا وسخرية، إذ إن أبي صرف عليها كل ما كان في حيلته محاولًا إصلاحها، ولكنها أبدًا لم تؤتِ بأي ثمرة. وفي لحظة حزن وضيق تسلل إليه الحاج مصطفى الحداد، وأقنعه بضرورة التخلص منها، ثم اشتراها ببضع مئات من الجنيهات، وتركها للزمن يرفع من سعرها حين يمتد إليها العمران، فاستباحها كل أهل البلدة، وأقاموا فوقها ألعابهم ومسامراتهم الليلية. ورغم أن ملكيتها انتقلت رسميًا إلى الحاج مصطفى الحداد، فإنها ظلت تحمل اسم لعنتنا، ظل الناس يسموننا «أبناء الواجهة»، ويسمونها «أرض الواجهة»، ويقولون لبعضهم البعض: «سنلعب الكرة اليوم في أرض الواجهة»، أو «سنتقابل غدًا عند أرض الواجهة».

وكانت عملية تقسيم التركة قد اقتضت أن يستقل أبي بالبيت ذي الدورين، فكان يستقبل المرشحين والضيوف في المندرة، ويقضي القيلولة في المقعد في الدور الثاني حيث حجرة النوم المطلة على البحري، وفي العصاري يجلس لصق الشباك البحري المطل على حارة جانبية تستقل بها عائلة صغيرة عميدها شيخ خفراء البلدة سابقًا، ويروح يتصفح الجرائد والمجلات والكتب، ويطل من الشباك ليرى جانبًا من مزارع البلدة وجانبًا من مقابرها العالية. كان في تلك الأثناء وحيدًا، حيث إن زوجته «الحاجة فاطمة» التي يسمونها بالإسكندرانية قد تمردت على نمط الحياة في البلدة، ولم تعد تطيق العيش فيها مع أبي أو مع أي أحد، وقد ضاعف من شعورها بالغربة أنها كانت عقيمًا

لا تنجب. ولم تكن هي الأولى في حياة أبي، بل كانت هي الثالثة. حيث اكتشف أبي أن أولاده من الزوجة الأولى يموتون باستمرار، فتأزم العيش بينهما فطلقها. وبعد عام تزوج الثانية ليكتشف أنها تُسقط باستمرار في شهرها الرابع أو الخامس، لا يكتمل لها حمل أبدًا، ولم ينجح الأطباء في معرفة السبب الحقيقي، إلا أنه قد يكون ضعفًا أو خللًا في تكوين الرحم، فتأزم العيش بينهما وطلقها. وبعد عامين تزوج الحاجة فاطمة الإسكندرانية ليكتشف أنها غير مؤهلة للإنجاب أصلًا، فاحتمل قدره، ووجد فيها زوجة صالحة تؤدي فروض الصلاة بانتظام، فلم يشأ أن يطلقها خاصة أن العمر لم يعد فيه متسع لذلك، وراض نفسه على ألا يكون له ولد رغم شدة حبه للأولاد.

على أن الحاجة فاطمة الإسكندرانية بدأت تستريب من قعدة أبي بجوار هذا الشباك ذي النسيم العليل! وصارت تستفسر منه عن سر ذلك، وهو حائر لا يدري بماذا يجيبها سوى أنه شباك يطل على الخلاء الجميل ويحمل الهواء النقي، وأنه لا يغسل أعصابه جيدًا إلا في هذه اللحظات التي يجلسها بجوار هذا الشباك. يكاد أبي يجن لأنها تطلب أسبابًا أخرى لا يعلم عنها أي شيء، ولم يكن يدور بخلده ما يدور بخلدها، منذ نظرت من الشباك ذات يوم فرأت فتاة شقراء غاية في الجمال، تبارك الخلاق فيما خلق، عمرها لا يزيد على اثني عشر عامًا، لكن جسدها ناضج فائر وتبدو كامرأة في الثلاثين، كأنها جارية شركسية هربت من حريم السلطان وضلت الطريق في هذه الحارة التي تستمد سُمعتها من وجود بيتنا على ناصيتها، فما إن رأتها ولاحظت جلوس أبي بجوار الشباك دائمًا حتى سقطت من طولها، واستفسرت

عن البنيَّة فعرفت أنها ابنة المرحوم شيخ الخفراء المقيمة أسرته في آخر هذه الحارة السد، وأنها تعيش معظم أيامها في المدينة مع أمها وأخوالها منذ وفاة أبيها وهي طفلة صغيرة. ورغم أن الحاجة فاطمة الإسكندرانية عرفت أن هذه الفتاة بريئة تمامًا، متربية على الغالي، فإنها لم تحتمل، وأيقنت أن أبي يعمد إلى الجلوس بجوار الشباك من أجلها. فصارت تنتابها حالات جنونية عنيفة، تقوم في الليل تصرخ وتشد شعرها وتمزق وجهها صائحة في أبي:

ـ طلقني! روَّحني لأهلي!

عبثًا يحاول أبي تهدئتها، إذ يتزايد جنونها، وتروح تلوك سيرة الناس، وتلطخ سُمعة الأبرياء. عندها لم يحتمل أبي، فصفعها، فلعنته، فبصق في وجهها، وفي الصباح أبرق إلى أهلها فجاءوا ليأخذوها، ولم يكن يعنيهم من كل ما حدث شيء سوى أن أبي بصق في وجهها، إذ كانت كل ثورة أخيها منصبة على هذه النقطة، فلا يني يصيح:

ـ تتف في وشها إزاي؟ هي قطة؟!

ولكنهم في النهاية حملوها بمفروشاتها وجهازها وورقة طلاقها وانصرفوا، ليعيد أبي فرش البيت مما كان مختزنًا لديه من مفروشات العائلة العتيقة. وعاش وحده مدة عام أو أكثر، وقد أدمن هذه الجلسة في العصاري بجوار هذا الشباك. ولكن قد أضيف إليه همٌّ جديد لا يستطيع منع نفسه من حمله، ذلك هو متابعة الطريق في انتظار مرور هذه الشقراء الفاتنة، التي باتت شغله الشاغل. صحيح أنها في الثالثة عَشرة من عمرها وهو قد تجاوز الستين، لكنها ناضجة، وهو لا يزال فتيًّا متين البنيان.

لم يطق صبرًا، فأرسل عمتي إلى أم الشقراء الفاتنة، وكانت لا تقل عن ابنتها صبًا وجمالًا، وكان شُبان كُثر من عائلات كبيرة في البلدة يدورون عليها هي لا على ابنتها، ويخطبونها هي لا ابنتها، وكان ذلك يرضي غرورها ويريح نفسها، ولكنها كانت تتحرج من ابنتها! إذ كيف تتزوج هي من شاب صغير، في حين أن ابنتها عروس في انتظار عريس مثله؟! فلما بدأت عمتي تكلمها فرحت غاية الفرح، متصورة أن الكلام عليها هي، أي أن أبي يريد أن يخطبها هي، فهذا هو الشيء المنطقي الوحيد في كل ما عُرض عليها، لكنها حين استوضحت الأمر وعرفت أن المقصود بالخطبة ابنتها لا هي، ابتلعت غصتها لبرهة قصيرة، ثم ما لبثت أن شعرت بأنه قد آن الأوان لكي ينزاح الجبل الرهيب عن صدرها، وسرعان ما وافقت، ورضيت عن طيب خاطر أن تزف ابنتها إلى عبد الفتاح أفندي الكلَّاف، سليل الحسب والنسب، لتكون هذه الفتاة العزيزة الشقية ــ بعد سنوات قليلة ــ أمًّا لي ولأحد عشر أخًا وأختًا أنجبتهم لأبي وهو يعبر بحر السبعينيات من عمره إلى شاطئ التسعين.

حين تفتحت عيناي على الحياة كان كل شيء في عائلتنا قد غبر، وبات كل تاريخنا مجرد صور معلَّقة على حوائط متهالكة، ومجرد أشياء بالية، بضع ملاعق وشوك وسكاكين من طراز ملوكي، سجادة تآكلت دائرة الوسط فيها كلها، وأخرى متآكلة من الأطراف نفرشها للضيوف على الكنبة، بوريه من خشب الأرو، سرير نحاسي حائل، زراير فضية لقمصان أبي ودبابيس لرباط العنق مرمية في درج صغير بين صواميل ومسامير وبرايات أقلام وأسنان ريش.

١٦٠

إن أنسَ لا أنسى ماكينة الغناء، تلك التي لم يكن يديرها أبي قَطُّ. فوق ترابيزة مائدة مستديرة ذات أرجل مخروطية ورخامة ثقيلة ترقد الماكينة، مربعة الشكل في حجم صندوق النذور، يجثم فوقها نفير كبير أحمر اللون مشغول بالحفر من الداخل على شكل زهرة اللوتس، لها ذراع أنيقة يرفعها أبي أيام كان يديرها ـ ليضع في طرفها إبرة صغيرة جدًّا يأخذها من علبة نحاسية مزخرفة في حجم علبة الكبريت. كنت أبكي بكاء مرًّا حين ينتزعونها مني بالقوة. بجوار الماكينة صندوقان كبيران من الأبلكاش، ممتلئان بعشرات الأسطوانات التي تنبعث منها رائحة حميمة، الأسطوانة في حجم المطرحة، سوداء، في مركزها الدائري دائرة صغيرة ملونة عليها كتابة وصورة: أما الكتابة فهي اسم الأغنية واسم المطرب واسم شركة الأسطوانات، وأما الصورة فهي صورة المطرب. كل أسطوانة لها غلاف مربع من الورق المقوى تدخل فيه، ينزع أبي الأسطوانة من غلافها، ويضعها فوق سطح الماكينة، وفي جانبها يد يديرها أبي طويلًا حتى تمتلئ علبة الزمبرك، ثم يتناول الذراع ويضع سن الإبرة على طرف الأسطوانة التي تأخذ في الدوران لتنبعث من النفير أصوات غاية في العذوبة، موسيقى كأنها أصوات بشر، وأصوات بشر كأنها موسيقى، والكون كله يسبح لحظتها في بهجة حبيبة أود لو تستمر إلى ما لا نهاية.

غير أنها كانت مجرد لحظة عابرة لم تتكرر مطلقًا، ظلت محفورة في نفسي سنين طويلة. أمي نفسها لم تكن تجرؤ على طلب إدارة الماكينة. فإذا افترضنا أنه ـ كما كانت تقول لنا حين نلح في طلبِ إدارتها منه ـ لا يديرها إلا في لحظة صفاء، لكان في وسعنا أن نتأكد

أنه ليس ثمة من صفاء في حياته على الإطلاق. ولهذا فقد بت أتحين الفرصة لرؤية وجه أبي منبسطًا ذات لحظة كي أتسلل إلى جنبه في هدوء وحذر قائلًا له:

ـ آبا، آبا، دوَّرلنا المكنة شوية!

وأكون مستعدًا للانفجار في البكاء إذا ما بدرت منه بادرة زجر. وكثيرًا ما بكيت ولويت بوزي وغضبت عن الطعام دون جدوى، حتى تيقنت أن غضبتي لا تصيب أحدًا سواي، وعزوفي عن الطعام حرمان مؤكد لا حق لي في المطالبة به فور انتهاء موعده بدقيقة واحدة.

حين صدئ سلاح البكاء أغمدته في صدري. غير أن ملامح وجهي تحولت فجأة ولم تعد ملامح طفل قَطُّ، حيث كنت أمر صدفة أمام مرآة البوريه الكبيرة، فيلتقطني فيها وجه مكلبظ مدهون بطبقة من البرابير والدموع الجافة بما تراكم فوقها من غبار، أتوقف عنده، يهولني ذلك البؤس الشديد الذي يطالعني به ذلك الوجه في المرآة، تسقط مني دفقات من أنفاس أمي حين تتنهد من حين إلى حين وبعمق كأنها ترسل روحها وتعود فتلتقطها كالكرة، حتى لقد بت أتخيلها ترسلها ذات مرة فلا تفلح في استردادها، فأرتعد ويصيبني همٌّ على همٍّ، إذ هي الوحيدة التي تعطف عليَّ وتتوجع من منظري. أتكون هي التي علمتني التنهد بعمق مثلما علمني أبي التكشير؟ يرن في أذني صوت أمي مشوحة بيدها في وجهي كالعادة، صائحة في قرف وإشفاق:

ـ يا ساتر يا رب! تكشيرة أبوه بعينها! يا شيخ فكها حبة! فكوها فكيتوا عقل ضهري إنت وأبوك!

يقول الوجه الذي في المرآة إنها صادقة، مع ذلك يلتوي بوزه أكثر فأكثر بشكل يغيظ حقًّا، تربد ملامحه كأن ظل الكون كله ملقى عليها، يقول صوت أمي:

ـ إنت راخر مش قادر تكسي العيال؟! داخل عليك العيد ومش عارف تحسبها! يا حرام! ميعاد الطحين قرب ومعاكش فلوس!

تصفق بيديها مشوحة في غل مكبوت:

ـ إلهي ربنا ينتقم منكم!

ثم مستدركة:

ـ إلهي ربنا ينتقم من الظالم!

ويرتعش صوتها كمليون قطة تموء دفعة واحدة مواء يقطع نياط القلوب:

ـ حسبي الله ونعم الوكيل، حسبي الله ونعم الوكيل!

أحس بزغدتها في جنبي قاسية حادة. الوجه الذي في المرآة مثل بكرة من الصوف دوائر دوائر، رمادية متداخلة منبعجة توشك أن تنفرط، كل الأشياء منقسمة، خيوط الدمع المنسابة على الوجه الذي في المرآة تكوي خدي، فأنفجر باكيًا، فيتفطر وجهه باكيًا معي، من يومها أحببته رغم ما كان يثيره في نفسي من كآبة خرساء أشعر معها بهمٍّ ثقيل.

كل من يراني من الأهل أو الجيران أو زوَّار دارنا وما أكثرهم، كان يتوقف عند منظري ويتصعب ويمصمص بشفتيه، بعضهم يفعل ذلك في نغمة تعطيني الإحساس بالشفقة أو التأسي أو الحزن من أجلي، وبعضهم في إحساس بالتشاؤم والكآبة، وهؤلاء

يشوحون في وجهي بقرف قائلين: «أعوذ بالله»، فيرد آخر معلقًا: «شايل طاجن سته»، ثم يضحكون. تتطوع أمي قائلة إن السبب في جعل وجهي هكذا مثل قعر الطاسة هو أن أبي لا يدير ماكينة الغناء، ثم تنظر في وجهي وتبتسم، فأعرف أنها تخلق بذلك مناسبة لأن يتطوع بعض الجالسين فيرجو أبي أن يدير الماكينة ولو لخمس دقائق حتى تنفك عُقد وجه الولد. ومن أسف أنهم لم يكونوا يفعلون، لأنهم بدورهم كانوا قد باتوا موقنين أن أبي قد خلع ماكينة الغناء من حياته إلى الأبد، بعد أن كانت تسليته الوحيدة طوال الليل والنهار، وكان يبدو حزينًا أشد الحزن وهو يستمع إليها. ويعلق أهل دارنا همسًا قائلين إن هذه الماكينة هي جذر الحزن في حياة أبي، فهي تُذكره بأيام عز غابرة بات يحب لو ينساها، وكان ينساها بالفعل، اللهم إلا في بعض حالات صفو نادرة يحلو له أن يستخدم الماكينة في مقالب ضاحكة، وسجل الذكريات في مجالس بلدتنا يحفل بالكثير منها، خاصة تلك المتعلِّقة بالشيخ عصران الذي كان يحتكر الخطبة في المسجد مستخدمًا قواه العضلية وعزوة عائلته، مع أنه ممل جهول يقرأ من كتب صفراء خطبًا عمرها مئات السنين. وأحس أبي باشمئناط الناس جميعًا منه، وضيقهم بخطبه السقيمة، فأراد الهزء به، فأوهمه أنه ـ أبي ـ يستطيع أن يسجل له أسطوانة على هذه الماكينة بصوته، على شرط أن تكون خطبة عصماء. فمكث الشيخ عصران أسبوعًا يعالج هذه الخطبة ويدبرها من مصادر قديمة، ثم جاء لأبي في الموعد المحدد بينهما، وكانت الشلة التي يجلس معها أبي موجودة بكامل هيئتها، وقد أضيف

إليهم عدد كبير من علية القوم ممن علموا بأمر هذه العجيبة التي ستحدث اليوم في مندرتنا. من بين الأسطوانات التي كانت عندنا أسطوانة مسجل عليها فاصل من الضحك الحشاشي، مجرد ضحك، ناس اندمجوا في ضحك ماجن تعلو موجاته لتهبط من جديد ثم تعلو، يتخللها شخر وغنج من الضاحكين غير مقصود. ثبّت أبي هذه الأسطوانة عند بداية شخرة من هذه، ثم سلط النفير في مواجهة الشيخ عصران، موحيًا له أن يتكلم فيه، وأدار أبي يد الزمبرك فملأه، وفعل بعض إجراءات وهمية، وأشار للجالسين بالصمت، ثم صوب فمه إلى النفير وقال:

ـ سيداتي وسادتي، نقدم لكم هذه الخطبة للعالم العلّامة والحبر
الفهّامة العبد الفقير إلى ربه تعالى الشيخ عصران.

ثم أشار للشيخ عصران، الذي سمّى باسم الله، وصلى على النبي وآله الكرام، أما بعد. وراح يلت ويعجن ساعة بأكملها، ينشال فيها وينحط من الانفعال والعرق والحماس، نثرٌ يتخلله شعرٌ وأحاديث وآيات، والسلام عليكم ورحمة الله وبركاته. ثم صفق الجميع، وقالوا ـ وكان بعضهم يعرف حقيقة الفولة:

ـ عايزين نسمع بقى الأسطوانة يا عبد الفتاح أفندي.

فقال أبي:

ـ حاضر.

ثم أدار الأسطوانة فجأة، فإذا بصوت الشخرة يندفع من النفير مجسدًا، تتلوه ضحكات نشوانة ماجنة، وإذا بالقوم كلهم ينخرطون في ضحك مجنون!

أسود يوم كان يوم أن خرجت هذه الماكينة من دارنا بكل ملحقاتها، إذ كان مرض الصفراء والطحال قد حل بي أنا وشقيقي التالي لي مباشرة، وتطلَّب الأمر عرضنا على أكثر من حكيم خصوصي في البندر، الذي ما أسرع أن يكتب الروشتة، وروشتات الحكيم في بلادنا شيء مقدس. رشحت أمي بعض الحلل النحاس والطشت الكبير، لكن أبي لم يجد مفرًّا من التفريط في ماكينة الغناء. هكذا أقنعه الحاج مصطفى الحداد مرة أخرى في سهرة له في دارنا امتدت كالعادة حتى منتصف الليل في ضحك وفرفشة وتدخين وشرب شاي ولعب طاولة، ثم دفع لأبي أربعين جنيهًا، وبعث في الصباح من حملها، ونحن نشيعها بصوات وولولة كما نشيع نعشًا يضم رفات عزيز. وظلت هذه الحادثة تصيبني بغصة ولوعة كلما تذكرتها أو سمعت عنها، لم يكن حزني على فن أو ما أشبه، إنما كان حزني لأنني وإخوتي لن نجد بعد اليوم شيئًا نتباهى به على الأولاد! لكن ذكراها لم تمت حقًّا إلا بعد أن فوجئنا بظهور ذلك الشيء المسمَّى بـ«الراديو» ينتشر بسرعة في أكثر من بيت ثم في أكثر من دكان.

مخطئ أنا حين ظننت أيام ذاك أن سبب حزني من البداية كان مجرد عدم استجابة أبي لطلبي في إدارة الماكينة. فالواقع أنه كانت هناك عشرات الأسباب التي تجعل مني حزينًا بالفطرة: يكفي أن أنظر في وجه أبي، الذي ما رأيته ضاحكًا قَطُّ. ويكفي أن أنظر في عينَي أمي، لأجد الحزن فيهما يسافر مسافات بعيدة الغور، مجرد رؤية عينيها تدفعني إلى الشعور بالرغبة في البكاء حزنًا عليها. أراها لا تزال فتاة صغيرة، وأرى أبي طويلًا كالنخلة، فيه خشونة ومرونة،

شعر جسده تجاوز مرحلة الشيب إلى مرحلة الاحتراق والتفحم، ومع ذلك يبدو قويًا جبارًا وإن كان مسنًّا. هي رفيعة الخصر ممشوقة القوام ناهدة، كمُهرة أليفة وديعة، حمراء الوجه، ينساب شعرها الذهبي الغزير في ضفيرتين سخيتين مبدورتين تنتصفان عند الحاجبين، كتعريشتين حول عشين بارزين، تنطلق منهما عينان تحومان على وجه العجوز، تغمرانه بالحنان والدفء، ثم تعودان إلى العشين. صوتها الغليظ الدافئ يعكس عراقة أنثوية، كأنها بنت أمنا حواء مباشرة، بقدر ما يعكس نبرة الشهامة في أصوات الرجال الأصلاء. وكنت كثيرًا ما أسائل نفسي: ما كُنه ذلك القدر الذي يحكم على فتاة صغيرة كهذه، جميلة مثلها، أن تتزوج كهلًا كهذا في عُمر جدها الثالث، وتنجب منه زربة عيال يعجز عن إطعامهم على نحو ما يطعَم الأولاد في أقل العائلات فقرًا؟!

إلى أن حدث ذات صباح مبكر أن قمت مندفعًا نحو الكنيف أفرغ بولتي، فإذا بي أرى أمي واقفة في قلب الطشت عريانة تمامًا كما ولدتها أمها، يتصبب شعرها مع خيوط الماء بالصابون على جسدها، وإذا بأبي مرتديًا الفانلة والسروال، مشمرًا ذراعيه، ممسكًا بالليفة والصابونة، يدعك جسدها برفق، ويصب بالكوز ماء ساخنًا يأخذه من الدست النحاس الكبير، فبدت هي طفلة صغيرة جدًّا رغم ضخامة حجمها، وبدا هو عملاقًا يغسل جسد ابنته. ولم يفزع من ظهوري، وإن كانت هي قد انكمشت على نفسها قليلًا في قليل من الحياء والحَرج، لكنني ارتددت مذعورًا أرتعش بمشاعر غامضة.

في المساء نتقلب على المرتبة المفروشة فوق حصير على الأرض، فلا نعرف متى صعدت هي إلى السرير ذي الناموسية برتقالية اللون المقفلة على صمت كاذب وإن بدا عميقًا، وضوء القمر المتسلل من الشباك المواجه للناموسية يرسم على الناموسية شبكة غليظة من ظلال أعواد حديد الشباك، تمتد مربعاتها لتشطر وجوهنا وأقفيتنا، فأظل لبرهة طويلة أستشعر الصمت، وأحاول الغوص فيه، ولكن أنفاسًا دافئة أحس أنها تكاد تتكلم بين مربعات الظلال، صوت كلام يوشك أن يؤوب إلى صمت، وصوت صمت يوشك أن يؤوب إلى كلام. غير أن مربعات الظلال لا تلبث أن تنتفض كأنها ترقص على موسيقى خفية، ينساب ارتعاشها في أوصالي شيئًا فشيئًا كارتعاشة فخذ أمي تحت رأسي عندما كانت تفعل ذلك لتجلب لي النعاس، وبالفعل يستغرقني النعاس.

وفي الصباح لا نعرف متى استيقظت، ولكننا نشم رائحة الحياة في لحظة نكون فيها بين النوم واليقظة، ورائحة اللبن المغلي الذي يجود به علينا أبناء عمومتي كل يوم، ورائحة وابور الجاز المشتعل، ورائحة عرق أبي الذي رماه في طشت الاستحمام في الحجرة المجاورة، وقطع الجبن القريش التي ستوزع علينا كل واحد قطعة فوق رغيف عريض كالمطرحة. هي واقفة له بالفوطة والصابونة حتى ينتهي من الفطور، تناوله الصابونة، تنحني كانحناءة ضوء الشمس الذي كان مارًا من أمام الشباك فتعرَّف على لونه في الناموسية البرتقالية فاتحد معها في تمازج بديع. تمتزج عيناي باللبن المخلوط بالشاي، والكوب محاط بساقيَّ المتربعتين رغم خوفي وتوقعي من تكرار النحس بأن

أتنبه فجأة فأرى الكوب مندلقًا لسبب من الأسباب يتضح دائمًا أنني مصدره. الإبريق النحاسي سمهري القوام، يشبه قوام أمي تمامًا، ينحني هو الآخر في يديها ليصب خيط الماء فوق يدَي أبي وهو يقلِّب الصابونة الكبيرة الزرقاء المربعة بينهما، فيلمع فص الياقوت الأحمر في الخاتم الفضي في بنصره، يتمضمض، يبصق في الطشت، يتمخط. تعتدل أمي، تهتز شرخة الشمس البرتقالية ثم تستقيم في وضعها من جديد. أبي يتناول الفوطة ويجفف بها فمه ويديه، يكون الشاي بغير لبن قد أُعد، يحلو له أن يتركه حتى يرتدي ثيابه. تفتح أمي درج البوريه المستطيل ذي المقابض النحاسية الصدئة، تُخرج القطنية الشاهي. يخلع أبي ثوب النوم، فإذا هو يبدو كخيال مآتة، عملاقًا ذا ساقين رفيعتين تغطيهما وبرة من شعر كثيف محترق يتصاعد إلى ما فوق ركبتيه وتغوص تحت سروال كبير بحِجر مترهل وتكة ذات شراريب. الصديري فوق الفانلة أُم كُم. تتدلى من إبطه كاتينة الساعة في جيبها الصغير، وأخرى تمتد نحو الإبط الآخر عُلِّقت فيها محفظة جلدية كبيرة ذات جيوب لا حصر لها، كلها فارغة إلا من بعض أوراق خاصة، فيما عدا جيبها الكبير يحوي قروشًا قديمة لا تصلح للصرف، ولكنها مثل الراقوبة يزعم بموجبها حالفًا للآخرين أن النقود لم تفرغ من جيبه قطُّ. هذه المحفظة كثيرًا جدًّا ما يحتدم النقاش بينه وبين أمي حول طلب تطلبه، فإذا هو ينزعها من عروتها، ويقذف بها في وجه أمي صائحًا بعنف وعصبية:

ـ خدي المحفظة أهي يا مَرَة خليها تنفعك!

لحظة ذاك يتدخل الأسف ليعوج ابتسامة أمي على ركن فمها،

كأن الشفتين تريدان الرجوع في الكلام والعودة إلى حالة الصفاء، لولا أنها تثق في فراغ المحفظة وإلا ما فرط فيها هكذا، بل إنه ـ تقول في تحفظ وأدب ـ لم يفعل هكذا إلا لكون المحفظة فارغة، ثم إنها تكتم رغبتها في البكاء وتزعم أنها لم تتأثر، تهز كتفيها وتقول في لامبالاة كاذبة:

ـ أنا مالي، إنت حر. إن كان عليَّ أنا أقدر أعيش طول العمر من غير أكل. أكلت في بيت أبويا كفايتي لحد ما أموت. الدور والباقي على العيال دول!

فيبدو على أبي أنه قد ندم على عصبيته، مع ذلك لا يريد النزول عن كبريائه حتى في لحظة كهذه. أرفع عيني عن كوب الشاي وأغرزهما في عينيه، فأحس كم هو حائر مهان. هو الذي استأنف حياته من أول وجديد بعد أن انتهت رسميًّا، وفعل ما لم يفعله شاب في العشرين مكافح مناضل، يبدو الآن كتلميذ صغير غارق في الخجل حتى أذنيه، يزداد عصبية وجعيرًا بغير داعٍ، يتراجع عن ثورته في التوِّ، يرقق من لهجته فجأة:

ـ يا ستي ربنا يسهل، ما تحمليناش الهم أكتر ما إحنا!

لكنه يشعر أنه لم يتقن الاعتذار، فيشعر بالبواخ، فيرفع صوته ثانية فجأة أيضًا:

ـ أحسن والله أسيبلك الدنيا وأطفش!

فتشهق النظرة في عينَي أمي كطائر أفزعته طلقة رصاصة طائشة، تظل النظرة الوجلة تنتفض على مدخل العينين لبرهة طويلة منفوشة الريش مرهقة، وفي العادة تظل هكذا طوال النهار.

تحاول اعتقال نظرتها وهي تناوله الجلباب الصوف ذا الأقطان الحريرية ليرتديه فوق القطنية، فينقلب في الحال إلى عملاق بحق وحقيق، ثم يجلس على الكنبة محاولًا نسيان عصبيته بقراءة: «إِذَا وَقَعَتِ ٱلْوَاقِعَةُ ۝ لَيْسَ لِوَقْعَتِهَا كَاذِبَةٌ»، ولا نعرف لماذا هاتان الآيتان بالذات يحلو له ترديدهما صباح كل يوم قبل الخروج. تقعي أمي أمام الكنبة، فتكبر الاستدارة أسفل قناة ظهرها، تمد يدها فتسحب الحذاء الأبيض على بُني من تحت الكنبة، حيث يستخرج أبي من فردتيه فردتَي الشراب يلبسهما في قدمين تلوَّت أصابعهما فوق بعضها. أمي تمسح الحذاء بذيل ثوبها حتى يلمع، تتناول قدمه وتضعها في الفردة، وتعقد رباطها عقدة وشنيطة، ثم تفعل بالأخرى، ونحس كأنها تكاد تحتضن قدم أبي وترقيها من الحسد. وإذ يقف ليعدل طوقه أمام مرآة البوريه تكون هي قد سحبت الطربوش الذي يفضله، من بين عمودين من الطرابيش معلقين في مشجب بجوار السرير، يأخذه أبي فيسوي زره الأسود ويمسحه بكُم ثوبه ثم يضعه فوق رأسه بعناية، جاعلًا الزر في الخلف تمامًا، فتستطيل قامة أبي وتعلو. تسحب أمي البالطو وتنفضه بفرشاة هتماء، ثم تفرده خلف ظهر أبي ليمد ذراعيه إلى الخلف ويدخلهما في الكُمين ويردهما ويتهندم، ويعلق عوجاية الشمسية في يسراه، وبيمناه يمسك العصا الأبنوس ذات القبضة المشغولة من سن الفيل على هيئة أسد يمد رقبته الملفوفة بالشعر، يقال إن منها اثنتين فقط، واحدة لدى الخديو والأخرى هي هذه. يستدير ليشرب كوب الشاي في شفطتين، يجلس ليلف سيجارة رفيعة، يشعلها ثم ينهض ماشيًا. تخطو أمي وراءه،

فنخطو في إثرهما لنهبط السلم الخشبي الكبير ذا الدرج والدرابزين المشغول بالمخرطة. نعبر الدهليز ليفتح أبي الباب ويخرج. تقول له أمي:

ـ ربنا معاك. مع السلامة.

في الغالب لا يرد. في الغالب أيضًا تغلق الباب وراءه بهدوء ثم ترتد لنرى الدموع تنحدر على خديها بغزارة لا يوقفها مسحها بكُمها، ترفع ذيل ثوبها وتتمخط فيه. تظل طوال النهار تحاول تهدئة نظرتها التي تأبى إلا الشرود الطويل عن العشين الجميلين. لكنها كثيرًا ما تستعيد رونقها، إذ إن أبي سريعًا ما يعود ذات مساء وفي عينيه وملامح وجهه رضا جم ينبئ عن انتفاخ المحفظة بأوراق مالية وفيرة، ذلك أن أبي يعمل في عمل هامشي متصل بمصلحة المساحة، لكنه يدر عليه دخلًا مجزيًا بعض الشيء وإن كان مشقيًا، حيث تخصص في تخليص مستندات وأوراق ومسائل ومصالح قانونية خاصة بالناس لدى مصلحة المساحة، فكان خير وسيط بينهم وبين المصلحة، بخبرته يعرف الإجراءات وأماكن المستندات ودورات الأوراق بين المكاتب وصيغ الطلبات التي ينبغي أن تقدم للمصلحة، فينوب عن الناس في فعل ذلك كله مقابل أجر يضيفه على الرسوم الرسمية المطلوبة، وقد اقتضاه ذلك أن يسافر كل يوم إلى المدينة، حيث يمشي على قدميه ستة كيلومترات في الصباح الباكر ليصل إلى محطة القطار فيركبه سبع محطات حيث مبنى مصلحة المساحة في البندر، ويرجع بعد انصراف الموظفين لينزل في نفس المحطة ويعود ماشيًا نفس المسافة، ليكون في البلدة قبل صلاة العصر. ويقولون

في بلدتنا إن هذا المشوار اليومي الساخن هو الذي يطيل عمر أبي ويعطيه الصحة.

ثم إنني وإخوتي ما كدنا ندب بأقدامنا على الأرض حتى اتجه كلٌّ منا نحو صنعة يتعلمها حتى لو أراد الذهاب إلى المدرسة. «اذهب إلى المدرسة لا بأس، ما دام هذا على الأقل إجباريًّا، فإن استطعت بعد ذلك أن تنفق على نفسك بنفسك لكي تواصل التعليم فأهلًا وسهلًا وتكون إذن رجلًا»، هكذا كان أبي يقول لنا على الدوام، ثم يؤكد أن الصنعة في النهاية هي الأهم مهما تعلمت وصرت أفنديًّا. «صنعة في اليد أمان من الفقر»، هكذا قال الأولون.

١٤
عمتي الكلّافة

لي عمتان كبيرتان باقيتان على قيد الحياة: عمتي نجية الكلّاف، وعمتي خديجة الكلّاف. وكلٌّ منهما ليست مجرد عمة، فكل عمة هي أكثر من هذا بكثير.

ياما ضمت القعدة في مندرتنا كل أبناء عمتي نجية الكلّاف، وكل أبناء عمتي خديجة الكلّاف، فضلًا عن أبناء عمومتي وما أكثرهم. لعمتي خديجة الكلّاف أربعة أبناء كبار، هم: أحمد الجرف، وشعبان الجرف، وفايق أفندي الجرف، وستات الجرف. يفرح أبي كلما جاءوا لزيارتنا والجلوس معه قليلًا. أما أبناء عمتي نجية الكلّاف فإنهم قبيلة: ابنها عبد العظيم الفقي، وابن ابنها علي عبد العظيم الفقي، وابنتا ابنها: حميدة عبد العظيم، وشلباية عبد العظيم، وابنتها ـ أخت عبد العظيم ـ هانم الفقي، وابنتها الأخرى تحفة الفقي. كانوا أيضًا يجيئون لزيارتنا ولكن على طريقة عجيبة، فأحدهم يجيء في الأول، ثم يجيء بعده من يستعجله، ثم يجيء من يستعجل الاثنين، وهكذا إلى أن يحضروا كلهم. وحينئذٍ تضيق دارنا وتصير في لغط

لا نعرف إن كان احتفالًا أم معركة، خاصة أن لتحفة الفقي ابنة عمتي نجية الكلّاف أربعة أبناء كبار مخنشرين، هم: مغاوري، ومرشدي، ونفيسة، ونعيمة، وكانوا أيضًا يحضرون لتصديع رأس أبي بشكاواهم التي لا تنتهي من عمتي نجية.

دار عمتي نجية الكلّاف متاخمة لدارنا من الجانب الأيمن، حيث يمكن أن نقفز السطح من دارنا إلى دار عمي الملاصقة لنصير بعد قفزة أخرى في دار عمتي نجية، التي من فرط شهرتها في البلدة استغنى الجميع عن اسم «نجية» واكتفوا بـ«الكلّافة»، فإذا قالوا «الكلّافة»، فليسوا يقصدون عائلتنا، بل يقصدون على وجه التحديد عمتي نجية الكلّاف.

ومع ذلك، فإن الودّ الأكبر كان قائمًا بيننا وبين عمتي خديجة رغم أن دارها تبعد بضع حارات، لكننا نختصرها ونعبر حائط الدار الخلفي القريب منا نوعًا. عمتي خديجة وأبناؤها أسرع ناس يحضرون في دارنا، إذا سمعوا صياح أبي في الدار أو في الشارع قفزوا الجدار وحضروا لمعرفة السبب، فإن كانت مشادة بينه وبين أحد فإنهم يأخذون له حقه على نحو طيب. ونادرًا ما كان أبي يتدخل في عراك بسببهم، فهم على درجة كبيرة من الطيبة والأدب، إذ ورثوا رقة عمتي خديجة وحُسن أخلاقها، فقد كانت هي الصغرى، وقُدِّر لها أن تعيش مع جدي في مدينة الإسكندرية صيفًا والقاهرة خريفًا والأقصر شتاءً. بيضاء هي، شاهقة، سمينة، لها أكثر من لُغد تحت ذقنها، تمشي كالمحمل، تتكلم بلهجة الأسياد وإن تواضعت، تخلط كلامها بألفاظ فصيحة، وآيات وأحاديث، وأمثلة شعبية لا

حصر لها، حكاياتها لا تنفد، تكلم الرجال كأنها الأخشن، والنساء كأنها الأشد أنوثة.

أما عمتي نجية الكلَّاف فقد كان فيها سمار أبي، صوتها يشبه صوته الخالق الناطق، نفس البحة، نفس الانفلات لدى أي انفعال، حيث تندمج في زعيق خطابي هائل، بكلمات كبيرة، حتى ليخيل لمن يستمع إليها أن الأمر جد خطير، في حين أنه ربما كان تافهًا. يأتينا صوتها من أمام دارها قافزًا سطح دار عمي واصلًا إلينا في المندرة، فيفك أبي تربيعة ساقيه، ويبحث بقدميه عن الشبشب تحت الكنبة في لهفة مذعورة، يرتدي ثوبه ويسحب عصاه مندفعًا. نندفع نحن خلفه إلى أن يلف هو من الشارع العمومي ليصل إلى دارها في الحارة السد الملتوية، نكون نحن قد قفزنا السطح وصرنا فوق سطح دارنا نستطلع الخبر، فما تكاد تشعر بنا حتى تنخرط في الصياح بحماس أكثر، حتى يلحق بها أبي ويسألها من فوره:

ـ فيه إيه يا كلَّافة؟!

فتجيبه في خطبة عويصة. ينبري هو الآخر مزعقًا زعيقًا فيه توعد وتهديد بالويل. يلتم الناس، يعودون به إلى المندرة، ثم ينتبه الجميع في المندرة إلى وجود أبو سماعين، فيصيحون به كأنما لنسيان الأمر:

ـ ولع الوابور يا أبو سماعين.

فيشعل الوابور على الفور، وتبدأ زردة الشاي، ثم لا تلبث عمتي الكلَّافة أن تجيء متحاملة على عكازها لترضية أبي. أما عمتي خديجة فتكون أول الواصلين.

ما أندر ما تزورنا عمتي الكلَّافة، لكن وجودها قائم بيننا على

الدوام وبشكل شديد الحدة، إذ هي تجلس على الدوام فوق مصطبة أمام دارها الواقعة على ناصية الحارة السد، بجوارها المسجد، باب الميضأة ملاصق للمصطبة، لا تكف عن الصياح بصوتها المبحوح القريب من صوت الرجال. هي قصيرة القامة، ضئيلة الجسم نسبيًّا، هي وأبي في سمرتهما وملامحهما أكثر شبهًا من أي أحد في عائلتنا بصورة جدي الكبير المعلَّقة على حائط المندرة، تنفضها أمي كل يوم بخرقة نظيفة هي وزجاج المصباح البلوري المتدلي من السقف بجنزير ورمانة تشدها أمي فيهبط المصباح فتغسل زجاجته الأنيقة الكبيرة وتعمر المصباح بالجاز، تدفع الرمانة فيصعد المصباح نحو السقف في إيقاع صوتي جميل.

يعلم أبي أن صياح الكلَّافة لا يعني بالضرورة عراكًا يستدعي نهوضه لإغاثتها. هو الوحيد الذي يستطيع تمييز نبرة العراك من صوتها ومن نوع الكلمات التي تقولها. أحيانًا تنبهه أمي قائلة:

ـ باين عمتي الكلَّافة بتتخانق!

ينصت أبي لصوتها الذي راح يزأر على ناصية الحارة وحده، وبعد إنصاتة سريعة يقول أبي إنها تزعق للعنزة التي أكلت قمحها المنشور، أو لولد نجَّس وضوءها بماء قذر، أو للجيران الذين استلفوا المحراث فلم يردوه، أو لابنها الذي نرفزها بكلمة. صوتها أعلى صوت في منطقة دارنا، يغطي على صوت المؤذن، بل على صوت خطيب الجمعة، يشوش على المصلين، يلخبط غزلهم، يلعنونها في سرهم، لا يمنعهم من الجهر باللعنات إلا اكتشافهم فجأة أن أبي هو الذي يقف على منبر الجمعة خطيبًا. أبي نفسه كان يحس بالحرج

وينزعج، غير أنه كان أشد جنونًا منها، لم يكن يتورع عن قطع الخطبة والخروج إليها ساحبًا سيف المنبر، يعبر فناء الميضأة ليصير أمامها، يقترب منها صائحًا بها:

ـ اختشي بقى يا كلَّافة! مش عارفين نصلي. إنتِ إيه؟ معندكيش إسلام؟!

حينئذٍ ترفع الكلَّافة عكازها متأهبة للقتال، غير أنها قبل أن تشرع في لعن آباء الأبعد الأنجاس تضع من يدها تندة فوق عينيها ناظرة فيه، فتكتشف أنه أخوها، مع ذلك لا يكون لديها مانع من الاستمرار في صياحها، لكنها تراها فرصة لإظهار طيب أصلها، وأنها من عائلة ذات تقاليد مقدسة، فإذا هي تستدرك قائلة:

ـ حاضر يا أخويا. حاضر.

ثم يصعب عليها أن فمها سيغلق، فتروح تستأنف قراءة ما كانت تقرأه من أوراد وصلوات لا يعرف أحد كيف تبدأها أو كيف تنهيها. يصعب على أبي كذلك أن يتركها محرجة بعد شخطته، في نفس الوقت يحب أن يُظهر سيطرته على أخته ولو كانت أكبر منه سنًّا، فإذا هو يميل هامسًا ببعض كلمات يسترضيها بها، ثم يعود إلى المسجد ليستأنف خطبة الجمعة من أول وجديد. يظل صوت الكلَّافة صامتًا حتى قيام الصلاة، وفي عز ركوع المصلين يتسلل شيئًا فشيئًا ثم لا يلبث أن يعلو مشوشًا على السور والفواتح والتحيات. حينئذٍ يكون ختام الصلاة معركة حامية بين أبي وعمتي الكلَّافة، حيث يقف هذه المرَّة على ملأ من المصلين يوبخها توبيخًا شديدًا، ويستنزل عليها اللعنات، يطالبها بالكف عن أن تكون قاسية مع الناس، ينذرها بأنها

ستظل تكره فيها الخلق إلى أن تلقي بنفسها في جهنم الحمراء حيث تتلقى جزاء طبعها الفظ. ثم إنه يتركها ويمشي، لتنقطع الصلة بينها وبيننا أيامًا تقصر أو تطول. لكن أبي لا يكاد يسمع صوتها من بعيد حتى يتمعن برهة كأنه يفكر بأذنيه، فيأخذنا الانتباه معه، وبعد برهة يفيدنا قائلًا:

ـ فيه طفل حدف طوبة على بطتها!

وفي لحظة معينة نراه ينتفض ويجري إليها، فنجري وراءه لإغاثتها.

على قدر ما كانت تفرحني زيارتي لدار عمتي خديجة، كنت أشعر بشيء كالمهانة كلما زرت دار عمتي الكلّافة. في دار عمتي خديجة كنت أرى وسط الدار نظيفًا. هذه قاعة ابنها شعبان، وهذه قاعة ابنها أحمد، أما ابنها فايق فهو وكيل محامٍ في دسوق، لكنه إذا جاء البلد كان أكثر أبهة من المحامي نفسه، وأكثرَ منه لباقة، يدخن بشراهة، ويرمي السيجارة بعد انتصافها مباشرة، نتفرج عليه كلنا بانبهار شديد، يحاجج المشايخ والسياسيين وكل من هو غير وفدي ليثبت له بطلان آرائه وخطلها. أما ابنها شعبان فجندي في الجهادية، ومهنته في الأصل صيد السمك، عشقها فتعلمها فكسب منها، خاطِب لأخت خطيبة أخيه أحمد، قاعته مغلقة على ما يحوشه فيها من عفش للزواج، عمتي خديجة تفتحها للضيوف لتفرجهم على ما فيها، أحيانًا لتفرجني أنا وحدي قائلة: «وآدي يا سيدي كذا وكذا»، ثم تفاجئني بشيء من الصوف الجميل اسمه «الشرز»، تلبسني إياه، وتثني أكمامه الطويلة فيحتويني بالدفء والشكل الجميل، تقول:

ـ ابن عمتك استغنى عنه بعد أن ضاق عليه، فخذه لك يدفئك.

قاعة ابن عمتي أحمد مفتوحة على الدوام، مع أن فيها بضاعته، إذ هو بائع سريح، يبيع الأطباق الصيني والأكواب والصواني النحاسية والترابيع وعقود الفل والترتر والأستك والغوايش والمناديل والكيزان الصاج، وفوق ذلك بعض أصناف البقالة يشتريها من البندر ويعبئها في خُرج وقفصين يضعهما على حمار يسافر الأسواق في القرى المجاورة، حتى بعد أن افتتح دكانًا ظل يسرح في الأسواق تاركًا زوجه تبيع في الدكان وهي عروس لا تزال. وكنت أجد في نفسي الجرأة على فتح الصناديق مهما كانت محرزة، وأن آخذ منها ما أشاء. لم تكن هي تنتظر حتى يلفت الشيء نظري، بل كثيرًا ما تجيء لي بحلوى من أماكن خفية، وبقايا طعام حلو، تقول لي وهي تربت على ظهري:

ـ كُل يا أخويا.

فأجدني آكل في شهية. وتقول لي:

ـ أجيبلك تاني؟

فأقول:

ـ الحمد لله.

ولا تأمن أن تتركني أعود وحدي من الطريق الطويل، بل تصعد السلم وتسقطني في الشارع برفق من فوق الجدار الخلفي، لأنطلق عودًا إلى بيتنا مباشرة.

أما دار عمتي الكلّافة فإن جسمي يقشعر كلما دخلتها، المرات القليلة التي دخلتها فيها كانت لأسباب، فمرَّة مع أمي، وأخرى مع أبي، وثالثة لأعطي عمتي الكلّافة طبقًا من الكسكسي عليه فخذ بطة مما طبخناه يوم موسم، وهي عادةٌ يصر أبي عليها، لكل أخت من

أختيه نصيب في مطايب موسمية حتى ولو كانت مليونيرة وهو شحاذ، حتى ولو كان طبقًا من الكسكسي وفخذ بطة.

كثيرًا ما كنت ألعب مع العيال في حارتها. يقودنا اللعب إلى الوقوف بجوارها على المصطبة. تدفعنا عنها بالشتم لنا وللذين خلفونا. أتخلف عن العيال، أريها نفسي، تنظر فيَّ طويلًا فلا يبدو عليها أنها تعرفني، يداخلني اليقين أنها لا تعرفني إلا وهي موجودة في دارنا، أما عند دارها فلا. فإن حدث ودخلتُ دارها وجدتها قذرة غاية القذارة، الدهليز متصل بالزريبة ولا فرق بينهما في شيء، ورائحة الروث تختلط برائحة اللبن والقشدة، في السقف فتحة كبيرة لا يتساقط منها ضوء قدر ما يتساقط من حطب وجلة، على الحائط يتساند نحو الفتحة سلم من الخشب غير متماسك، بعض درجاته مشبوكة من ناحية واحدة.

ذات يوم كان ابن عمتي، شعبان، يساعدهم في تطليع الزريبة. مهمته أن ينحت روث البهائم المتراكم على الأرض، يملأ منه غلقانًا، تحملها شلباية وحميدة ونفيسة إلى الخلاء في كوم كبير، حيث يجيء مغاوري ومرشدي وعلي فيحملون هذا الروث في الأغبطة على ظهور الحمير إلى الحقل لتسميد الأرض به. عند الغداء كنت معهم متعلقًا بذيل شعبان ابن عمتي، ورحت أتفرج عليهم، حيث امتدت الطبلية والتفت حولها مجموعة هائلة من الأيدي والأذرع المتطاولة المتداخلة تكاد تتناطح، لا تعرف يد من هذه ولا ذراع من هذه، وطبق المحشي من الكرنب يُرفع ليمتلئ من جديد عشرات المرات، وعبد العظيم ابن عمتي الكلَّافة يبدو كالمذعور يريد ضمان

ثلاث محشيات على الأقل من الطبق كله، فيخالسهم ويطبق كفه على ثلاث محشيات يبرز منها واحدة فقط بين أصابعه، ثم يدس كل ذلك في فمه دفعة واحدة فيزلطه زلطًا ثم يوحوح ويدمع من سخونة الأكل وحموه، لفرط ارتباكه وقعت إحدى اختلاساته في حجري، فمال ليأخذها، فنظر في عينَي لأول مرة، فوجدني أبحلق فيه مذهولًا، فلم يقل لي كُل، بل قال لي وهو يفشخ حنكه مبتسمًا عن أسنان صفراء غليظة:

ـ لا مؤاخذة يا ابني أصل العيال حيسرعوني!

في ذلك اليوم تقريبًا عرفت ـ لأول مرة ـ أن هذا ليس شقيق ذاك، وأنهم ليسوا جميعًا أبناء عمتي الكلَّافة. فعلي وحميدة وشلباية هم فقط إخوة، إذ هم أبناء عبد العظيم الفقي ابن عمتي الكلَّافة. أما مغاوري ومرشدي ونفيسة ونعيمة فهم أيضًا إخوة، إذ هم أبناء تحفة الفقي ابنة عمتي الكلَّافة أيضًا، وتحفة هذه قد ماتت منذ زمن بعيد، وزوجها أبو أبنائها الأربعة قد مات هو الآخر منذ زمن بعيد، وعمتي الكلَّافة أخذتهم وربتهم، فصاروا يخدمون في أرضها كأبناء للدار، وأصبح خالهم عبد العظيم الفقي خالًا وأبًا وسيدًا للدار بعد موت أبيه. عرفت أيضًا أن لعمتي الكلَّافة ابنة كبرى اسمها «هانم الفقي»، متزوجة من ابن عم لها نصف شيخ ونصف فلاح يدعى «الشيخ عبد المعبود الفقي»، ولها منه رجال متزوجون وعرائس كالورد، وحينما عرفت هذا تذكرت أنني كثيرًا ما كنت أراها تستوقف أبي في الشارع فتسلم عليه وتحب على يده قائلة:

ـ إزيك يا خال!

وكان أبي يربت على ظهرها قائلًا:

ـ إزيك إنتِ يا هانم وإزي العيال!

ثم ينصرف كلٌّ منهما إلى حاله كأن شيئًا لم يكن!

مغاوري ضخم الجثة كالباب، يشتغل كحمار، لكنه إذا حرن على الشغل يلَّا السلامة. يدخل المسجد لا ليصلي، بل لينام فيه حتى تتكسر ضلوعه من الأرض، ثم يذهب خاله عبد العظيم ليأتي به، يشتري له دخانًا وجلبابًا ويعطيه بعض قروش، يضع أمامه سَفَط العيش فيأتي على كل ما فيه مع طاجن لبن رائب. لا أحد يستكثر عليه ذلك، فإنه يقوم بشغل الدار كله تقريبًا، مع ذلك لا يرى القرش إلا إذا حرن. أما إذا اشتكى لأبي من سته الكلَّافة وقرعها أبي بكلمتين، فإنها تنهال على مغاوري شتمًا وتوبيخًا يستمر أسبوعًا على الأقل، لأنها كلما رأته تذكره بأنها لو ربت كلبًا لطمر فيه وعف عن شكواها، في حين لا يكف مغاوري عن الضحك، ضحكته تشبه ضحكة أبو سماعين تمامًا، إذ إنه بارع في تقليدها، يزم شفتيه عند الضحك حتى لكأنهما شفتا أبو سماعين وكأنه نفس الفم: «هو هو.. و... و.. هـ». تغتاظ عمتي الكلَّافة وتصرخ فيه:

ـ بطل بقى الضحكة المهببة دي! داهية تسم بدنك! ما أنت تلاقيك زيه، طالع زيه، نفسك تعيش صايع وضايع!

فيعيد الضحكة من جديد أكثر عمقًا: «هو هو هو.. و... و.. هـ».

ولو كان أبي حاضرًا وضحكها أمامه فإن أبي يسلقه بنظرة وبكلمة واحدة:

ـ تأدَّب يا ولد!

فيسكت في الحال، فأحس أنا أن أبي هو الآخر يكره هذه الضحكة المليئة باللامبالاة والسماجة وقلة الذوق، لهذا فإنه لا يكتفي بزجره، بل يصيح فيه بعد برهة:

ـ يلَّا غور من قدامي جاك بَلا.

فيقوم مغاوري بالفعل إلى ركن بعيد، فلا يلبث أبي أن يصيح كأنه يريد أن يصالحه:

ـ ولع الوابور على الشاي.

مسموح لمغاوري بالتجول في دارنا، فهو فيها على الدوام، يساعدنا، يذهب بالطحين إلى الماكينة ويعود به مطحونًا، يقضي لأبي الطلبات والمشاوير البعيدة، ورغم أن أمي تكاد تكون أصغر منه سنًّا فإنه يناديها قائلًا: «يا مرات خال»، ولا يرفع عينيه في وجهها أبدًا، ليس في فمه سوى كلمة واحدة: «حاضر». يتجسس دائمًا على ملابس أبي الصوفية التي يلاحظ أن أبي يهجرها قليلًا، لديه تاريخ دقيق لكل جلباب: متى جاء، وكيف، والاحتفال بشرائه، ومن الذي فصَّل، والاحتفال باستلامه، وفي كم مناسبة وكم حفل وكم سفرية لبسه فيها أبي، ومن أي مكان أكلته العتة، وفي أي موضع نقرته نار السيجارة، وما إذا كان الترزي قد قلب لأبي الثوب على الوجه الداخلي عند تجديده أم اكتفى بتغيير الأقطان فحسب. يذكِّر أمي دائمًا بالجلباب الفلاني والجلباب الفلاني أين ذهب. تكون أمي محتفظة بالجلباب، لكنها تظل تتناسى ناظرة إلى أبي نظرة ذات معنى حتى يقول لها قولته المعتادة:

ـ إذا كان ينفعه إديهوله.

فتعطيه أمي له، وحين يرى أبي الجلباب على جسد مغاوري بعدها فإنه يثور ويقول لأمي:

ـ مين قالك تديهوله؟ دا لسه فيه لبسة يا ولية!

لكنه يعود فيقول:

ـ زي بعضه بقى. نصيبه.

لا يزعل مغاوري من أبي، ولا من أي أحد، بل عمري ما رأيته زعلانًا قَطُّ، إنما هو على الدوام يزم شفتيه ويضحك ضحكة أبو سماعين الشهيرة.

يتصادف أن يدخل أبو سماعين في تلك اللحظة. يتضايق أبي لأول وهلة، يقول لمغاوري في شيء كالود:

ـ افتكرنا القط جه ينط.

فلا يعلق أبو سماعين بغير ضحكته الشهيرة، يطلقها فيما هو متجه إلى ركنه المعتاد في مندرتنا على الكنبة المقابلة للكنبة التي يجلس فوقها أبي، حيث يتقرفص. أما أبي فلا يلبث أن يداخله قليل من الابتهاج يحاول إخفاءه مع أنه في عينيه، أنا وحدي أحسه، لأنني أعرف أن أبو سماعين ربما يسرب إلى أبي عدساية أفيون صغيرة من تحت ترابيزة الوسط، حيث يتلقفها أبي ويدسها في فمه خلسة. حيث يوجد أبو سماعين لا أحد غيره يتولى سلطنة الشاي، يقدم الكوب لأبي قائلًا:

ـ الشاي يا عبد الفتاح بيه.

ولمغاوري قائلًا:

ـ الشاي يا سي مغاوري.

يرد أبي محرجًا من لفظ البكوية الذي لم يعد في الواقع يستحقه اليوم:

ـ طب حطه قدامي.

ويرد مغاوري:

ـ طب يا سيدي من يد ما نعدمها.

ثم يتصادف أيضًا أن تدخل عمتي خديجة تجر نفسها لاهثة:

ـ سا الخير يا أخويا.

وتجلس على طرف الكنبة جوار الباب. يقول أبي:

ـ مسا النور يا خديجة.

ثم يمد ساقيه على ترابيزة الوسط، واحدة في اتجاه عمتي خديجة والأخرى في اتجاه مغاوري، حيث يتناول كلٌّ منهما ساقًا ويروح يدعك فيها مركزًا الدعك بين المفاصل، وأبي يتلذذ من دعك عمتي خديجة، فيداها رخصتان، وأصابعها طويلة مشبعة بالدفء تضخ حنانًا، تلك كانت ميزة في عمتي خديجة بوجه عام، إذ ما تكاد تلمس أحدًا أو يلمسها أحد حتى يحس برغبة دافقة في أن يرتمي في حضنها، ذلك الحضن العريض الذي يخيل إليَّ أنه يتسع للعالم كله. أما أصابع مغاوري فإنها كعشرة من المسامير الحدادي، تخربش ساق أبي، تجعله يصرخ كل حين بفزع:

ـ يا جدع ما تبقاش حيوان!

ومغاوري يشد وجهه الغليظ كالدربكة، ويزم شفتيه الغليظتين ضاحكًا ضحكة أبو سماعين الشهيرة: «هو هو هو.. و.. هـ»، وعمتي خديجة تحدجه من تحت لتحت بنظرة استنكار مشوبة بالأسف وغيظ مشوب بالحنية، تنهيها قائلة:

ـ جاك سد بالك!

ثم تعدل وجهها الملغد ذا الملامح الطفولية، فتنجاب عن صفحتيه سحب الدماء. يسرح أبي قليلًا، يسرح الجميع تبعًا لذلك، يعم صمت أنيس لبرهة يتخللها صوت الوابور يون والماء يغلي مزغردًا في البرَّاد، وإذا بالضحكة الشهيرة تقطع علينا الصمت الجميل فجأة، خنفاء ذلك الخنف اللطيف المتفرد، الذي يعطي الضحكة شخصيتها الحقيقية فتضحك لها في الحال، إذ هي صادرة هذه المرَّة من أبو سماعين نفسه، أطلقها معبرًا عن ابتهاجه المفاجئ بمنظر الشاي وهو يفرز رائحته وشمخته، ثم وهو يخر من بزبوز البرَّاد في الكوب الصاج محدثًا نغمًا جميلًا ورغوة يصفها أبو سماعين بأنها مخملية، وسِنة الأفيون تحت لسانه تكون قد غذت لعابه بجفاف يستلذه، ويطلب له الشاي والتدخين بشراهة. وحيث تنتهي الضحكة لتتواصل من جديد في نفس طويل غير ممل، يصيح فجأة ودون سابق تمهيد:

ـ يسقط مصطفى الحداد!

ثم ينكمش على نفسه دافنًا رقبته في كتفيه علامة الخوف من ضربة قد يوجهها إليه العمدة وهو بعيد. نضحك كلنا لهذه الجرأة المفاجئة.

يستطرد أبو سماعين مغنيًا على غير العادة، مقلدًا استغاثة الفجر:

نجار خطف حداد

دقه وعمله شاكوش

فنضحك في نزق عالٍ، ويبدو على أبي أنه قد أعجب بهذا الرأي. يشفط أبو سماعين الشاي متلذذًا، ويميل برأسه ناحية أبي ليسأله

نفس السؤال ربما للمرَّة المائة، في كل مرَّة يسأل بنفس البراءة كأنه يسأل لأول مرَّة:

ـ لكن الحاج مصطفى الحداد العمدة كان عايزك ليه يا عبد الفتاح بيه يوم ما بعتلك الفجر؟!

الأعجب أن أبي هو الآخر يرد عليه كأنه يرد لأول مرَّة، بنفس الحماس، فيحكي كيف أنه لبس ثيابه وصلى الفجر ثم مضى إلى دار الحاج مصطفى الحداد يستطلع الخبر، فالحاج مصطفى الحداد من أصدقائه القدامى، وحين يطلبه في لحظة كهذه فمعنى ذلك أنه تعرض لأمر جلل، وعليه فليذهب إليه من فوره، فما إن دخل أبي عليه في حجرة الجلوس حتى وجد رهطًا من علية القوم، عرف أنهم جاءوا متخاصمين، وجيء بالقهوة لأبي، ثم بادره الحاج مصطفى الحداد قائلًا: «يا عبد الفتاح أفندي يا كلَّاف، ما رأيك في كذا وكذا؟»، ثم روى له موضوع الخصومة القائمة بين هؤلاء الجالسين دون أن يصرح بأسمائهم، وأفلح في روايتها، فإذا هي شيء لا يستحق الخصومة، أو لا يستحقها إلى هذا الحد. قال أبي هذا بكثير من الأسف والاشمئزاز، ثم أردف قائلًا:

ـ ولكن، لماذا طلبتني أنا في هذه اللحظة الحرجة من الليل؟

فقال الحاج مصطفى الحداد:

ـ لكي تعطي ردًّا إسكندرانيًا. إن خصومتهم في نظري تستحق واحدة إسكندرانية. وقد بحثت فيمن يصلح لهذه المهمة، فلم أجد من هو أجدر منك بسحبها من الأنف، باعتبارك إسكندرانيًّا أصيلًا!

وحينئذٍ نظر أبي إليه مذهولًا لبرهة طويلة، يتأمل خلالها وجه العمدة في استنكار، ولم يجد مفرًّا من أن يسحبها بالفعل مجلجلة من أنفه، لكنه سحبها على العمدة بأن قال في نهايتها:

ـ حنبخل عليك بشخرة؟! دا إنت مقامك عندنا شخر للصبح!

ثم ظل في بيت العمدة حتى الصباح يضحك ويلعب الطاولة، ثم إن هذه باتت عادة عند العمدة، فكلما كان جالسًا مع أبي وجاء من يعرض عليه خصومة تافهة، ينظر إلى أبي قائلًا بلهجة ذات معنى:

ـ إيه رأيك يا عبد الفتاح أفندي في الشكوى دي؟

فيشير أبي ـ مجرد الإشارة ـ إلى أنفه، فيستدير العمدة ناظرًا للمتخاصمين:

ـ سامعين؟

وبهذه الطريقة ينفض الموضوع!

إذ ينتهي أبي من هذه الحكاية الضاحكة، يعاجله أبو سماعين قائلًا:

ـ لكن بالمناسبة، إيه رأيك في الحاج مصطفى الحداد كعمدة يا عبد الفتاح بيه؟

فيخالسنا أبي النظر، معتقلًا ابتسامة خبيثة طفولية، ثم يشير إلى أنفه. فيبدو على أبو سماعين الانبساط الشديد، ويصيح:

ـ مش كده برضو؟ هو فعلًا لازم ينشخرله!

ويطرق الأرض بكوب الشاي في تصميم، كأنه قد قرر أن يقلب للحاج مصطفى الحداد ظهر المجن.

تناديني أمي من وراء باب الدهليز. أذهب إليها. تشير طالبة أذني. أراها قريبة الشبه جدًّا من عمتي خديجة في كل شيء، حتى في شكلها،

ولكن بدون لغد، إنما رقبتها الطويلة مبرومة مثل كوز العسل، مطوقة بدوائر دوائر فوق بعضها حتى مشارف ذقنها المسحوب ممتدًّا إلى الأمام، وجهها أحمر فيه بعض نمش كحبات العدس، شعرها أشقر مثل شعر عمتي خديجة لكنه يحتفظ بلمعته الرصينة. أرتمي في حضنها. تهمس في أذني قائلة لي أن أذهب لعم أبو سماعين وأهمس في أذنه قائلًا: «أمي تقول لك اخلع هذا الجلباب لكي تخيط لك رقعة فيه عند الكتف». فأحس بسعادة غامرة وأقول لها:

ـ طيب.

وأعود إلى المندرة جريًا، فلا أكاد أصل حتى أصيح بصوت عالٍ بما قالته أمي. فيضحك الجميع، وتصيح أمي من الدهليز مكسوفة، وفي صوتها بحة آسرة:

ـ داهية تكسفك واد!

ويبدو على أبو سماعين أنه لم يسمع شيئًا. أما أبي فينظر له نظرة جانبية فيها دهشة مصطنعة كأنه لم يرَ الجلباب من قبل. تخفض عمتي خديجة وجهها وتعود سحب الدماء فتهب على صفحتيه من جديد ثم تبقى محتبسة. يشوح مغاوري قائلًا:

ـ هي الجلابية فيها حاجة تتخيط؟ دا إحنا يمكن ما نعرفش نقلعهاله! دي لازقة في جتته! نسلخها بقى! أحسن طريقة نبل الحتة المقطوعة صمغ ونلزقها على كتفه! بس الخيط أرخص من الصمغ! خلاص بقى تخيطهاله في كتفه والسلام!

ثم يندفع ضاحكًا ضحكة أبو سماعين الشهيرة، يبالغ في مطها وتعميق صوتها في الحنجرة دلالة على شدة الانبساط، يصير

منظره مضحكًا، إلا أننا مع ذلك لا نضحك حتى لا نشجعه. يعبر أبو سماعين عن تسخيفنا، فيطلق ضحكته ساخرًا من مغاوري ومنا معًا، يتبارى الاثنان في إطلاق نفس الضحكة ونحن نضطر إلى الضحك منهما معًا، لكن العجيب أن ضحكة مغاوري تهزم ضحكة أبو سماعين وتبتلعها.

مرة أخرى تناديني أمي فأجري إليها. تعطيني جلبابا قديمًا نظيفًا مطبقًا وفيه رائحة الدولاب. ما إن أراه حتى أتذكر أيامًا كثيرة تساقطت من فوق كتف أبي عبر هذا الثوب. وقد نجحت يد أمي في غسل آثار الأيام عنه، وها هو ذا لا يزال عليه القيمة، وما زال في طوقه متسع لجسد آخر. تعود فتأخذه مني وتقلب فيه بدقة تبحث عن فك تخيطه أو رقعة تداريها. أتأملها. أتكون عمتي خديجة قد طبعتها بطابعها، أم أن أبي قد وضع فيها دماء عمتي الحبيبة! هم يقولون إن عمتي خديجة هي التي استقبلت أمي أيام كانت عروسًا صغيرة، وتكفَّلت بتعليمها فنون الطبخ والغسل والتنظيف والاستعداد للرجل، والرجل هو أبي، وليس له اسم آخر في حديث يدور بينهما. علمتها طبائعه وخصاله، وتولت عنه عقابها على ما قد يقع منها من أخطاء دون أن تعطي «الرجل» علمًا بشيء، لأن عدم إفشاء السر يعطي لعمتي فرصة تضخيم شخصية أبي وتضخيم عقابه فيما لو علم. مهما يكن من أمر فإن أمي نسخة طبق الأصل من عمتي خديجة.

أحمل جلباب أبي القديم إلى أبو سماعين المتكور في ركنه، أعطيه له. ينظر لي نظرة امتنان خفية، يقول متصنعًا عدم الاهتمام:

ـ طب حطه جنبي.

أترك الثوب بجواره وأرتد مكسوفًا. كالثعلب الماكر، ينهي مغاوري دعك ساق أبي وينهض، يتسلل نحو الجلباب، ينقض عليه فجأة، يفرده، ويقلب فيه بإمعان، تطل من عينيه نظرة شيطانية، يردد:

ـ دا ما يجيش على قده! دا واسع عليك يا أبو سماعين، ما يستحملكش!

وما ندري إلا وقد ارتدى الثوب وراح يلف حول نفسه، فإذا الجلباب متسق عليه تمامًا وله زهوه. تصيبني فجيعة، أقلب البصر بينهم كأنني أستنجد بهم لإنقاذ الجلباب. وجه أبي يقول إنه موافق على ما حدث وإن كان يتقلص محاولًا الإيهام بأنه مستاء لذلك. وجه عمتي خديجة غارق في سحب الدماء، يرسل نظرة تحتية تحتج بشدة، تتصعب ممصمصة بشفتيها:

ـ جاك سد بالك!

وجه مغاوري جامد كجلد الدربكة، في عينيه نذالة داكنة اللون تقول إن ما انسدل على جسده يستحيل خلعه! ها هو يروح ويجيء مستعرضًا طول الثوب ووسعه كأنه في دكان الترزي لحظة استلام ثوب جديد. وجه أبو سماعين ينظر إلى الثوب وفي عينيه نظرة أحار في تفسيرها، أرى فيها حزنًا شديد الأسف على ثوب كهذا يضيع منه هكذا، أرى كذلك فرحًا شديدًا باتساق الثوب على جسد مغاوري، لحظة أخال أن الدموع ستطفر من عينيه يصيح هو مطلقًا ضحكته الشهيرة: «هو هو هو.. و.. هـ»، ثم يضيف:

ـ آخر تمام عليك وحق جاه النبي!

يتبجح مغاوري قائلًا:

ـ بجد يا أبو سماعين؟

فيقول في صدق حقيقي:

ـ مبروك عليك يا ولد!

لا يتكلم أبي. تجيء أمي من الدهليز منفوشة كدجاجة كانت تبيض، تطل من عينيها نظرة فزعة مهزارة معًا، تصيح:

ـ طب اقلع اقلع! هو إنت إيه؟! تُربة ما تردش ميت؟! ما إنت لسه واخد واحد من كام يوم! خلِّي في قلبك رحمة!

يصيح أبو سماعين فيما لا نعرف إن كان يمزح أم هو جاد:

ـ لا والله ما هو قالع. وحق جلال الله ما يقلع. خلاص، طلع الثوب من نصيبه، وأنا لا أرضى أن يخلعه بعد ما لبسه وجاء على قده.

يصيح مغاوري بضحكته. يرد عليه أبو سماعين بنفس الضحكة. يتجه مغاوري نحو الباب قائلًا:

ـ أما أجربه كده.

ثم يختفي، فنعرف أننا لن نراه إلا بعد بضعة أيام.

بعد خروجه مباشرة يقول أبو سماعين معلقًا:

ـ الواد التور ده مش ناوي يتجوز بقى؟!

فلا يرد عليه أحد، إذ إنه يومئ إلى موضوع سبق الكلام فيه كثيرًا بدون أي نتيجة، فلم يعد أحد يفتحه بعد ذلك، بل إن الكلام فيه بات شائكًا وغير مستحب! ذلك أن عمتي الكلَّافة منذ سنوات طويلة تزمع تزويجه من شلباية بنت خاله عبد العظيم الفقي، ولقد شاخ هو، وتعنست هي وتضخم جسدها فأصبحت كالغولة، لكنها مثيرة، كل الناس يميلون

إلى المزاح معها واستدرار شتائمها، كلهم يموتون في كلمة من لسانها أو نظرة من عينيها، إلا مغاوري، فإنه لم يعد يحس بها مطلقًا، ويبدو أنه لا يحس بغيرها. البنت شلباية أنثى بمعنى الكلمة، ورجل بمعنى الكلمة أيضًا! أنثى تعرف متى تعتصم بحياء الأنثى، ومتى تخلع البرقع وتأخذ حقها بالدراع كشهامة الرجال. منذ خطبتها جدتها الكلّافة لابن عمتها مغاوري وهي تعتبر نفسها عروسًا مع إيقاف التنفيذ لأجل غير مسمى، ومن طول الأجل لم يعد يهمها الزواج في كثير أو قليل. كانت تعرف أن لا مفر من زواجها منه، فأين تروح من جدتها؟! وكانت تعرف ألا طريق لها نحو الرجال مهما تحزبت بها الأمور، فأين تروح من أبي وهي التي إن قابلته صدفة في حارة انزوت في أي باب ودارت نفسها حتى يختفي؟!! كانت تحمل شبهًا كبيرًا من أبي ومن جدتها، وكانت هي الأخرى تفخر بين الناس بأنها من أسرة تصادق أفندينا. كانت لا تكره مغاوري وفي نفس الوقت لا تحبه، فأصبحت ـ كما يقول أبي في أمسيات المندرة ـ تتلذذ بالتأجيل لعل فيه الخلاص بالنسبة لها. وتقول عمتي خديجة إن البنت يا قلب أمها باتت لا تطيق منظر هذا الولد، وإن كثرة تأجيل الزواج قسّت قلبها وأنستها أنها امرأة من الأصل، والولد لا نخوة فيه ولا حرارة، لا يفكر في شراء أي شيء أو جلب نقود من أي عمل آخر، لا يتلحلح، ينتظر أن تقوم جدته المسكينة بتجهيز كل شيء وهو يركب على الجاهز، البنت أجدع منه، تستطيع التجهيز لنفسها بنفسها، لكن هذا لا يرضيها، فليس مغاوري هو الذي تُقدم من أجله هذه التضحية، شلباية رجل يعتمد عليه في زنقة الأيام.

وأعرف من كلام نسوان حارتنا مع أمي حين يجتمعن في الدويرة

للخبيز في فرننا، أن شلباية نسيت أمر الزواج منذ تزوجت التجارة، وذاقت حلاوتها فوجدتها أحلى من مليون رجل كمغاوري، فهي ما شاء الله شاطرة، تتاجر في الحبوب والمعيز والدجاج والطرح والمناديل، تتاجر حتى في النقود، إذ تقرض الناس نقودًا على ذمة محصول بكمبيالات تصرفها مضاعفة عند الحصاد محصولًا تختزنه وتبيعه بعد ذلك بثمن أغلى، أصبحت ذات رأس مال كبير. الكلَّافة تعرف ذلك وتشجعها، وتقترض منها أحيانًا، ومرغمة ترد لها القرض كما الآخرين تمامًا. مغاوري هو الآخر كثيرًا ما يقترض منها ثمن ورقة دخان، وقد تعوَّد ألا يرده، وتعودت ألا تسأله كأنها تلهيه عنها بأي ثمن.

«أجارنا الله من مرشدي شقيق مغاوري، ملعون! استعنت عليه بالله»، هكذا تقول أمي عنه دائمًا. يبدو طيبًا غلبانًا لكنه في الواقع لئيم جدًّا. يبدو أيضًا عبيطًا وهو مخزن خبث. طويل كالناف، وقدمه طويلة فكأنه المحراث وقد صلبت قامته، رفيع لكنه صلب. يتراهن على حمل الناف والمحراث معًا بأسنانه من الأرض والنهوض بهما واقفًا، مدمن مراهنات، يتراهن على أي شيء وبأي شيء، وليس في فمه سوى كلمة «تراهني؟»، يشرب صندوقًا كاملًا من ذلك الذي يسمونه بـ«الكازوزة»، يشرب كيلو شاي مطبوخًا في برميل، يأكل فدانًا من البطيخ والشمَّام، يأكل ـ أحيانًا ـ الغائط الناشف، شريطة أن يكون ناشفًا وإلا فُضت المراهنة! أشهر مراهناته تلك التي على مص مخزن من القصب، وبالفعل مصَّه كله في ثلاث ليالٍ ونهار لم يكن خلالها يكف عن المص إلا ريثما يذهب للكنيف ويفرغ بولته ويعود، ويقال إنهم كانوا ينتهزون فرصة غيابه للحظات فيغذون المخزن بلبشتين أو ثلاث من القصب.

دماغه صغير، ووجهه يشبه القلقاسة المتغضنة. مندهش على الدوام، تتكرمش جبهته في خطوط متصاعدة تحت طاقيته الصوف المزيتة من الحواف حائلة اللون. نظراته سطحية لكنها عميقة القلق. على العكس من أخيه مغاوري، لا يحب قعدة الدكاكين لشرب الشاي، وإن جلس فلسبب. لا يدفع اشتراكًا في سلطنة الشاي، لكن إذا عزمت عليه بكوب من شاي الدور الثالث فإنه يشربه في الحال ويرد الكوب كأن شيئًا لم يكن دون كلمة شكر، بل ربما اعترض على مساخة الشاي. خنيس، كما تقول عنه عمتي خديجة. شيلته واطية، كما يصفه أبي، إذ يرفع حاجبيه من تحت جبين مثخن بالانحناء، فتصعد من عينيه نظرة بلهاء ومغيظة، فيبدو كأنه لا يعجبه منظرك. كثيرًا ما يرى أبي مقبلًا نحو مكان يجلس هو فيه، فينتفض الجالسون كلهم ويبين عليهم الترحيب إلا هو، يتململ كالقنفذ ناظرًا إلى أبي كأنه لا يعرفه، مع أنه ربما يكون قد طعم من يد أبي منذ برهة سابقة، يشخط فيه مغيظًا:

ـ اتعدل يا حيوان!

فيعتدل على الفور ضاحكًا. قد يصفعه أبي، أو يزغده في جنبه بسن العصا، أو ربما ينهال عليه ضربًا بها، فلا يتوجع أبدًا، كل ما يفعله يصيح بما يشبه بكاء الصبية الشائخين:

ـ معلهش والنبي يا خال!

في معظم الأحيان كان أبي يتجاهله، فيسلم على كل الموجودين ما عداه. في مرات كثيرة يقابلني في شارع بعيد، وتبقى عيناي في عينيه فلا يبدو عليه أنه يعرفني. وفي مرات كثيرة كان العيال في حارة الجرانة يزنقونني وينهالون عليَّ ضربًا وتشليتًا وتمزيق ثياب،

جزاء شتمة شتمتها لأحدهم أو طوبة قذفته بها في حارتنا ذات يوم، ويكون مرشدي بالصدفة مارًّا أو جالسًا، فإذا به يقف ويتفرج علينا، ويراني مهانًا، وأضطر إلى الصياح به:

ـ حوشني يا مرشدي!

لكنه ببرودة ينصرف. أذهب فأشكوه لأبي، فيضربني من غيظه.

مرشدي هو المسؤول عن الري في دار عمتي الكلّافة، وعن نقل السباخ، فلا تجرؤ بهيمة على المراوغة، ولا يجرؤ ترس ساقية على العطل. كل البهائم تخشاه وترتعش من قسوة قلبه في لَيِّ أعناقها ونخسها وضربها بفرع شائك. كذلك كل السواقي تعمل حسابًا ـ وهي الجماد ـ لقدرته في إرغامها على الدوران ولو بثلاث أسنان فقط من ترس الساقية. ذو شهرة كبيرة في هذه الناحية، يستدعيه الناس لشد خزام جمل متكبر صلف، لكسر أنف بغلة جامحة يدمي ظهرها، لشد بهيمة سقطت في بئر. ويعتقد الجميع أنه حين يركب الحمار سارحًا أو عائدًا فإن الحمار يتراقص بفهلوة لإقناعه بأنه غير متضرر من جسده حتى يكف أذاه عنه!

مغرم هو بالخوض في المصارف، لا لتطهيرها بل لتعكيرها، يسد عليها بعقالات من الطين يضعها بصبر عجيب، فيصنع بذلك أحواضًا من الماء العكر ليتسنى له أن يمسك كبريات الأسماك يدًا بيد. وقد حظي بشهرة فائقة في البلدة، حتى إنه باع ذات يوم سمكة في حجم صبي. لكنه في العادة كان يشوي على شاطئ المصرف أطايب ما اصطادت يداه، ثم يقزقزه ويعود بالباقي فيبيعه في أماكن معلومة بأسعار يحددها هو فلا ينزل عنها مليمًا.

ذهب مرة يستقبل عمتي الكلَّافة ـ جدته ـ عند محطة القطار التي تبعد عن بلدتنا ستة كيلومترات. أدركه المطر في الطريق، وظل يهطل فوقه حتى أغرقه. وكانت عمتي الكلَّافة قد وصلت إلى المحطة بالفعل منذ ساعات، وأرسلت مع أحد الراكبين تطلب إدراكها بالركوبة حيث إنها متأخرة ـ أي قد ألم بها مرض مفاجئ ـ على المحطة. لهذا كان الحمار يدرك توتر مرشدي، فاندفع يمشي مسرعًا فوق الزَّلق دون أدنى نهيق أو تلكؤ. قرب المحطة فوجئ مرشدي بشبح منحنٍ فوق عكاز يركض في الوحل مقبلًا تحت مظلة المطر المنهمر، فلما حاذاها بالركوبة عرفها، فشخط فيها بغضب:

ـ بقى كده يا ولية؟! تخضيني وتجيبيني على مَلا وشي في المطرة، والآخر تطلعي مش عيَّانة! طب والله ماني موصلك!

ثم لوى رقبة الحمار واستدار عائدًا، وهي تصيح خلفه بأعلى صوت من اللعنات. في منتصف الطريق ـ يحكي هو ـ صعبت عليه، فعاد إليها بالركوبة وأركبها وراءه، ومضى كلاهما يصيح طوال الطريق مغطيًا على صوت المطر: هو يسب ديك المطر والدنيا وجميع الذين تسافر إليهم جدته، وهي تستنزل اللعنات عليه وعلى اليوم الذي لمته فيه وربته وسمنته!

كل بضعة أشهر يُذاع خبر زواجه من أرملة في عزبة العلمين، أو ثيِّب في عزبة العبيد، أو بنت سيئة السُّمعة من عزبة صباح. وليس من إشاعة تشير إلى فتاة في وسط البلد! في كل إشاعة تذهب عمتي الكلَّافة إلى أحد الأماكن، متوكئة على طفل وعكاز، تقيم سرادقًا من الصياح والعراك، تلعن آباء، وتقذف شرف أمهات، وتنتهك أسرار

عائلات تدعي أنها عائلات وهي ليست سوى لمامة تريد خطف أولاد الناس. يلف مرشدي على معظم الدكاكين والمصاطب، يقول في كل مجلس ـ بشيء من الاحتجاج المنطوي على فخر وغبطة ـ إن الولية تفرج عليه خلق الله وتجر له المشاكل مع الناس، والله يجازي ولاد الحرام اللي بيوزوها ويملوا دماغها!

لطالما ألحت عليه عمتي الكلَّافة بأنها ستزوجه من حميدة بنت خاله عبد العظيم الفقي، متناسية مأساة شقيقتها شلباية مع شقيقه مغاوري. لكنه يقول ساخرًا إن مسألة أن يتزوج هو من بنت خاله هذه خرافة مثل خرافة أخيه مغاوري، بل إن مسألة أن يتزوج أصلًا في حياة جدته أمر يشك فيه. يهز يده حول أذنه صائحًا بحاجبين مرتفعين من الدهشة:

ـ الولية دي فاكراني أهبل بريالة؟!

ثم يشوح في وجهها:

ـ يا ولية فُضك من السيرة دي بقى حرام عليكِ!

وهي تبسبس قائلة:

ـ أصلك منتاش وش نعمة!

يتصادف أن يكون أبو سماعين خارجًا من المسجد لحظتها، فيتوقف لدى الزعيق ـ شأن أي واحد في بلدتنا ـ لكنه يصيح ساخرًا:

ـ حتقوم حرب ولَّا دي مجرد مفاوضات!

يقول مرشدي كأنه يستبعده:

ـ مفاوضات يا أبو سماعين، مفاوضات.

يرد أبو سماعين وقد وجد فرصة للمزاح:

ـ لعل بنودها وتوصياتها...

تقاطعه عمتي الكلَّافة بجفاء غريب:

ـ اطلع إنت منها يا أبو سماعين محدش انتدبك!

يطلق أبو سماعين ضحكته الشهيرة ثم يمضي، ويمضي خلفه مرشدي إلى حيث لا يعرف أحد، لكنهما لا بد أن ينفصلا بعد خطوة أو خطوتين.

الوحيدة التي تزوجت من أبناء تحفة بنت عمتي الكلَّافة هي نفيسة، التي كانت منكسرة وغلبانة، وكانت أنثى لا ضريب لها في العائلة إلا أنها عوراء. يغازلها كل الناس علنًا، ربما كانت الوحيدة بين بنات بلدتنا يرى الناس كأن من حقهم مغازلتها على المكشوف دون حرج، كأنها مباحة للجميع، لكن الشيء الذي يثق منه الجميع أن أحدًا لن يحصل منها على أي شيء رغم ما يبدو عليها من سهولة وسيولة، فأي غزل فيها مهما كان كلامه مكشوفًا فإنه لا يخدش حياءها، لا يجعلها تهتز أو ترتبك. أما إذا تجرأ واحد وكشف عن نية سيئة، فإنها ـ دون حرج كذلك ـ تفرج عليه طوب الأرض، وتجعل من لا يشتري يتفرج، وتكون فرصة لأن يسترضيها الجميع على حساب الفاعل.

تسرح في حقول الوسية أحيانًا مع الأنفار بسبعة قروش في اليوم، تنقي اللُّطَع، تنقي الأرز، تجمع القطن. في غير مواسم الشغل تساعد بعض الأسر القريبة في غسيل قمح أو نقل طحين أو ربما تطليع زريبة، تملأ أدوار الماء من الطلمبة البعيدة في العصاري حيث ينتظرها جموع من المعجبين. على أن الجميع قد أصيبوا بالإحباط يوم خطبها أبي لواحد من أبناء عمومتي، كان ابن ليل طالع في المقدر جديد، استطاع أن يجرب

شطارته على أبناء البلدة، ففي ظرف شهور قليلة منع الألسن من التعرض لخطيبته بأي غزل، بل منع الناس من النظر إليها في غير تحفظ، خوفًا من تهوره وجنونه الشرس. فلما دخل عليها حبسها في الدار وعاملها بكل شدة، وباتت تحبه حبًا صار حديث العائلة كلما التقت في مناسبة.

أختها نعيمة لم يسعدها الحظ. بدأت تشيخ كابنة خالها شلباية. لم تكن جميلة لكنها لم تكن دميمة. اكتسبت من ابنة خالها شطارتها وجرأتها. من صغرها نشنت على ابن خالها علي. عرفت بالغريزة أو بالإيحاء من جدتها أن مصيرها سيكون له شاءت هي أم أبت، فراحت تعد نفسها لأن تحبه. كانت خفيفة الدم على غير عادة دار الكلّافة بوجه عام. في الخامسة والعشرين من عمرها، ذات غمازتين طويلتين غائرتين في الخدين، خمرية اللون، غليظة الملامح نوعًا، لكنها غلظة مقبولة بل وشهية، تعصب رأسها بتربيعة مشغولة بالفل والترتر تقصعها للخلف لتظهر شرخة من شعرها الأسود المسبسب على جنبها حتى حاجبها الأيسر، ودوائر الفل والترتر في لقاء مستمر مع حركة رمشيها الأسودين وتطلعات عينيها الواسعتين. لا تتكلم كثيرًا، تجيد الكلام بعينيها المفحمتين، لكنها إذا تكلمت أسرت القلب ببحة دفء في صوتها.

غير أن علي ابن خالها يشبه أخاها مغاوري في كل شيء، لكنه يمتاز عنه بخفة دم قليلة، إذ هو لا يتمكن من ضم شفتيه على أسنانه الكبيرة، فتظل أسنانه عارية أبدًا تطفح بالابتسام الخبيث الماكر على الدوام بسبب وبدون سبب. يكفيه من الوجد نظرة يلقيها على ابنة عمته وهي تخطر في دارهم ليل نهار، أو جلبابه تغسله له بعناية خاصة، ذلك أن أمه قد ماتت هي الأخرى منذ زمن حيث لم يرها ولا

يتذكرها. في غير مواسم الشغل ترى علي دائم الصرمحة، يعاكس الكلاب إذا تقاربت، ويفرقها بالطوب إذا تلاحمت، يفزع أفراخ الحمام ويطيرها من أعشاشها، يصطاد اليمام والعصافير بنبلة ترديها قتيلة. مع ذلك فالبنت نعيمة تتغزل فيه وفي شلفيه وأسنانه، ترد عنه إذا هاجمه أحد في غيبته، ربما تدخل في عراك مع جدتها إذا أمعنت في شتيمته. يتوقع لها الناس أن زيجتها إن تمت فسوف يكون ذلك نتيجة لشطارة نعيمة وسعيها الدائم.

الكل يحسدها مقدمًا، ذلك أن علي هو الذي سيرث الأرض بعد موت جدته وأبيه، ولسوف يصبح كل شيء في الدار ملكًا للبنت نعيمة، بل إن أمي نفسها ترشحها لخلافة الدار بعد الكلَّافة. ويحلو لأبو سماعين أن يداعبها في الطريق كلما صادفها قائلًا:

ـ مرحب بالكلَّافة الصغيرة.

فتقول له ببرود ساخر وهي تتجنبه:

ـ حاسب حاسب! جه دورك يا أبو سماعين إنت راخر! النبي تسيبني في حالي!

يشيعها بضحكته الشهيرة، ثم يمضي مخترقًا الزقاق إلى الشارع العمومي بخطوات هادئة، واضعًا يسراه في سيالته، واليمنى طليقة لكنها مرتخية بجواره، يتلفت حواليه يمينًا ويسارًا كلما وجد ناسًا يجلسون في الشارع أو على مصطبة دكان، لا يقول سلام عليكم أبدًا، بل يعتبر أن مجرد نظرة يلقيها هي السلام، وسواء عُني الجالسون بالرد أم تجاهلوه فإنه يظل ماضيًا في الطريق إذا لم تعجبه القعدة أو لم يجد فيها متسعًا له.

١٥

العروة غير الوثقى

ليس وحده الذي كان يستريح لقعدة دكان معلمي سعد الله الترزي، بل يفضلها ناس كثيرون من الذين هم على قد حالهم، وهم الأغلبية بالطبع في بلدتنا، وثمة من الكبراء والمطربشين والمعممين يفصلون ثيابهم ويزورونه من حين لآخر، ويتواضعون بالجلوس معنا ربما لساعة أو أكثر حتى أنتهي من شغل عراويهم وتركيب أزرارهم، وهؤلاء معظمهم من الأقباط الذين يختلط عليك الأمر فيما إذا كانوا أقباطًا أم مسلمين، إذ هم يحملون نفس الأسماء، ويسلكون نفس السلوك، ويأكلون نفس الأكل، وتغلق عليهم في النهاية حارة واحدة، بل ربما دار واحدة، وقد لا يكتشف الإنسان أنهم أقباط إلا صدفة، وقد ينسى الواحد منا ذلك فلا يعود يتذكره إلا في لحظة صدفة أخرى، لعل من أغربها أن الواحد منا إذا تأكدت له أمانةُ واحدٍ أمانةً مطلقة، وسلوك منه عفيف متسامح، فإنه يبدأ يتساءل هل فلان هذا مسلم أم قبطي؟! هذا بالإضافة إلى أقباط من البلدان المجاورة الذين يحبون التفصيل عند معلمي سعد الله، وهؤلاء حينما يلتقون

بمعلمي فإنهم يسيلون حبًّا، وتتدفق بينهم ذكريات لا تنفد، وكان حضورهم يعتبر مهرجانًا تنشط له الدار في توضيب غداء، ويشغي الدكان بحركة جميلة مفرحة كحركة العيد والمواسم، وأحظى فيه ببقشيشات سخية وغداء شهي لذيذ قد لا يتوفر في دارنا إلا يوم سوق أو يوم موسم.

نجم هذا المهرجان وكل المهرجانات لا بد أن يكون أبو سماعين. عالم برمته يتقرفص جالسًا، يرسل الضحكات، ويستقبل الهبات، وينشر وعيًا، إذا استمعت إليه أصابتك منه فوائد كبيرة، وإن أعطيته الطرشاء فأنت من الخاسرين، ولن يزيدك الطرش إلا غلظة صدغ وقفا. أكتشف أن هؤلاء وأولئك من زبائن معلمي الأغراب على علاقة طيبة عميقة بأبو سماعين، هم الوحيدون في هذه الدنيا الذين يقدرون أبو سماعين تقديرًا هائلًا كأنه راهب أو إمام، وينتظرون قولته الأخيرة في كل أمر يطرحونه:

ـ وَلَّا إيه رأيك يا أبو سماعين؟

فيفتي، ربما بكلمة واحدة، لكنها منتهى العدل، وإن قست على أحد الأطراف فلا يملك هذا الطرف إلا قبولها، خاصة إذا كان منذ برهة قد أحسن إلى أبو سماعين بقرش أو بزردة شاي.

تنفض كل المواكب ذات لحظة إلا أبو سماعين موكب بذاته لا ينفض أبدًا. ربما لهذا ينشغل الناس به كموكب من الأفاعيل والأقوال تلهيهم عن البحث في أصله وفصله: من أين جاء؟ وإلى أي عائلة ينتمي؟ هل سبق له الزواج؟ هل أنجب؟ هل كان له مثل كل الناس أب وأم؟ وإن كان، فماذا كانت ظروفهما؟ وماذا كانت

شغلة أبيه؟ وفي أي بلدة نشأ؟ أم ترى تعامله بلدتنا باعتباره شيئًا طبيعيًا، كشجرة تنبت بلا مقدمات هنا أو ها هنا، كبزوغ المياه في قطعة أرض دون أن يستجلبها أحد، كوفود أسراب الطيور، ككلهم جميعًا قبل أن تستقر جدودهم وجذورهم ها هنا؟ هذا وذاك صحيح تمامًا، فأبو سماعين مثل كل الظواهر الطبيعية، له فوائد جمة على الجميع، ومع ذلك هو مسخة للجميع، ولهذا يبيت لغزًا محيرًا بالنسبة لي، أحمل همه وأنشغل به. أشعر أن معلمي سعد الله الترزي ربما يكون هو الذي أصابني بعدوى الانشغال به أكثر من اللازم، غير أن هذا الشعور سرعان ما يتلاشى، وتظل رغبتي مشتعلة في معرفة الكثير عن هذا الرجل الذي أصابني منه فضل عظيم. إذ ـ بفضله ـ أصبحت ولدًا لبيبًا كما يصفني الكبار. نعم، فلقد نقلت عنه هذه الصفة لا عن أبي وإن كان خطيبًا مفوهًا ينظم الأشعار، ومنه ـ لا من أبي ـ تعلمت الكلام المنمق، ونطق أسماء المشهورين بتفخيم، وكيف أقول «يا دكتر» و«يا باشمهندس» و«يا صاحب المعالي»، وعرفت أسماء كتب لم أرَها عند أبي، وأسماء رجال من عائلتنا لم أسمع بهم في محيط عائلتنا من قبل. ويكفي أن تاريخ أبي عرفته منه، بل هو الوحيد الذي كشف لي عن أبي، ولولاه لظل أبي مجرد آدمي يسكن معنا في بيت واحد. كذلك عرفت الكثير من المعلومات عن البلاد والبنادر وطبائع الناس. كنت من غفلتي أنساق مع المهرجين الفارغين الذين يشوشرون على أبو سماعين في لحظات التجلي النادرة، مرددين صيحتهم الخبيثة المعهودة: «آخر تمام. شغّالة حلو قوي»، يقصدون الأفيونة طبعًا، ومن ثَمَّ فكل ما يقوله تخاريف

مخدر. غير أنني كلما تقدمت سنة في المدرسة التي أُخرج منها إلى دكان معلمي كل يوم، قرأت في كتبها أشياء كثيرة جدًّا سبق أن قالها لي أبو سماعين، وسمعت من مدرسيها معلومات سبق أن حكاها أبو سماعين، فكنت أزداد له تقديرًا، وأعود إليه بمزيد من الانتباه، أدفع البقشيش الذي أحصل عليه كله لأشتري له قطعة أفيون حتى يتسلطن ويحكي لي بصفاء ذهن ما يصفو له ذهني أنا الآخر، كأنما الأفيونة التي جرع مرارها جنيت أنا ثمارها اليانعة!

كنت أزداد له حبًّا، وفي أعماق لحظة صفاء أتذكر فجأة سؤالي الأبدي الذي تعودت أن أنساه في حضوره، الحق أنه تعود أن ينسينيه، حتى صرت لا أذكر إن كنت سألته أم لا، مع أنني أتذكر أنه قد رد على سؤالي ذات يوم بكلام غامض. إلى أن جاءت لحظة صفاء تمكنت فيها من ضبط عينيه، فألقيت في صفائها سؤالي:

ـ هل كنت متزوجًا من قبل؟

آملًا أن يحكي لي شيئًا، أي شيء عن ماضيه الذي يسبق رؤيتي له في مندرتنا ذات يوم موغل في القدم. حينذاك نظر في عيني فلم يجد طفولة كالعهد بي، بل وجد حصارًا رجوليًّا، فلمعت في عينيه نظرة تفح بالفجيعة جعلتني أحس بالندم على سؤالي، لكن هذه الفجيعة في عينيه سرعان ما تحولت إلى لمعة سخرية ما لبث أن غطاها بضحكته الشهيرة: «هو هو هو.. و.. و.. هـ»، ثم أضاف متخلصًا مني:

ـ طبعًا تزوجت. ألستُ رجلًا؟

بمزيد من الارتباك شرحت له قصدي: أين زوجه مثلًا وأولاده؟ أطلق ضحكته هذه المرة عالية، حتى خلت أنها انفتحت لأول مرة

وتخلصت من الخنقة اللصيقة بها، ثم أخذ يوصلها من جديد كلما انتهت، ثم قال في جدية شديدة:

ـ لقد ماتت زوجتي! ثم مات أولادي! نعم، ماتوا، ماتوا! ماتوا جميعًا وهم رجال وصبايا! صدمني الزمن في كل شيء، حتى لتختلط عليَّ الأمور! أحيانًا يخيل إليَّ أنهم على قيد الحياة، وأنني أراهم كل يوم رؤية العين، وأعيش معهم ليل نهار، ثم أفيق وأصحو على الواقع، على الحقيقة، حقيقة أنه لم يعد لي زوج ولا ولد ولا أي شيء! قطعت الحياة أسبابها بي، لكني لم أقطع أسبابي بها!

كان هذا الكلام أعمق مما أريد، وكنت على وشك الاستطراد في الأسئلة الفرعية، لولا أنني أفقت على أصداء صوته ترتعش في الأفق الملاصق لعزبة العلمين برنين الحزن والأسى العميقين، وثمة قطرات من الدمع تنهمر دفعة واحدة من عينَي أبو سماعين لتمحوها يده ويعود الجفاف إلى عينيه كأن شيئًا لم يكن. فكانت هذه المرة الوحيدة التي رأيت فيها أبو سماعين يبكي، يومها ظللت أشعر بالاستياء من نفسي طوال النهار، كأنني ارتكبت جرمًا أدى إلى بكاء رجل يقود لواء الضحك والسخرية في بلدتنا، ويضع النكتة الحارقة!

وقد لاحظ معلمي سعد الله الترزي اضطرابي النفسي بعد انصراف أبو سماعين، فسألني ماذا بي، فقلت له ـ طامعًا أن يطلب الصفح لي منه ـ ما قد حدث بيني وبين أبو سماعين بالحرف الواحد، فابتسم معلمي لأول وهلة ابتسامة ذات معنى غامض، ثم إنه ركز في وجهي بعينين تطل منهما عواصف الدهشة العظيمة، لخصها في قوله:

ـ بقى إنت ما تعرفش إذا كان أبو سماعين قد تزوج أم لا؟!

وبدا كأنه يحاكمني. فقلت مسرعًا:

ـ كنت أريد أن أعرف، لا أكثر ولا أقل!

فعظمت الدهشة في عينيه، وصاح من عجب:

ـ ليه؟ هو إنت ما تعرفش؟!

قلت بصدق:

ـ والله ما أعرف.

خبط منصة التفصيل بالهِندازة الخشبية التي يقيس بها الأثواب، ثم قال لنفسه: «لا إله إلا الله. جايز. ما عادش فيه حاجة مدهشة!».

فما كان من اللغز إلا أن زاد غموضًا، فقلت لمعلمي:

ـ وهل هذا شيء يتعين عليَّ أن أعرفه؟ أقصد ما الغريب في أني لا أعرفه؟!

قال معلمي متحاشيًا النظر إليَّ:

ـ أنت بالذات يجب عليك أن تعرف كل شيء عن أبو سماعين!

ثم صمت معلمي، وراح يلف سيجارة، بدت لي عملية لفها كأنها استمرار في الموضوع. وكنت أنقل البصر بينه وبين مواطئ سن الإبرة حتى لا تتشوه عروة فتشوه وجه الثوب، ولاحظت ـ رغم اضطرابي ـ أن غرزتي منضبطة ودقيقة، فأنهيت تقفيل العروة من طرفيها، وقلت لمعلمي فيما أعيد عقد الفتلة من جديد:

ـ لكنني أشعر بأني قد أذنبت في حق أبو سماعين، وإلا ما بكى وحكى هكذا! إنني لا أستطيع أن أصف لك صوته الذي لا يزال يهدر في داخلي بعمق ويرجني رجًّا!

قال معلمي سعد الله الترزي وهو يبتسم في أسف:

ـ أنت يا ولد تستاهل قطع رقبتك، لكن لا عليك. هيجت أحزانه الدفينة الله يجازيك يا بعيد، لكن لا عليك. هو طبعًا لا يتصور أنك لا تعرف أصله فظنك تسخر منه أو تؤلمه، لكن لا عليك! لعله شعر بعدم أهميته لدى أسرتك مع أنه صديق حميم لأبيك ويجلس في مندرتكم كل يوم، لكن لا عليك. هو طبعًا من المؤكد يعرف أنك بريء لا تقصد شيئًا.

ثم شد نفسًا عميقًا من السيجارة، كتمه في حلقه، وسرَّبه من أنفه في خيطين واهنين كأنه يسرب أسرارًا صدئت من كثرة دفنها تحت ركام الأعماق!

١٦
فتاة الموال

حكى معلمي سعد الله الترزي هذه الحكاية لما رآني مغرمًا بالحكايات:

ـ في يوم من ذات الأيام، ولا يحلى الكلام إلا بذكر النبي سيد الأنام، كانت هناك أسرة صغيرة مكونة من ثلاثة أفراد، تعيش في قرية مثل قريتنا تتبع أيضًا مديرية الغربية مثلنا. هذه الأسرة يا ولد، كانت عبارة عن رجل خوّاص، يصنع من خوص النخيل قففًا وغلقانًا وسلالًا وأسبتة، وزوجة غجرية، تصيَّدها من قبائل الغجر التي كانت تضرب خيامها كل حين من الزمن حول القرية، كما يحدث عندنا أيضًا. كانت جميلة يا ولد، والناس كانوا يحسدونه عليها يا ولد، يقولون في أنفسهم ولبعضهم البعض لحظة التجلي: «كيف حدث هذا؟ من الذي جمع الشامي على المغربي؟». كان يشاع عنه يا ولد أنه في الأصل غجري مثلها، يفهم لغاها، ويعرف كيف يضحك عليها. أما الحقيقة يا ولد، فهي أن هذه الغجرية الحلوة كانت قد تعبت من الرحيل وأحبت

أن تستقر، فما صدقت أن وجدت أمامها الخواص يطلب يدها حتى وافقت في الحال، وعاشت تحت سقف دار له صغيرة بلا سقف في حقيقة الأمر، محصورة بين دارين كبيرتين لاثنين من أعيان البلد المحترمين، كل دار منهما تفتح على شارع بعيد، ويستطيع أهل الدارين أن يروا من الشبابيك والسطوح كل شيء في داره، حتى التعريشة الصغيرة المظللة التي ينام الرجل تحتها مع زوجته. وكل أهل البلدة كانوا يتمنون أن يكونوا مطرح سكان هاتين الدارين، ليتمكنوا من رؤية الغجرية الحلوة عارية ذات لحظة، في حين أن سكان هاتين الدارين لا يفعلون ذلك أبدًا لأنهم لن يروا سوى البؤس والغُلب والعذاب مجسدًا.

الغجرية الحلوة أنجبت للخواص ولدًا، سمَّاه إبراهيم على اسم أبيه، وتوقفت عن الإنجاب تمامًا، حتى ضاق الخواص بها وبالولد. كان الخواص أفيونجيًا قراريًا يا ولد، يتكور في ركن التعريشة كسحلية صفراء، يجدل الخوص ويخيطه بفتائل يصنعها من ليف النخيل. يظل طوال النهار يسب للولية ديك الذين خلفوها والبلد التي رمتها عليه، وتسب له سنسفيل جدوده الذين ربما لا يكون لهم وجود من الأساس. يشب عليها كالقرموط، يبرك فوقها، ويروح يضرب دماغها في الأرض، وتروح هي تخربشه، يزأر فيها وتصوت، إلى أن يهدهما التعب فينفصلان، ليعود هو إلى جدل الخوص، وتعود هي إلى تزغيط البط والإوز وكنس الفناء. وليس بغريب أن تراهما بعدها مباشرة يتغديان معًا من مشنة واحدة، وتشعل ركية النار وتصنع له

الشاي، وحين يتكيف يمازحها قائلًا إن المرأة التي تكف عن الولادة يصبح الذكر أفضل منها، وتمازحه قائلة إنه في الأصل من بذرة فارغة، وإنها تشك أن له أبًا، وإنه لا بد قد جاء إلى الوجود صدفة، وإن ابنه جاء هو الآخر كذلك. هنا قد يدلق على وجهها كوب الشاي الساخن، فتجري إلى بعيد صارخة، فينفلت عياره، ويروح يلطش للولد تلطيشًا قاسيًا، قائلًا إنه وجه فقر، أغلق باب الخلفة وراءه، لقد سمَّم رحم أمه هذا الملعون: «قم يا ابن الكلب من أمامي وإلا قتلتك! لقد تمنيت أن يكون لك أخ واحد على الأقل، ولكن مؤخرتك نحس في نحس، رفضت أن يجيء وراءها أحد، فعِش كأبيك وحيدًا طوال عمرك، ولتأخذك الشياطين أنت وأمك!».

لكل شيء نهاية يا ولد. طلع الصبح ذات يوم فلم يجد الخواص زوجته! الطريف يا ولد أنها لمت كل شيء ينفعها، حتى البط والإوز عبأته في قفصين، وتوكلت على الله. قالوا إن ولدًا بوارديًا من حملة السلاح ابن ليل بلفها، ودبر لاختلاسها بليل من الخواص الذي لا يستأهلها. لكنني أقول لك يا ولد إن طبع الغجرية نفسه هو الذي بلفها، هو الذي تغلَّب، فسحبها إلى الرحيل من جديد بعد أن صدمه الاستقرار ولم يجد فيه حلاوة تُذكر. وبقي الولد يعاني من ذل أبيه ليل نهار، يجدل له الخوص، ويفتل الفتائل، ويقضي الطلبات، ويسرح بالسلال، ولا شكر ولا حنية! دائمًا يعيره الخواص بهرب أمه الغجرية التي لا أصل لها! إلى أن فقد الولد صبره، فبات يرد على أبيه الكلمة بمثلها

ويغلبه في الرد، فيحاول ضربه، فيزوغ منه ويجري، فيتوعده، فلا يعود. فأين يذهب هذا الولد يا ولد؟

شُف يا ولد، الدنيا تأخذ وتعطي! الولد إبراهيم وجد من يعطف عليه، وفي الدار المجاورة لهم مباشرة، دار الحاج سالم الفرنواني، فقد كان إبراهيم يحب صابر ابن الحاج سالم الذي يكبره ببضعة أعوام تناهز العشرة. صابر هذا ولد طيب ومجتهد مثلك يا ولد، ربنا يعطيك مثله، كان يذهب إلى المدرسة ويخرج منها إلى الكُتَّاب كل يوم ليحفظ، ويمكث بقية النهار ينقل أرباع القرآن من المصحف إلى لوح خشبي مدهون بالزنك ومزخرف، بقلم من البسط يغمسه في دواة بها حبر أسود مصنوع من هباب الفرن، حيث تقوم عملية النسخ بمساعدته على الحفظ. هذه العملية بهرت الولد إبراهيم، مثلما انبهر من صابر الذي يحن عليه ويصاحبه، فراح يعبر عن سروره بخدمات يؤديها إليه، يصنع له الحبر بكميات وفيرة، يبري له أقلام البسط، حتى صار خبيرًا بسن القلم المفلوق بالطول من منتصفه، بجميع أنواعه الخطية: فسن للرقعة، وآخر للنسخ، وثالث للثلث، ورابع للكوفي، وخامس للتاج، بصبر اكتسبه من الجَلد على جدل الخوص. قل إن الولد تعلم الخط لتجريب الأسنان على اللوح، ثم إذا هو يتعلم نطق الحروف وتجميعها في كلمات، ثم بات صاحبه يمليه ليكتب في كراريس الواجبات، أو يملي هو ليكتب صاحبه، أو يمسك بالكتاب ليستظهر صاحبه ما يكون قد حفظه.

قل إن الولد إبراهيم صار شيئًا مهمًّا بالنسبة لصاحبه، بات مثل

روحه التي لا يستطيع الاستغناء عنها، فبِه أصبح صابر صاحب عقلين لا عقل واحد، وجهدين لا جهد واحد، ويتقدم في امتحاناته عامًا بعد عام بتفوق. أهل الواد ناس مبسوطين كما قلت لك، بعثوا بابنهم يطلب العلم العالي في القاهرة في الأزهر ومدرسة الحقوق. رأس صابر وألف سيف أن يأخذ إبراهيم معه. وهكذا انتقل إبراهيم إلى القاهرة مع صاحبه، يسكنان في حجرة واحدة، حيث ينهض إبراهيم بكل الأعباء، من كنس وغسل وتنظيف وطبخ عدس وشراء فول وطعمية، وفضلًا عن ذلك يساعده في المذاكرة، فكان هو الذي يذاكر حقًّا، وكان دائمًا هو المستعد الأول للامتحان، وكان متودكًا، أكثر جرأة من صاحبه، وأوسع حيلة وأشد صلابة. بهرته أم الدنيا، فأحب مقاهيها ومحلاتها، فصار يجلس عليها، ويتكلم مع الناس في السياسة وفي كل شيء، ويعود فيجهز الغداء لصاحبه، فيحدثه عما قرأ ورأى في شوارع القاهرة، ويحدثه صاحبه هو الآخر عما قرأ ورأى في دار العلم، ويحدثه أيضًا عن بعض الاشتباكات السياسية بين الطلاب.

رُح يا زمن تعالَ يا زمن. تخرج صابر في مدرسة الحقوق بتفوق، فاشتغل وكيلًا للنيابة، ثم قاضيًا، ثم محاميًا كبيرًا جدًّا يا ولد. وكلما ارتقى درجة ارتقى إبراهيم درجات! فبعد أن كان هو الخادم الذي يفعل كل شيء، أخذ يسعى حتى أقنع سيده بالزواج، وسعى حتى في اختيار العروس واختبار سُمعتها، ثم انتقى للعروس خادمة فقيرة صغيرة، ثم سعى حتى انتزع

من أهل سيده مبلغًا عظيمًا، اشترى به دارًا جميلة تحوطها حديقة ويسمونها «الفيلَّا»، أشرف على ترميمها وزخرفتها حتى غدت عروسًا. عند افتتاحها خصص الدور الأول منها للمكتب والمكتبة، والدور الثاني لاستقبال الأهل والضيوف، والدور الثالث لنومه ومعاشه. أما إبراهيم فقد استقل بالشقة التي كانا يسكنانها من قبل.

أفنديًّا أصبح إبراهيم عقبال أملتك. وكان هو الماكينة التي تقوم بتشغيل مخ الأستاذ وتجهز له الكتب والمجلدات التي سيأخذ منها المقولات والقوانين والأخبار والأحداث. ثم إن دائرة معارفه قد اتسعت، فالأستاذ ـ صاحبه القديم ـ مضياف بفلاحيته، سياسي بطبعه أبًا عن جد، محرض، ذو صوت خطير مؤثر، وبلاغة في القول تفتت الصخر من كثرة ما يعبئ فيها من مشاعر، لي زبائن من بلدته يقولون إنه حين كان يزور البلدة ويخطب الجمعة في مسجدها ينخرط القوم في البكاء والنواح ولا يتركونه يختم بسهولة. داره في القاهرة مثل داره في البلدة، لا ينقطع عنها الزوار ليل نهار، من أصدقائه وزملائه وتلاميذه ومريديه، الحديث قائم كأنها مكلمة، والمعارف تتدفق على الموائد في الشعر والفن والأدب واللغة والنحو والصرف والإنجليز وأحمد عرابي وصحبه وسعد زغلول ورفاقه. لا تدهش يا ولد إذا قلت لك إن دار الأستاذ صابر الفرنواني ـ الذي بات أحد المرموقين في القاهرة كلها ـ كان يؤمها سعد زغلول ورفاقه باعتبارهم بلديات وأصدقاء. الأمر ببساطة

يا ولد أن الأستاذ صابر بك الفرنواني كان يشتغل بالسياسة، كان في تدبير مستمر هو ورفاقه ضد البريطان والملك الذي يحميه البريطان، وضد ناس لا حصر لهم ممن ينتفعون من الملك والبريطان معًا ومن خراب مصر كلها، بعضهم أجانب مستحكمون في البلاد، وبعضهم مصريون مخالب قطط في الوزارات والقصر وكل الحكومات. وكان كل يوم في سين وجيم ووجع دماغ لذيذ على قلبه، وكثيرًا ما كان البوليس السياسي الأجنبي يهاجمه ويفتش بيته لسبب من الأسباب، بحثًا عن منشورات أو فدائيين أو أسلحة أو أي بلاء أزرق.

فُتك في الكلام يا ولد، فأقول لك إن الأستاذ قرأ يومًا في أحد الجرانين مقالًا لكاتب مشهور، فأغضبه، ولست أذكر لماذا أغضبه، فقال له إبراهيم أفندي: «لماذا لا ترد عليه يا أستاذ في نفس جرنانه مثلما يفعل الكتبة والنقدة والساسة؟». فقال الأستاذ: «والله فكرة يا إبراهيم أفندي». ثم أخذ يملي عليه ردًّا ناريًّا، ثم إن إبراهيم أفندي وضعه في ظرف مطبوع عليه اسم الأستاذ، واتجه إلى عنوان الصحيفة، فطلب رئيس تحريرها وسلمه المقال باعتباره مندوبًا عن الأستاذ. من يومها لم يتوقف إبراهيم أفندي عن زيارة هذه الصحيفة كل بضعة أيام، بل أصبح يزورها كل يوم، بل أصبح له مكتب صغير فيها، إذ إن الأستاذ الفرنواني قد أصبح من كُتَّاب هذه الصحيفة الدائمين بمرتب كبير، فعيَّن إبراهيم أفندي سكرتيرًا خاصًّا له يرافقه على الدوام ويحمل أسراره!

للأستاذ زبائن في كل البلاد، خاصة بلاد مديريتنا، إذ إن لمكتبه فروعًا في كل مراكز مديريتنا يديرها محامون شُبان، والأستاذ لا يحضر إلا في القضايا الكبيرة، فإذا حضر اهتزت المديرية كلها، ولا بد أن يكون في صحبته إبراهيم أفندي، فضلًا عن وكلائه ومساعديه الذين لا حصر لهم؛ فإبراهيم أفيونته، أحسن من يُذكره بالمواعيد، وأحسن من يقف وراءه في المحكمة بالأوراق والمذكرات والمستندات، يقدم له كل ورقة في حينها كأنما هو يشارك ذهن الأستاذ في المرافعة.

من بين زبائن الأستاذ واحدة استعنت عليها بالله، شيطانة من شياطين الزمن يا ولد! من عائلة كبيرة في العِب كله، يعرفها الأستاذ حق المعرفة نظرًا لشهرتها كنار على علم عائلتها. أبوها كان مقربًا من أصحاب البلاد، وكان رجلًا طيبًا مصليًا حاجًّا ومزكيًا، ولأبنائه شنة ورنة، وكل أبنائه كذلك يا ولد، إلا هي. حتى ليتساءل الناس لمن يطلع هذا الطبع الجاف الأسود! قصيرة هي يا ولد، قميئة...

تلمع في عينَي معلمي نظرات وجلة، فيها ومضات من الحرج والخجل، تعوَّدت أن تلمع كلما تحدث عن أحد بألفاظ غير مناسبة: ـ تموت في النقار والمشاكسة وخلق المشاكل، دائمة الإهانة للناس بغير سبب، تعاملهم كأنهم خدم في معيتها، في حين أن شكلها أبدًا لا يسر. قد تراها في ثياب رثة وحذاء مبرطش، لكن حديثها ولهجتها ينسيانك شكلها، وطريقتها في الكلام تدلك على أنها من علية القوم، وأنك أمام داهية شريرة لا قِبل لأحد

بمقاومتها! مع ذلك يحترمها الناس فوق خوف، يحترمونها لكونها من عائلة مسموعة، وفي نفس الوقت يخشون بطشها المؤكد إذا ما استنفرها إنسان ربما لأتفه سبب!

لقوة شخصيتها جاء حين من الدهر أصبحت هي رأس العائلة دون منازع أو شريك، رغم وجود رجال أقوياء من أشقائها، لكنهم كانوا يحسون بقوتها فلا يعارضونها في شيء، خاصة أن صلابتها واستمساكها برأيها كانا يعودان بالنفع على الجميع، فبفضلها يا ولد لم تتنازل العائلة عن شيء، بل إنها كانت عند اللزوم تمسك النبوت مسكة الفتوات الأصائل، وتلقي به خطبة في ساحة المعركة تبيِّن فيها إلى أي حدٍّ هي قادرة على رد أي عدوان وحدها، بل كانت أثناء الخطبة تستعرض مهاراتها في اللعب بالنبوت واللعب بالكلمات وتوجيه الشتائم المنتقاة، ولديها شتائم لكل مستوى من مستويات البشر، ولكل عائلة قاموس خاص من الشتائم يليق بها، إذ لكل عائلة مطاعن ومخازٍ تجيد هي صياغتها الساخرة في كلمات كبيرة متقنة الصنع راعبة راهبة لاهبة، أي والله يا ولد، ولذا فكل العائلات تتقي شرها، وأتخن شنب في بلدتها لا بد أن ينحني لها ويلقي عليها السلام كأنه يلقيه على عائلة بكاملها هي عائلتها، ويحدثها ـ لو حدثها ـ في تحفظ وندية، فترعشه إن تطاول عليها فيتأدب في الحال و«يجر ناعم».

على قدر اتساع علاقاتها هذه يا ولد، كانت مشاكلها وقضاياها، كانت زبونًا ثابتًا في مكتب الأستاذ، واسمها مكتوب على

عشرات الملفات. هب يا زمن مات أبوها. هب يا زمن تحولت كل قضاياها إلى ناس من أقاربها حول مواريث وعقارات وأنصبة ومشاكل جوار. كانت لها ابنة جميلة، تَعجَّل خرَّاط البنات في خرطها وتسويتها عروسًا لا ضريب لها في أي مكان، سمراء مثلها، لكن ملامح وجهها تقول إنها أميرة من الأميرات، رقتها تقول إنها من بنات الحور السمراوات. كانت تصطحبها كثيرًا في زياراتها المتعددة لمكتب الأستاذ في عاصمة المديرية، وكانت تقوم بزيارات لمنزل الأستاذ في القاهرة، حاملةً الخيرات والهدايا تضمن بها صداقة زوجة الأستاذ. هب وقع إبراهيم في غرام البنيَّة ووقعت البنيَّة في غرامه!

«يا دار ما دخلك شر»، هكذا قالت الولية لنفسها، فأي عريس يمكن أن تنتظره لابنتها خيرٌ من إبراهيم أفندي بجلالة قدره؟ كان يبدو أكثر أبهة من الأستاذ، وأكثر اهتمامًا بشياكته وأناقته، وأربطة العنق الثمينة الزاهية والقمصان الحريرية المزركشة التي يتلقاها الأستاذ كهدايا من زبائنه وأصدقائه يحولها كلها لإبراهيم أفندي الذي لا يستنكف من لبسها، والترزي الذي يفصِّل للأستاذ حلله الصوف المعتبر هو نفسه الذي يفصِّل لإبراهيم أفندي، ولكن على نسق الموضات الحديثة الشائعة بين الشُّبان من خلال الأجانب والكتالوجات لدى أولاد الذوات، وإذا كان الأستاذ يلبس طربوشًا على رأسه فإن أبو خليل كان يلبس قبعة أنيقة كالأجانب، وله أيضًا عصاه الأبنوس التي لا يحملها في حضرة الأستاذ... كل ذلك كان يجعل كثيرًا من

الزبائن القرويين الذين جاءوا منجذبين بسُمعة الأستاذ، يرون إبراهيم أفندي فيتصورون لأول وهلة أنه الأستاذ، فإذا ما ظهر الأستاذ نفسه بجسده الضخم وطربوشه القصير، تتهدل ملابسه الأنيقة على بدنه تهدلًا يوحي بالأرستقراطية، ممسكًا بالمنشة تحت إبطه، يعتدل الجميع ثم يهبون واقفين فاغري الأفواه لسان حالهم يقول: «أيوه كده، هو ده الأستاذ الحقيقي»، مع ذلك لا يفقدون احترامهم لإبراهيم أفندي، بل إن الاهتمام كله كان منصبًا عليه، والكل يتودد إليه ويعامله باحترام شديد وتملق، وهو يسلك فيهم مسلك الزعماء قل، الرؤساء قل، النجوم جائز، فكل ذلك كان لائقًا عليه جدًّا يا ولد.

الولية شافت هذه الأَمَلَة قالت ياما هنا ياما هناك، لكن شيئًا ما في طبعها يا ولد قال لها أن تلعب بهذه الورقة قدر ما تستطيع، خاصة أن إبراهيم أفندي حصل لها على تنازل من الأستاذ عن نصف أتعابه في كل قضاياها المقبلة، وصارت كل يوم والثاني في زيارة لمصر حتى تتعرف على إبراهيم أفندي جيدًا عن قرب، وتعرف حدوده المادية وقيمة ما يمكن أن يدفعه من مهر وما إلى ذلك. رغم ذلك كان إبراهيم أفندي كل يوم والثاني في البلد حتى يشبع من البنيَّة ويتعرف على شخصيتها من قريب. والبنيَّة في كل يوم تزداد تعلقًا بإبراهيم أفندي وحبًّا له حتى كادت تجن به وبحلاوته وبدخلته الدار عليهم أمام البلد. كان حبها واضحًا ومحسوسًا للناس كلها. متأسف يا ولد! أقصد كان الناس كأنهم يحبون هذا الحب ويتمنون لو اكتمل، فكانوا

يشاركون في إشعاله، إذ يمتدحون البنيَّة عند إبراهيم، ويمتدحون إبراهيم عند البنيَّة. ثم إن الأغنيات بدأت تدور في الأفراح حول حبهما الوليد بقوة جبارة، وبعد أن كانت أغنيات أفراحنا تتحدث عن جلباب الحبيب وطاقيته وكيف أنه يدخل في المساء عاوجًا الطاقية واللاسة الحرير، أصبحت الأغنيات تتحدث عن البدلة: «قلمين قلمين يا بدلته»، إشارة إلى بدلة إبراهيم أفندي المقلمة، وتتحدث عن الساعة التي في معصمه، بل تتحدث عن بيت يشبه القصر: «لُمَّا وِيَا لُمَّا وِيَا لُمِيَّه.. حمَّام بحنفية بدورة ميَّه». وكشأن بلادنا في كل قصص الحب العلني، بدأت المواويل تنتظر بلهفة أن تكتمل هذه القصة لكي تنطلق في سوامر الرجال وعلى شطآن المصارف ووسط الحقول تؤنس وحشة الليالي السود. وسواء اكتملت القصة أم لم تكتمل فإن المواويل تقوم باستكمالها على النحو الذي يرضيها يا ولد. والذي يرضيها دائمًا يا ولد هو ميلها إلى صف الحبيب والمحب على السواء، إلى صف الحب على طول الخط، لأنهم كلهم يحبون يا ولد، ويقع عليهم نفس العدوان، يحبون وتقف في وجوههم عشرات العراقيل التي تبدأ وتنتهي كلها في: مَن أنت؟ ومِن أي عائلة؟ وكم مِن أملاك تملك؟ مواويلنا مثلنا يا ولد حزينة، مجروحة، تستنزف دم الشعور بالعدوان، تسجل غدر الزمان، تندد بالقساة الواقفين في وجه الحب حجر عثرة بين القلوب المتآلفة.

كانت المواويل على أهبة الانطلاق يا ولد، لتجعل من قصة الحب هذه عالمًا محققًا معترفًا به. ولست أدري يا ولد سر

ما حدث. ترى هل كانت هذه الولية العجيبة تتصرف من تلقاء نفسها في طريق أن يكتمل الموال، أم أن الموال هو الذي أرسل إليها وفود الأغنيات القصيرة اللماحة لكي يدفعها من طرف خفي إلى أن تتصرف في صالحه على النحو الذي يهوى؟! إذا لم تكن تفهم من قولي هذا شيئًا يا ولد، فأنت لست غبيًّا، إنما أنا نفسي لست أفهم منه شيئًا! وقد نستفتي في ذلك أبو سماعين، فهو الوحيد الذي يستطيع أن يوضح لنا هذا الأمر، ويقيني أنه سيقول ما يقوله لي دائمًا من أن الموال هو الفرخ الذي تنشق عنه بيضة كامنة في صدورنا، فينطلق مرفرفًا بأجنحة قوية ترمح به إلى بعيد بعيد، ليعود الحنين به إلينا أو بنا إليه، فحينما يرفرف على مداخل صدورنا من فوق أبراجها العالية يبدو لنا وكأنه طير جديد غريب وافد علينا لأول مرة ليمكث في ضيافتنا طويلًا.

هل تراني قد خرفت يا ولد؟ ربما. ولكن الولية مقصوفة الرقبة طول عمرها من بين الأسلحة التي يستخدمها القدر في هجماته على الآمنين من عباد الله، إنها بعيدة النظر أكثر من صقر، حادة الذكاء أكثر من طائر الوقواق الذي يختار عشًّا على مزاجه وحاضنة على مزاجه فينتظرها حتى تغادر العش، ليدخل فيرمي بيضها في الهواء، ويبيض بدلًا منه بنفس العدد ونفس الحجم ونفس اللون، كل ذلك في وقت قصير، ثم يمضي لحال سبيله، لتجيء الحاضنة الأصلية الغشيمة فتنام على بيض غيرها وتدفئه حتى يفرخ، ليغادرها إلى الأبد جنسًا مختلفًا عن جنسها (وبهذه

المناسبة لقد سمعت عن هذا الطائر من عمك أبو سماعين).
قاسية أكثر من شيطان، استطاعت أن تدخل في زوارق الأستاذ
وعِب زوجته، فتعرف كل شيء عن دخيلة الأستاذ ودخيلة
إبراهيم أفندي. عرفت كل أسرار الرجل، وفهمت سر هؤلاء
الشُّبان الذين يجتمع بهم فوق سطح الفيلا لوقت طويل كل حين،
وفهمت أن الصناديق الكبيرة التي تدخل وتخرج من سلم الخدم
لا بد أن تكون أسلحة توزع على هؤلاء الأولاد ليطلقوها سرًّا،
ليس فقط على الجنود البريطان، بل على كل جنود البريطان
حتى لو كانوا أبناء عرب. وكانت تفرض نفسها على بعض
جلسات الأستاذ بدهاء ولباقة لا نظير لهما بين كافة الساسة
والسلك الدبلوماسي. كلامها وسلوكها يجمعان بين قوة أبناء
البلد وحرصهم على قيم الشهامة والمجدعة وافتدائها بالموت،
وبين زلاقة لسان المثقفين المتعلمين وما يحفل به كلامهم من
عبارات فصيحة. هي بجلستها فوق الكرسي المسمى بـ«الفوتيه»
الفاخر تبدو كومة من السباخ الأسود لا تعرف لها رأسًا من
ذنب، ولكن حذارِ إن كنت تراها لأول مرة، فإن هي إلا هنيهة
قصيرة حتى ترى لها حضورًا يكاد يلغي حضور كل الحضور
برطانتهم وثقافتهم ولفِّهم ودورانهم. قصر الكلام يا ولد أنها
فهمت وتأكدت أن الأستاذ ليس يعمل في صالح أهلها، فهمت
ذلك على طريقتها، وتأكد لديها إحساس لا يقبل التشكيك فيه أن
هذا الأستاذ وصحبه وشُبانه أولاد كلب سل مل، رعاع، ومعنى
كل مناقشاتهم هذه وتحركاتهم هذه شيء واحد لخصته لنفسها:

إنهم ليسوا يحبون طبقتها، لأنهم ليسوا من عِلية القوم مثلها، لقد كان المفروض أن يكونوا خدمًا وأُجراء عند أمثالها، ولو أن الزمن يسير سيره الطبيعي لظلت في مرتبة الأميرة، وظلوا هم في مرتبة الخدم. صحيح أن أباها كان مجرد موظف في الخاصة الملكية، ولكن أليس المثل يقول: «حمار الأمير أمير الحمير»؟ أيًّا كان مركز أبيها فإنه مركز في الدائرة، وهذا يدل على أنه شخص مميز بميزة إلهية! أليس الله يعطي المواهب من يشاء، ويعطي كل إنسان على قدر ما يستحق؟ أليس من شؤونه وحده جل جلاله أن يكون هذا السلطان سلطانًا، وهذا الأمير أميرًا، وهذا الخفير خفيرًا، وهذا الأجير أجيرًا؟ أليس الله يقول قوله المقدس: «وَرَفَعَ بَعْضَكُمْ فَوْقَ بَعْضٍ دَرَجَٰتٍ»؟! فما بال هؤلاء الرعاع أبناء الرعاع يلجأون لمثل هذه الأفاعيل ضد أسيادهم! هل جزاء أسيادهم الباشوات والبكوات والسلطان أن أكرموهم وجعلوهم أفندية محترمين؟!

هكذا فكرت الولية، لكنها فكرت من ناحية أخرى في شيء آخر يا ولد، حيث تذكرت أن الوجاهة والأبهة آخذة في الانسحاب عنها وعن عائلتها شيئًا فشيئًا، وأن السبب في ذلك هو ظهور ناس جدد من أمثال هؤلاء الفلاحين الأُجراء الذين تسميهم الأسرة الخديوية بـ«الأوباش»، والذين مع ذلك قد باتوا يمتلكون الإقطاعيات وينافسون أهلها وطبقتها في مظاهر الحياة، ثم تكون المصيبة الكبرى أنهم يريدون إقصاء السلطان عن كرسيه الممنوح له بحق إلهي، فيا للعجب! لقد

اختاره الله للسلطنة ولم يختر هو السلطنة! فما بال هؤلاء يزعمون أنهم متعلمون حافظون لكتاب الله وهم في الحقيقة يسعون نحو الكفر ومحاولة تعديل إرادته سبحانه!

قل إن الولية الملعونة كرهت الأستاذ من أعماق قلبها، لكنها ذكية، لم تصرح بذلك، بل راحت تبالغ في إظهار الود له، بل صارت تغمز له في الحديث معه غمزات جِنثيَّة يفهم منها أنها موافقة تمام الموافقة على ما يفعل، وأنها تبارك هذه التحركات، وربنا يوفقكم يا أستاذ ويبلغكم مناكم ويبعد عنكم أولاد الحرام. والواقع يا ولد أن صوتًا آخر في نفسها صاح بها أن تمسك العصا من المنتصف، أن ترتبط أسبابها بهؤلاء الجدد الذين قد يكون لهم في مستقبل الأيام شأن ربما لم يبلغه أهلها. مع ذلك كان في أعماقها إحساس يقول لها إن أبناء الفلاحين هؤلاء لا يجب أن يملكوا القوة وإلا تجبروا وأذلوا ابنتها، لكن إحساسها بقوة البريطان كان يعطيها كثيرًا من الاطمئنان، فما دام البريطان باقين يؤنسون وحشة البيت السلطاني فإنهم لن يسمحوا بذهاب القوة إلى مثل هؤلاء! إن وجود البريطان هو الضمان الحقيقي الكافي لأن تظل ابنتها تضع ساقًا على ساق، وتصيح في أهل زوجها بأنها من محاسيب أفندينا. تأكد يا ولد أن مقصوفة الرقبة هذه كانت تعتقد أن نار البريطان ولا جنة أمثال هؤلاء الأستاذ ورفاقه، فهم على الأقل بريطان تجري في عروقهم دماء السيادة والعراقة، أما هؤلاء ففلاحون تجري في عروقهم دماء الذل والعبودية، وليس لعبد ذليل أن يمتلك

القوة والسلطان، وإلا فقل على الدنيا السلام. أقول لك هذا يا ولد وكلي ثقة!

بقي على مقصوفة الرقبة أن تتيقن من إبراهيم أفندي نفسه، باعتباره صاحب الرمة: ماذا يملك؟ وكم رصيده في البنوك؟ وابن مَن هو؟ ولم يكن ذلك بعسير عليها يا ولد. فسرعان ما عرفت أصل إبراهيم أفندي وفصله: أمه الغجرية الضالة، وأبوه الخواص الذي مصَّه الأفيون فمات ودُفن في مقابر الصدقة، التحاقه بخدمة الأستاذ منذ الطفولة. هو إذن لا أصل له، ومن العار أن تتزوج ابنتها هي من فسل تافه مثله، ثم إن هذه الأبهة وهذه الأهمية كلها مثل شيكات بدون رصيد، ليس وراءها مركز حقيقي موثوق به، إن طلع أو نزل مجرد خادم حقير حتى وإن لبس ثياب السادة، سيادته هذه مثل سيادة سيده؛ مجرد مظهر وسلوك مستعارين لا يسندهما عصب سيادي حقيقي. إن السيادة ليست هي أن يكون لديك خدم وحشم، وأن تأمر فيهم وتنهى، السيادة هي أن تكون سيدًا بطبعك، فيك سيادة موروثة عن أجدادك الأقدمين. هكذا هي ترى والعياذ بالله!

وهكذا، أضافت هذا إلى ذاك، فوجدت أنها الخاسرة لا محالة، واستكثرت على نفسها أن تهب ابنتها فلذة كبدها لرجل بارز في الظاهر ضائع في حقيقة أمره، وينتمي إلى ناس يناصبون أهلها العداء لله في لله! ماذا يكون وجهها أمام الناس؟ ستكون فضيحتها بجلاجل. إن معارفها وأصدقاءها كثيرون، ولكنهم كلهم من طائفة الأستاذ وصحبه. أما أعداؤها فقليلون، لكنهم

من طبقتها هي، وعداؤهم جارف، ولسوف يكون هذا الزواج مطعنًا لها في مقتل. فوالله لن يكون! أغلقت كل أبواب الكلام في موضوع الزواج نهائيًا. سدت في وجه إبراهيم أفندي كل السبل: «لأ يعني لأ! إنك يمكن أن تطول القمر، أما ابنتي فإنها أبعد من القمر! هي من طريق وأنت من طريق». يا ستي يهديكِ يرضيكِ، لا فائدة. جاءها الأستاذ بنفسه مع لفيف من رفاقه، فأكرمت وفادتهم على أكمل نحو ثم رفضت الحديث في موضوع الزواج رفضًا قاطعًا. وحينما طرح عليها الأستاذ مواضيع من قبيل شراء كذا باسم العروس وكتابة كذا رصيدًا لها في البنك، قالت إنهم لو أعطوها كرسي السلطنة فإن زواج ابنتها من الخواص لن يكون، هذا أمرها قد أصدرته ولا رادَّ له حتى لو توفاها الله بعد برهة! الصدمة كانت قوية جدًّا يا ولد، كانت مدمرة!

ولمع الغضب في عينَي معلمي، وراح يبحث عن علبة الدخان ليلف سيجارة يهدئ خلالها غضبه وتوتره.

ـ مدمرة لمن؟

ـ للقلبين العاشقين بالطبع يا ولد، قلب البنيَّة وقلب الجدع، بل قلب البنيَّة على وجه الخصوص. هددت المسكينة بحرق نفسها، وفعلت ما يلين قلب الحجر، لكن قلب أمها لا يلين! ومن هنا انطلقت شرارة الموال يا ولد، فبدأت طلائع الموال تتردد بصوت عالٍ، يرنمها الأرغول، وتؤيدها السلامية، ويعززها الدف. سافرت طلائع الموال إلى مصر القاهرة، وأبلغت إبراهيم

أفندي تفاصيل ما يجري للبنيَّة العاشقة المسكينة التي باتت تتقلى في النار وحدها. فجاء إبراهيم أفندي ليكمل نهاية الموال، جاء سرًّا وفي عز الفجر، بعد أن كانت رسله قد سبقته قبل ذلك بأيام فدبَّرت وأحكمت. وعند الفجر كان الليل المنسحب قد ترك رداءه الأسود على ثلاثة أشباح تمشي على هيئة ثلاث نسوة يحملن البلاليص على زعم جلب المياه من الترعة، لكنهن توغلن في السير إلى مسافة بعيدة، حيث كان إبراهيم أفندي في انتظارهن بالأوتومبيل، ولم يكن سوى الفتاة وشابين من رجاله متنكرين.

في عصر اليوم التالي، وبينما كانت دار مقصوفة الرقبة يخيم عليها سواد مفزع رهيب تمتد ظلاله إلى الحواري المجاورة كلها، ويشيع في الجو توترًا وبذور مأساة دامية، وكان الموال قد اكتمل تمامًا، وبدأت مقاطعه تتلوى مثل القطار بين الحقول، وترفرف على الصدور مثل الطائر العائد من رحلة الإياب، كالمطر يتسلل بين شقوق الأفئدة المتوترة الشرقانة، معززًا هذه المرة بكل الآلات الموسيقية، يرن في كل الحناجر، ويطرب كل الساهرين، ويشجي كل المجاريح، ويعلن لهم بكل أناقة وشعور بالانتصار أن إبراهيم أفندي قد أخذ حبة قلبه، وأن الطائر الشريد قد ولَّف على عشه ناجيًا من الريح والرصاص متخطيًا الجسور والبحور!

هدر الموال جنونًا خطيرًا في قلب الولية الملعونة فزادها جنونًا، اندفعت تجري يمينًا وشمالًا، تقوم لتنكفئ، وتنهض لتتعثر،

تقيم النيابة وتشد المركز والبوليس كله، ترسل الرجال والوفود للمفاوضات، بالرضا والتسليم تارة وبالتهديد المريع تارة أخرى، لكن دون جدوى، لقد نفذ السهم، فالبنيَّة ليست قاصرًا، والجدع بلغ سن الرشد، والزواج صحيح على يد مأذون شرعي بموافقة الطرفين وبحضور الشهود، ولا ينقصه من مراسيم الزواج أي شيء، حتى المهر وقائمة العفش مشرفان، حتى الفرح أقيم على أكمل وجه. فعادت الولية مكسورة الجناح، خائبة، لا نصير لها في الوجود. فتوارت عن الأنظار، وكفت عن السفر، ولمت لسانها إلا في حالات الضرورة العاتية، ولجأت إلى الصلاة تستعدي السماء على أعدائها. وكانت جرثومة الانتقام تأكل في صدرها على مهل، فإذا هي تنخرط في لعن ابنتها، والتبرؤ منها، متوقعة لها الضلال والخسران جزاء ما ارتكبته في حق العائلة من تشويه لسُمعتها ومرمغة لشخصيتها هي في التراب. «سوف يصيبها الله بنكبة لا تنجو منها إلى الأبد بنت بطني! سوف تأكل الكلاب لحمها بإذن الله! أهذا من طبعنا؟! أيتضح أن في عرقنا بذرة فاجرة ونحن لا ندري؟! أيحق لي بعد اليوم أن أمسك النبوت وأصرخ بأعلى صوتي قائلة أنا الفلانية جئت أنازلكم؟ أيحق لي الآن أن أنطق حتى باسمي؟ أن أخرج حتى من داري؟ ليت الأمر أمري وحدي، إذن لهان! لكن خبروني كيف أداري وجهي أمام أشباح تزورني ليل نهار، تكاد ترفع على رأسي الأحذية، وهي التي لم تكن تجرؤ على رفع عينيها في وجهي من قبل؟! أو دلوني كيف أهرب من هذه الأشباح

التي أمقتها، وفي نفس الوقت تفرض عليَّ ضيافتها ولا أستطيع طردها من بيتي؟! إنكم بالطبع لن تخبروني ولن تدلوني، ليس لأنكم لا تريدون، بل لأنكم لا تستطيعون، وليس في طوقكم هذا الذي أطلب. أنا أيضًا لن أفعل لهذه الضالة أو لخاطفيها شيئًا، ليس لأني لا أريد، بل لأني كذلك لا أستطيع! إنما الذي سيفعل بهما معًا هو الله لا أحد غيره، استعنت به على كل ظالم جبار! حسبي الله ونعم الوكيل!».

فكان الناس يخرجون من عندها باكين ممزقي القلوب، رغم أن بعضهم كان ذاهبًا إليها بقصد التشفي، ثم سرعان ما يميلون إلى كره البنيَّة والسخط عليها في المجالس وفي دورهم. والحقيقة رغم ترديدهم للموال وإعجابهم الشديد به وببطلته، فإنهم قد تنبهوا على حقيقة أن هذا الفعل الذي فعلته هذه البنيَّة الآثمة لا يجب أن يحظى بالتشجيع. وكانوا إذا أقيم فرح في البلدة يظل الساهرون فيه منحرفي المزاج إلى أن يبدأ المغني في غناء هذا الموال، وتراهم يبعثون إليه النقوط بغزارة حتى يتشجع فيغنيه، وحين يغنيه تعتري الكون كله حالة إنصات عميق يتفجر من حين لآخر في هياج عاصف.

والأيام تمر، والولية تزداد هزالًا، ويزداد وجهها كآبة وصدأ. إلى أن استيقظت البلدة ذات يوم يا ولد، لتتلقى في الضحى خبرًا بعودة الابنة. هذا الخبر هز البلدة كلها هزًا يا ولد، حتى إن الواحد منهم كان يسمعه وهو نائم لا يزال فينتفض منطلقًا إلى الطريق، ويسمعه الشُّبان في الحقول فيلهثون عائدين بالحمير، وتجري

النساء والأطفال في الشوارع، حتى صارت شوارع البلدة كيوم عيد، تشغي بالخلق المتجه كله نحو بيت الولية للفُرجة على ابنتها بطلة الموال؛ العائدة أخيرًا بعد ما ارتكبته من ذلك الفعل الخطير، الذي لم تعد واحدة من صبايا البلدة تعرف إن كان فعلًا يستحق قطم الرقبة أم يستحق كل هذا المهرجان الفرح. نعم يا ولد، كانت نظرة الفرح تطل من عيون الجميع وهم يتدافعون بفضول عجيب وتطفُّل أعجب لرؤية وجه البنيَّة والتحقق من الحال التي وصلت إليها: هل هي في عز وفخفخة، أم في ذل وبهدلة؟ هل أنصفها الزمان، أم انتقم منها القدر؟ هل هي آثمة، أم مجيدة؟ حتى الرجال العجائز كانوا يبررون فضولهم الزائد قائلين إنهم يرغبون ـ فقط ـ في إصلاح ذات البين بين الأم وابنتها العائدة.

ظلت الحركة يومها تدب في الطرقات بانفعال وحماس كبيرين لساعات طويلة، ما بين وفود رائحة وأفراد غادية، ولا حديث لهم في الطرقات سوى أوصاف شكل البنيَّة، وما ترتديه من ثياب وحلي كأنها البرنسيسة، وأنها حقًّا لبرنسيسة أميرة كِست الحُسن والجمال، وتستحق بالفعل أن يجري وراءها الموال. قرب صلاة العصر خفتت الحركة بعض الشيء، وانهد العجائز فوق المصاطب في الشوارع وأمام الدكاكين، وتجمعت النسوة أمام الدور، وانزوت أسراب البط والإوز والدجاج مغتربة في فراغات الشوارع بين الجدران، ولا بد أنها كانت هي الأخرى تتحدث في نفس الموضوع، لكن كانت تبدو عليها مسحة

مأساوية كأنما تتوقع حدوث شيء جلل! الكل، حتى الكلاب الصامتة، حتى شواشي أعواد الحطب وقش الأرز المتدلية من الأسقف، حتى الجدران الطينية، حتى الأبواب المنكفئة... كان الكل يتحدث عن دَخلة البنت على أمها فجأة، عن الحقائب الكبيرة المليئة بالثياب والهدايا، عن ارتماء البنت في حضن أمها، والانفجار في البكاء طالبةً الصفح والغفران، مقبلةً اليدين والخدين والرأس والقدمين، عن الأم التي تلقت كل ذلك كأنها لوح من الثلج، لم تذرف دمعة، لم تستجب لبكاء البنيَّة، لم تمكنها حتى من الاحتضان، رفضت حتى أن تنطق اسمها، بل أن تفتح فمها، رفضت أن تلامس يدها أو يد زوجها، فجلست البنيَّة فوق الكنبة العتيقة كسنيورة كسيرة القلب تعيسة مكلومة، إلى جوارها يجلس زوجها إبراهيم أفندي واضعًا رِجلًا على رِجل مكشر الوجه، يتجاهل كل شيء حوله إلا التدخين بشراهة وذب الذباب بالمنشة ذات المقبض العاج، ومن حين إلى حين يمد علبة سجائره الفضية للرجال الملثمين حولهما قائلًا في انحناءة ولهجة بندرية رقيقة: «سيجارة؟». فيأخذ منها الجميع حتى الذين لا يدخنون. وحينما أوشك النهار على الانصراف دون أن تلين الأم أو حتى تعطيها وجهًا، تقدم بعض رجال من عائلتها، واستنهضوا الابنة وزوجها لاستضافتهما في دورهم. أما إبراهيم أفندي فقد رحب في الحال على مضض، وأما هي فقد رفضت أن تغادر مجلس أمها. بات إبراهيم أفندي ليلته مع الرجال، وأكل لقمة بسيطة. أما هي فبقيت طوال الليل تستميل

قلب أمها، دون جدوى! فما كاد الصباح التالي يقبل حتى كانت جفونها قد تقرحت من فرط البكاء والسهر. عند الضحى ارتدى إبراهيم أفندي ثيابه، وذهب إلى دار حماته بصحبة وفد من مضيفيه، فأمر زوجته بارتداء ثيابها ففعلت، وبدأ فودَّع الأقربين مُسلِّمًا عليهم، وهكذا فعلت هي مع النساء، فقبَّلت الجميع وقبَّلها الجميع فيما عدا أمها! ثم مضى إبراهيم أفندي وهي في إثره، تسحب بإحدى يديها ولدًا، ويحمل إبراهيم على صدره بنتًا صغيرة، فعرف الجميع أنها قد أنجبت مرتين، ومع ذلك فها هي ذي فتاة صغيرة غريرة بريئة. وكان من المفروض أن الركائب تنتظرهما على أول الحارة الملتحمة بالشارع العمومي، لكن الموكب كان يكبر حولهما شيئًا فشيئًا، وينضم إليه عشرات الكبار والصغار مسلِّمين مودِّعين مواصلين المشي معهما. كان منظرًا عجيبًا يا ولد! بلدة بحالها تمشي مودعةً زوجين محبين! وصل موكبهم البطيء المتنامي بعد أكثر من ساعتين إلى خارج البلدة، حيث يبدأ الطريق الزراعي الموصل إلى محطة القطار. وهنا ثار الرجال الأقربون، وطلبوا رجوع القوم ليركب الزوجان ويتكلا على الله. وعلق الجميع على هذا الطلب بالتأييد، لكنهم مع ذلك لا ينصرفون، بل يظلون في توديع مستمر، وكل واحد يطلب من الآخرين الاستذواق والانصراف، ولا أحد يستذوق، حتى بكت البنية بحرقة، وكادت تجن من الفرحة والحزن معًا. كان الفرح بكل هذا الحب وهذه المودة يبلغ بها سماوات السعادة والبهجة، ولكن الحزن من طعنة أمها يمرغ نفسيتها في

التراب! وصاح فيهم إبراهيم أفندي بكثير من الغضب والحرج
أن كفى هذا القدر من الحب والوداع، ثم سحب ركوبة رفع عليها
زوجته وترك في حجرها الطفلة، ثم سحب ركوبة أخرى اعتلاها
وفي حضنه الابن، وطوح ساقيه يستحث الحمار ويضرب
الحمار الآخر. جاهد الحماران للخلاص من دائرة جموع
المودِّعين الكثيفة، وسط صياح وصراخ وبكاء لا أحد يدري
مصدره. وكانت الشمس المسافرة إلى المغيب قد سقطت في
قلب الجدار المواجه من خيمة السماء الرمادية، كالمتربصة،
يمضي نحوها حماران أشهبان يحملان شبحين مصبوغين من
قرص المغيب بحمرة الرمال، كأنهما يدخلان دائرة اللهب،
يجري خلفهما ولدان، ويمتد وراءهما شريط من الرجال والنساء
والصبيان المتناثرين، كأنها كلمات ومقاطع الموال الذي راح
ينساب في السماء قادمًا من كل مكان!

بعد بضع سنوات يا ولد، تكرر نفس المنظر، وكان يوم عيد الفطر،
حيث فوجئت البلدة بثلاث ركائب يجري خلفها المكاريون،
تحمل أحد البكوات وزوجته وأربعة أبناء، وتتخذ طريقها إلى
بيت صاحبتنا؛ صاحبة القلب الصخري! وما كاد الرجل يصل،
حتى كان هناك من يستقبله، بصرف النظر عن حماته التي ظلت
على موقفها لكنها تكلمت هذه المرَّة، اندفعت تصب كل ما
تجمع في صدرها من لعنات مدخرة لمثل هذه اللحظة! كان
الزعيق كله لإبراهيم أفندي، أما ابنتها فإنها لم تعترف بوجودها
أصلًا. اتهمته بأنه يعاود الكرَّة، ويجيء ليتحداها من جديد، إن

مجرد ظهوره أمامها بعد ما حدث يعتبر تحديًا لها، وأنها لن تتقبل منه ذلك، ألم يكفِهِ ما فعل؟ أيظن أنها تنسى؟ أيتوهم أنه قد نفذ بفعلته وانتهى الأمر؟! هو إذن فاجر، لكنه فاجر مغفل! ولسوف يتلقى وعده إن عاجلًا أو آجلًا مهما طال الزمن، إن لم يكن منها فمن الله. وإبراهيم يتلقى كل ذلك بسماحة وطول صبر، ينفث غله في السجائر، ويرد بالابتسام المشمئز على صهره وإخوته الذين لا يكفون عن الاعتذار له وإعلان عجزهم عن إسكاتها. لكن إبراهيم أفندي كان حصيفًا هذه المرَّة، إذ إنه احتفظ بالركائب كنوع من الكرم المظهري حتى يتغدى المكاريون وحميرهم، فما إن انتهوا من الغداء حتى هب إبراهيم أفندي قائلًا في حسم لا يقبل المماحكة: «يلَّا بينا». فنهضت زوجته وجمعت أولادها وأشياءها. وكان موكب العودة في هذه المرَّة صغيرًا، إذ كان قرب صلاة العشاء، والمكاريون الشطار ينخسون الحمير فتنطلق بهم مبرطعة على الطريق الزراعي.
العجيب يا ولد، لا إله إلا الله، سبحان الله، العجيب أن الله قد انتقم للولية بالفعل! ويقولون إنها سلطت قوة السَّحرة بأعمال سحرية كانت تصرف عليها! ويقولون إنها سلطت قوة من البريطان! ومن رجال السراي! ومن كل زبانية الأرض! المهم أن البلدة استقبلت ذات يوم خبرًا يقول إن الفرنواني بك قد اغتيل أمام باب محكمة النقض العليا وهو داخل، وقيل وهو خارج، ثم قيل إن إبراهيم أفندي كان معه لحظة إطلاق الرصاص عليه وإنه مات هو الآخر! وقيل ثانية إن الفرنواني

بك مات في حادث قطار، وإن إبراهيم أفندي لم يكن معه. في صباح اليوم التالي بعثنا في شراء الجرنان من البندر، فإذا بالحكاية منشورة على عدة صفحات، وإذا بصور الفرنواني بك وإبراهيم أفندي منشورة بالحجم الكبير بين صور للملك ورجال السراي والحكومة والوزراء والبريطان من أمثال رئيس البوليس السري ورؤساء آخرين كثيرين! فماذا كانت الحكاية؟ الحكاية يا ولد ـ كما يقول الجرنان ـ أن هناك رجلًا إنجليزيًّا كبيرًا يُدعى «السيردار» أو ما شاكل ذلك، اغتاله شاب مصري، وأن هذا الشاب كان من بين الشُّبان الذين يترددون على الفرنواني بك باستمرار، ويقال إنه من أقربهم إليه، فاندفع البريطان يقبضون على الناس من مختلف المهن والملل، طلبة على موظفين على سياسيين كبار، يضربون ويقتلون من يعترضهم أو يقاومهم، فلما دخلوا دار الفرنواني بك لتفتيشها والقبض عليه للتحقيق معه لم يجدوه بالمنزل، إنما وجدوا من اشتبك معهم وتبادل إطلاق الرصاص، فكانت معركة استمرت نصف ساعة، والجنود يبحثون عن مصدر الطلقات ويتسلقون الجدران والمواسير والدور المجاورة، فإذا بمجموعة من الشُّبان الطلبة كانوا يقيمون في غرف السطح، وكانت معهم أوراق خطيرة وأسلحة يخافون عليها، فأرادوا شغل البريطان حتى يتخلصوا منها، وقد سقط بعضهم قتيلًا والبعض الآخر جريحًا أثناء هروبهم. وفي هذه اللحظة كان الفرنواني بك يحاول الصعود إلى سطح داره بأمر من البريطان

المحاصرين لكي يأمر شُبانه بالكف عن إطلاق الرصاص، فما إن اقتربت خطواته على السلم حتى عاجلته رصاصات أردته قتيلًا يتدحرج على الدرج، قيل إنها من رصاص البريطان، وقيل إنها من رصاص شُبانه، لكن الطبيب الشرعي يؤكد أنها من رصاص البريطان. ورد المدعي العام البريطاني بأن شُبان الفرنواني بك ضربوا برصاص سرقوه من معسكرات البريطان، فلا عجب أن تكون الرصاصة بريطانية واليد التي أطلقت الزناد مصرية كالعادة دائمًا. أي أن الفرنواني بك مات فطيسًا والسلام. ثم إنهم قبضوا على شابين أحدهما مصاب والآخر سليم، في حين مات ثلاثة وهرب آخرون، وقد اختلفوا في عدد من هرب، قدَّروهم بأربعة، وقيل بل ثلاثة، وقيل ربما أقل، لكنهم كانوا متأكدين من هارب واحد معروف لديهم، هو إبراهيم أفندي الخواص، الذي قالوا إنه حمل الأوراق السرية التي تدين أستاذه وجماعته، وحمل معه بعض الأسلحة، حيث قد مكَّن له الشُّبان طريق الفرار بأن ألبسوه ملابس جندي بريطاني كاملة، وأعطوه بندقية كبنادق الإنجليز، واختلط هو بهم قليلًا حتى تمكن من الخلاء فانطلق إلى حيث لا يعرف أحد! ثم إن الجرانين صارت كل يوم تنشر صورته بخبر عن مكافأة لمن يقبض عليه أو يرشد عنه، وكل يوم تقول الجرانين أشياء جديدة عنه وعن الحادث، ثم إن حكمًا بالإعدام قد صدر ضده.

هذه حال الدنيا يا ولد! بُعثر مكتب الفرنواني بك، وصودرت

أوراقه ونقوده، وارتحل أولاده إلى بلدته فقراء مساكين، وشُردت البنيَّة زوجة إبراهيم أفندي شهورًا طويلة سوداء، تعيش على هبات يبعثها لها في السر بعض الناس الذين لا تعرفهم لكنهم يعرفونها. وذات يوم تجمَّع وفد من أهل البنيَّة، فذهبوا إلى القاهرة وجاءوا ببطلة الموال كسيرة القلب والخاطر، تجر خلفها أربعة أبناء، ولا تملك من حطام الدنيا سوى بعض حُلي كانت تتزين بها! شُف حكمة الرب يا ولد! حكم على هذه البنيَّة التعيسة أن تدفع ثمن حبها فادحًا، أن تعيش رغم أنفها مع أم لها ترفضها وتمقتها ولا تريد أن تقيم معها أي ود! ولم يكفِها ما هي فيه، بل كانت عيون الشرطة والمخبرين مسلطة عليها ليل نهار، وفي كل بضع ليالٍ تهاجم الشرطة دار أمها وتفتشها وتبهدل الجميع بحثًا عن الزوج الهارب! حينئذٍ لم تكن أمها مقصوفة الرقبة تتركها في حالها، بل كانت كلما داهمتهم الشرطة وانصرفت تنظر إليها في تأنيب ولوم قائلة: «هذا ما أخذناه منكِ! فضيحة في الأول وفي الآخر!». والبنت لا تجد ملاذًا غير البكاء والنحيب.

ظلت المسكينة تنتظر عودة زوجها صباح مساء، والأسابيع تجر الشهور، والشهور تجر السنين، ولا حس ولا خبر، حتى يئست من عودته تمامًا، وأيقن الجميع أنه قد مات في ظروف غامضة. وكان عود الفتاة يجف، والوردة تذبل وتزداد اصفرارًا ولا تجد من يشفق عليها، إلى أن أراحها الله بالموت الجميل! فبكل هدوء أغلقت عينيها على الألم الدفين ذات فجر، فلم تفتحهما بعدها إلى الأبد، ومضت إلى القبر تاركةً خلفها أربعة أطفال،

ولدين وبنتين، ليس لهم من عائل أو نصير سوى الرب، ولا بد أنه سبحانه قد رقق لهم قلب الولية فلم تعد ترعبهم أو تنهرهم، تركتهم يعيشون في الدار مع أبناء خالهم. وكانت رقة المدنية قد زايلتهم تمامًا، وذابت هدومهم الأنيقة، فلبسوا خِرقًا وأسمالًا من مخلفات أبناء خالهم، وغلظت أقفيتهم، ونشفت أعوادهم، واغبرَّت وجوههم، وتشققت أقدامهم، أي والله يا ولد، كان الله في عونهم، لقد عاشوا مثلًا لليتم الحقيقي. لكنهم سرعان ما كبروا وعرفوا أن أمهم قد ماتت، وأن أباهم قد مات هو الآخر، ولم يعد أحد منهم يذكر شكل أبيه أو شكل أمه، ثم إنهم صاروا رجالًا وصبايا يشتغلون في دار خالهم وأرضه ولا يأكلون سوى الفتات!

رُح يا زمن تعالَ يا زمن. فوجئت البلدة بظهور رجل ممصوص البدن، يرتدي جلبابًا وحذاء قديمين، لم يعرفوا أصله ولا فصله، لكن بعض الناس عرفوا أنه إبراهيم أفندي الخواص الهارب من البريطان، وأنه قد تلطَّم طوال هذه السنين في بلاد الله بين خلق الله، حيث اشتغل شيالًا على المحطات، وجرسونًا في المقاهي، وفرَّاشًا في لوكاندة للنوم، ثم سرح بعربة بطاطا، ثم أمضه الشوق والحنين فجاء يبحث عن زوجه وأولاده، ففوجئ بالحقيقة المُرَّة، فأصابته غصص من آلام لا يحتملها بشر، ركبه السأم والقرف واليأس لظهوره بعد فوات الأوان، فظل يؤجل الكشف عن نفسه لأولاده حتى لا يصدمهم بما آل إليه حاله، مع علمه بأنهم قد عرفوا حقيقته بالفعل، ولكنهم يستمرئون لذة

عدم التصريح بها لعشرات الأسباب النفسية الغامضة. ثم إنه فقد الرغبة نهائيًا في الكشف عن نفسه، لإحساسه أنه مكشوف من حاله، وليقينه أن الكشف عن حقيقة نفسه لا يخدم شيئًا. ثم إن الذين عرفوه آثروا عدم تقليب المواجع، خاصة أن الأولاد قد نسوا أمر أبيهم تمامًا، ووطنوا النفس على عدم وجوده. والواقع أن الجميع قد خشي افتضاح أمره فتكتموا الخبر. واكتفى إبراهيم أفندي بأن يعيش قريبًا من أولاده، يراهم من بعيد لبعيد، ويجتمع بهم في بيت واحد في كثير من الأوقات، صحيح أنه لا يملك لهم نفعًا ولا ضرًّا، وأنهم كذلك لا يملكون له نفعًا ولا ضرًّا، ولكن هكذا الدنيا يا ولد، وهكذا الإنسان، يحب أن يبقى بجوار أبنائه، وأن يبقوا بجواره، حتى ولو كان أحدهم غير نافع للآخر! حتى ولو كان يعرف أن أولاده قد باتوا لا يعترفون إلا بموته!

١٧
فاتحة شيخ البلد

أقامت مدرستنا حفلًا بمناسبة عيد جلوس الملك، دُعيت فيه شخصيات كبيرة من المنطقة التعليمية ومن المديرية، وكنا قد مكثنا شهورًا نتدرب خلالها على تمثيلية سنمثلها أمام الحضور، وقصائد شعرية سنلقيها بصيغة حوارية يتحدث فيها الفلاح والملاح والطبيب والقائد. وفي يوم الحفل حضر جميع آبائنا، فملأوا الحوش العريض جلوسًا في أدب جم وانبهار حقيقي، وصفقوا جيدًا حتى اهتزت سماء القرية في كركرة بهيجة مهيبة ينقلها الميكروفون، فتزغرد أمهاتنا على أسطح الدور، فأمهاتنا يندفعن مزغردات كلما طرأ على الأثير صخب بهيج.

على خشبة تشبه خشبة المسرح صنعها محل الفراشة، تعاقب كلٌّ من الناظر ووكيل المدرسة ومدرسها الأول، مرحبين بالضيوف الأجلاء في خطب عصماء فيها شعر وقرآن وحديث شريف. كل واحد منهم حرص حرصًا شديدًا على تعيين أسماء الضيوف وعلى رأسهم المفتش خلف الذي هو مفتش التعليم الإلزامي في المنطقة

كلها، والذي أرهبتنا زيارات عديدة له في سنوات الدراسة السابقة. كان أبيض الوجه أسمره في نفس الوقت، ذا شارب أبيض مزموم على الشفتين في حزم وقوة، مفروق الشعر من الجانب الأيمن بشعر مصفف ناعم أبيض على أسود. وكان هو الذي رتب لقيام هذه الحفلة مثلما رتب في مدارس المنطقة كلها على مدى أيام متباعدة بحيث يحضرها جميعًا، وهو الذي أمر المدرسين أمامنا بأن يجمعوا من كل ولد قرشًا، ليكون كل ولد منا قد عبَّر عن شعوره نحو مولانا المفدى، «فكل ولد منكم يا شطار لا بد أن يُظهر حبه لجلالة الملك فاروق، إن أم كلثوم ومحمد عبد الوهاب سوف يغنيان لجلالته، وأنتم أيضًا يا شطار يجب أن تفرحوا بعيد جلوس مليككم المفدى».

ليلتها طالت الخطب، وردح الميكروفون حتى دفق على الأسطح أطنانًا من النواح الغريب المنفعل لا تدري إن كان تعبيرًا عن فرح أم أنه مأتم أم أنه مزاح في مزاح، وأيدي الحضور لا تكف عن التصفيق. ولقد تقبَّل الحاج مصطفى الحداد كل ذلك بقبول حسن، إلا شيئًا واحدًا رفض أن يتقبَّله بحال، ذلك هو تكرار اسم المفتش خلف. فأيها السادة، ضيوفنا الأجلاء، سيادة المفتش خلف، نخص بالذِّكر المفتش خلف، بفضل السيد المفتش خلف، المفتش خلف، المفتش خلف، المفتش خلف... «سلامات يا سي خلف!»، هكذا علَّق الحاج مصطفى الحداد وهو في كرسيه البارز عن الصف قليلًا في مواجهة خشبة المنصة مباشرة، وعلى جانبيه عدد مهول من عمداء الزعالكة والبكاروة والنجار والسوايفة والجرانة، يلبسون الجلابيب الكشمير السوداء المخططة وفوقها العباءات الجوخ، ورهط من أفندية لابسي

البدلات مكرَّشين ملغدين منكسي الوجوه في وقار وجدية خطيرين، الطرابيش فوق كافة الرؤوس كغابة من شواهد المقابر تكتنفها ظلمة عجز ضوء الكلوبات الشاحب العليل عن دفعها.

رنت كلمة الحاج مصطفى الحداد وسط الصخب، فسمعها كل جيرانه. اكتفى رهط الأفندية الضيوف ـ الذين من بينهم المفتش خلف نفسه ـ بأن رفعوا وجوههم كلهم دفعة واحدة في اتجاه الحاج مصطفى الحداد، ولكن بلا أي انفعال، كأنهم يبدون الاستعداد التام لعدم تصديق آذانهم. أما رهط العمداء، فقد قصرت رقابهم بأن انضغطت في الأكتاف بفعل زم الضحك وكتمانه بقوة عصبية هائلة. ولم يكن قد بدا على الحاج مصطفى الحداد أنه قال شيئًا، فرحب رهط الأفندية بتكذيب آذانهم ثم عادوا إلى تنكيس وجوههم من جديد بنفس الجدية والوقار والاستماع بعمق شديد. إلى أن جاءت اللحظة الخطرة، حيث كان اسم الحاج مصطفى الحداد مدرجًا في برنامج الحفل باعتباره العمدة ليلقي كلمة البلد، يرحب فيها بالضيوف ويهنئ جلالة الملك المفدى، وكان السيد جابر مدرس الحساب هو المنوط به التقديم، يمسك بورقة مطوية ويروح ويغدو على الخشبة في جدية واهتمام كأنه صاحب الحفل، ومع أنه منوط به إذاعة اسم المتحدث القادم فقط إلا أنه ينتهز الفرصة ويتلاعب هو الآخر بالحديث والانفعال، ويشكر ـ أيضًا ـ المفتش خلف. فما إن بدأ السيد جابر يقدم حضرة العمدة الشيخ الأستاذ مصطفى أفندي الحداد، حتى نهض الأخير متقدمًا نحو الخشبة في هدوء وهرولة على إيقاع العصا الأبنوس، وشعره الأشيب كالأسلاك يتصاعد

متكورًا، فكأن طربوشه القصير الداكن مغروس في طاجن من اللبن. ثم إنه صعد في وقار مهيب إلى الخشبة، وتقدم نحو العمق غير عابئ بهيئة المدرسة الجالسة في العمق لصق الجدار المصنوع من خيمة السرادق، ثم توقف تجاههم لبرهة، خبط العصا في الأرض الخشبية خبطة أفزعت الميكروفون فبصقها فوق أدمغتنا، فانحطت أبصارنا جميعًا فوقه ملجمين، ثم التفت قليلًا مشيرًا بالعصا نحو السيد أفندي جابر قائلًا:

ـ حد منكم يا حضرات السادة الأفاضل يقدر يقولي الأفندي ده منفعل قوي كده ليه؟ أما والله دي حاجة تتكتب في الجرايد! دي ملاحظة بريئة على كل حال.

ثم تقدم نحو الميكروفون بحركة مسرحية رصينة في اتجاه المشاهدين، تنحنح، خرج صوته الهادئ المصطباوي:

ـ السلام عليكم. إنتو بصراحة شرفتونا وآنستونا. ودي من ليالي العمر بحق وحقيق. الواحد يقول إيه؟ آه. ربنا يديم علينا جلالة الملك ونحتفل بعيد جلوسه الألف، عشان نشوف الوجوه الحلوة دي مشرفانا على طول. أهلًا وسهلًا بيكم. دي شباس عمير كلها نورت. كل مخلوق فيها بيرحب بيكم وبيغني بعيد جلوس المليك المفدى. وإحنا بهذه المناسبة وفي ظل حكومتنا الرشيدة سوف ننشئ في هذه البلدة مزرعة كبرى للدواجن تغذي الناس بالكتاكيت والفراريج، ونطلق عليها اسم «مزرعة الفاروق» تيمنًا باسم المليك المفدى. دي حتى المزرعة أقمناها بالفعل، بس حنوسعها شوية بالجهود الذاتية. كل أبناء البلد

حيساهموا فيها، ما هي دي الجدعنة طبعًا. وإحنا على فكرة بلد جدعة قوي قوي. حضراتكم طبعًا، ما إنتو عارفين، حضرات السادة المدرسين ربنا يخليهم ويطول في عمرهم بيعلموا الأولاد حاجات كتيرة من تاريخ بلدنا، أمال، هي قرية صحيح لكن اسمها ورد في التاريخ، لها تاريخ، صدت الحملة الفرنسية، وما هذا البرج ببعيد. نعم يا حضرات، هذا البرج الذي يقف خلفكم هو آخر بقايا فيلق من الأبراج كان يستر بلدتنا هذه يوم هاجمتها الحملة الفرنسية بقيادة الجنرال مينو. مش كده ولَّا إيه يا قنديل أفندي؟ وبالأمارة البلد قتلت حصانه، حصان مينو نفسه، بلدنا دي قتلته يا حضرات، وصاحبه اتدارى، سحب هلاهيله واتكل على الله، بس قبل ما يمشي راح مولع في أبراج الحمام. بقى الحمام المولع يطير من حلاوة الروح ويقع في السطوح، تروح مشعللة. بلدتنا دي بقى إنتو نورتوها، وبالنيابة عنها باقول إنها مستعدة تضحي بأرواحها فداء لجلالة الملك. نورتونا كلكم، حضرات الأساتذة الأفاضل، الأستاذ المفتش خلف، والسيد الأستاذ المفتش خلف، وحضرة جناب المفتش خلف، وسعادة البيه الفاضل المفتش خلف.

دوى التصفيق لبرهة، ثم سرعان ما انقلب إلى قهقهات عالية مرحة، في حين أخذ عمداء العائلات يضحكون في حرج، محاولين تبسيط الأمر في نظر الضيوف وتطييب خاطرهم. انتظر الحاج مصطفى الحداد حتى كف هذا اللغط، ثم واصل:

ـ عدم المؤاخذة يا أسيادي، أنا لا أقصد شيئًا بالنسبة لحضرة

جناب المفتش الأستاذ خلف، إنما أريد القول بأنني طوال هذا الزئيط لم أسمع سوى المفتش خلف المفتش خلف، كأن الله أوصى قائلًا وكيلي في الأرض هو المفتش خلف! عدم المؤاخذة يا أستاذ خلف. لقد خشيت أن يتصور الناس هذا. فما معنى خلف أيها السادة من أهل بلدتي؟ إنه شخص مثلنا اسمه خلف. هذا هو الأمر باختصار. وفي النهاية إنت شرفتنا يا أستاذ خلف، أي والله العظيم أقولها بصدق. إنتم أهل الخير والبركة في هذه البلاد، يا من تربون الأجيال، أهلًا بيكم، والسلام عليكم ورحمة الله.

ثم انثنى ماضيًا ليهبط عن الخشبة وسط عواصف التصفيق والضحكات، حتى لم يعد أحد يعرف إن كانت تقديرًا أم سخرية. في الحال تقدم حضرة الناظر فأوقف هذا اللغط في صيحة داوية:

ـ أيها السادة....

وفوجئ بأن صوته قد اختفى تمامًا من الأفق، فتنحنح لبرهة، ثم خيل إليه أن هدوءًا خرافيًا شمل المكان فجأة، فأخذ يصيح:

ـ أيها السادة...

فلا يسمعه أحد. حينئذٍ تقدم عامل الميكروفون الذي استأجرته المدرسة مع الفراشة من عباس الملا في دسوق، فراح ينقر على العصا المعدنية المثبت في أعلاها الميكروفون، فلا يسمع لنقره رنينًا، فأخذ ينفخ في مسام الميكروفون قائلًا: «آلوه.. ألو ألو ألو آ.. لو.. هـ»، فلا يصل صوته أبعد من أنفه. ترك الميكروفون وانطلق يجري نحو ماكينة صغيرة كانت لا تزال تتكتك بصوت عالٍ في ركن من حوش المدرسة

بجوار دورة المياه، اندهش أن الكهرباء لم تنقطع، فما السبب إذن؟!
ثم انطلق يجري خارج الفناء ومعه ناس كثيرون يستطلعون الأمر.
خيم على المفتش خلف وصحبه غمٌّ ونكد، في حين تململ العمداء
شاعرين بالحرج. بعد قليل دخل عامل الميكروفون يجري يصيح
بشيء من الفزع والخوف:

ـ الهورن مش موجود يا حضرة الناظر!

والهورن هو ذلك النفير الكبير الذي يضخِّم الصوت ويرسله في
موجات عالية، وكان مربوطًا بالحبال في نهاية عِرق من الخشب مثبت
فوق برج حمام مهجور على مقربة من المدرسة.

صاح الناظر بعد أن استوعب الخبر:

ـ مش موجود يعني إيه؟! اتسرق يعني ولَّا إيه؟!

ثم نظر في اتجاه العمدة مصطفى الحداد نظرة ذات معنى. وكنت
أنا قريبًا منه في هذه اللحظة مع مجموعة من تلاميذ سنة رابعة أول،
نستعد لدخلتنا حيث سنؤدي مشهدًا تمثيليًّا نلقي فيه القصائد الشعرية
التي تنادي بمجد الفاروق، ورأيت على وجه الناظر ما يشبه التشفي
والغيظ الممزوج بالفرح الشرير لما حدث.

هب العمدة مصطفى الحداد واقفًا، وصاح في طلب شيخ البلد،
الذي كان جالسًا على مقربة منه في صف خلفي، والذي نهض على
الفور صائحًا في طلب شيخ الخفراء، وكان شيخ الخفراء مشغولًا
بضرب الناس الذين كانوا يتسلقون سور المدرسة للفرجة وإثارة
اللغط، فناداه أكثر من صوت ليكلم شيخ البلد، فترك مهمته لوكيل
شيخ الخفراء وجاء مهرولًا. قال له شيخ البلد في غيظ:

ـ شوف يا جدع الهورن بتاع الميكروفون بيقولوا انسرق! نهاركم أسود من شعر رأسكم لو ما جاش في خمس دقايق!

اندفع شيخ الخفراء مهرولًا. هرول وراءه كثير من الخفراء والرجال والأولاد، وبعد قليل خرج وراءهم شيخ البلد. غابوا طويلًا وصياحهم يرتفع شيئًا فشيئًا. ثم خرج العمدة ليرى ومِن ورائه عمداء العائلات واحدًا وراء الآخر. ثم صعد المفتش خلف إلى الخشبة، ورغم علمه أن الميكروفون لم يعد ينطق، فإنه مع ذلك عدل الميكروفون في مواجهة فمه وراح يصب فيه الكلام. قال إنه يشكر رجال المدرسة، ويشكرنا، ويشكر أهل البلدة الكرام على حسن استقبالهم وكرمهم وإثبات حبهم للمليك المفدى، وكل عام ونحن جميعًا بخير، ومليكنا المفدى في خير حال، والسلام عليكم ورحمة الله. ثم نزل، فإذا بصحبه قد نهضوا واقفين، فأشار لهم، ثم تقدم خارجًا، فأسرع حضرة الناظر خلفهم ومن خلفه بقية المدرسين. وهكذا فوجئنا بأنفسنا واقفين وحدنا، وبعد برهة فوجئنا بصبيان عباس الملا يفكون أعمدة الخشب ويرفعون قماش المشمع وينزلون الكلوبات، فاضطررنا إلى الانسحاب. وفي طريق عودتنا رأينا تجمعًا كبيرًا عند دوار العمدة مصطفى الحداد، يتصاعد منه صياح ولغط وسباب وكلام كبير لا نفهمه. وكانت كسفتنا بعدم ظهورنا على المسرح قد صدت نفوسنا عن متابعة الصياح، فانسللنا إلى دورنا في خيبة أمل.

ظلت البلدة مشغولة بهذا الحادث أيامًا طويلة، والمخبرون السريون يجوبون البلدة ليل نهار، ويندسون بين الجماعات، لكي يعرفوا من الذي سرق الهورن وتسبب في إفساد احتفال المدرسة بعيد

جلوس الملك! من الذي سولت له نفسه أن يفعل هذا الفعل الجريء الخطير؟ «إنه ليس تحديًا للمدرسة، ولا للعمدة، بل ولا للبلدة كلها، إنما هو تحدٍّ للملك نفسه!»، هكذا كان يقول أبو سماعين بشيء من الانفعال المصطنع، مظهرًا تعاطفه الزائف مع موقف العمدة، يودي وشه فين؟ إنه حادث يدل على أن العمدة ضعيف الشخصية لا قيمة له في البلد.

أفراد قليلون فقط، ربما معلمي سعد الله وأبي وبعض الناس الفقراء من عزبة العلمين، هم الذين يعرفون أن هذا الحادث الخطير كان من تدبير أبو سماعين، حيث اقتاد ثلاثة أولاد من عزبة العلمين، ورسم لهم كيف يتسللون إلى موقع الهورن ويفكونه بهدوء أثناء انشغال الجميع بالفرجة، وكيف يتسلمه واحد يقف إلى بعيد راكبًا حمارًا رهوانًا، حيث يلف الهورن في ثوب قديم ويضعه في مقطف لينطلق به حيث يواريه في بلدة بعيدة جدًّا، وحيث يسلمه هناك لمن يدفنه في حفرة إلى الأبد.

المفتش خلف بالطبع لم يسكت، ولا بد أنه كتب تقريرًا ضد العمدة بعد ذلك الاستقبال الحافل بالتريقة. ذلك أن العمدة قد بات يستقبل كل يوم ضيوفًا من الأفندية المهمين مخفورين بالعسكر السواري، وأصبح يسافر كل بضعة أيام إلى المركز والمديرية. وكان أبو سماعين وحده يعرف سر ما يدور، ويهمس لنا أن العمدة في تحقيق مستمر، وأن الأمر سوف يتطور إلى أبعد من ذلك. جاء أمر بإيقاف العمدة عن العمل، وبإسناد مهامه ـ مؤقتًا ـ إلى شيخ البلد!

شيخ بلدتنا ما أجمله، الشيخ أحمد أفندي الصواف، أسمر الوجه،

ضخم الرأس مدببه، ملغد من الأمام، وأما من الخلف فيبدو بلا رقبة، لا هو بالطويل ولا بالقصير، لكنه ضخم الجثة مثل فيل ذكي لماح. إذا مشى لابسًا الطربوش يرسل من تحته نظرات مستطلعة وجلة لكنها طيبة مع أنها تفترض الخيانة والغدر في كل خطوة. وإذا جلس لابسًا الكلبوش بدلًا من الطربوش بدا منظره كشجرة الجوافة المقلمة تقليمًا جيدًا في حديقة داره ذات الفراندات، التي تعج بأشجار الفاكهة من كل نوع، والتي يذوق حلاوتها كل رجال البندر والمسؤولين في الداخلية. أملاكه ـ فيما يقول أولاده بمسكنة مفتعلة ـ قليلة، لا تتجاوز خمسمائة فدان وحظيرة ماشية وثلاثة دكاكين للبقالة في مدينة البندر. كان يرانا نتسلق أشجار حديقته فيكتفي بالفرجة علينا من بعيد، فيما هو متربع فوق المصطبة أمام دكان سرور الذي يحوي صنوفًا غريبة من العلب الصفيح والكرتون ليس بها أي شيء على الإطلاق، ولا أحد يعرف ماذا يبيع، إلا أنه يفترش المصطبة المواجهة لزريبة أحمد أفندي، شيخ البلد، حيث تجيء المساند الوثيرة، ويتراص الرجال يشربون شايًا وقهوة يصنعها لهم سرور. وكان أحمد أفندي الصواف لما يتركنا نتسلق أشجار حديقته المحاذية للطريق يغرينا بمزيد من التوغل داخلها لنقطف ثمار الجوافة والكمثرى والمانجو والعنب، لكنه في الواقع كان يتركنا لقدرنا، حيث يلتقطنا من الداخل أحد التملية، فيشبعنا ضربًا وتلطيشًا وتشليتًا. أما إن تمت عملياتنا بنجاح، فإننا نتسلل منسربين في الطريق، نتحسس انتفاخات جيوبنا وعِبنا، فإذا حاذينا المصطبة التي يجلس فوقها أحمد أفندي شيخ البلد، فإننا نتباعد قدر الإمكان عن مجلسه منكسي الرؤوس، نتوقع من خوف أن

ينقضَّ علينا ويعلقنا في المشنقة كما يهدد الناس دائمًا حين يتعاركون مع أولاده، غير أنه كان يكتفي بأن يجعر فينا بصوته الجهوري كمائة ثور تخور في حلقه دفعة واحدة:

ـ عارفك يا ابن الكلب إنت وهو! حاخرب بيت أبهاتكم بس أما أشوفهم.

وفي العادة لا يفعل شيئًا من ذلك. كان جده فيما يقولون صوافًا يتاجر في صوف الأغنام الذي يجمعه من القرى بواسطة صبيان شطار ثم يبيعه للمغازل. لكننا نفتح أعيننا على أحمد أفندي باعتباره من أعيان البلدة منذ أزمان بعيدة. له شوكة حادة، فزوجه من عائلة تملك بلدة بكاملها في نواحينا، كلهم محامون وقضاة وضباط شرطة وأعضاء مجلس شيوخ ونواب، يصنعون مهرجانًا رهيبًا في بلدتنا حين يزورون صهرهم. أما هو ـ أحمد أفندي الصواف ـ فله هو الآخر أولاد يتعلمون في البندر تعليمًا عاليًا في الكليات، وأولاد آخرون فلاحون، وقد تزوج ثلاث مرات فوق زوجه الأصلية، لكنها كانت تطردهن في النهاية حاسرات وتضم أولادهن إلى أولادها يرعون في الدار والحقول.

أشيع في البلدة أن أحمد أفندي الصواف شيخ البلد سوف يتزوج بنتًا في عمر أحفاده احتفالًا بالعمدية التي آلت إليه ولو كانت مؤقتة. «لا بأس، فالزيجة هي الأخرى ستكون مؤقتة»، هكذا يعلق أبو سماعين في دكاننا ضاحكًا ضحكته الشهيرة. وقد كنا نظنها مجرد إشاعة، لولا أن الواقع صدقها بحفل قراءة فاتحة شيخ البلد على صفاء بنت زاطة شقيق محمد عبد المنعم أبو سيف عمدتنا الأسبق. كيف؟! إنها طفلة

تلعب الاستغماية معنا وإن كانت جميلة! وكيف رضي السوايفة؟! الأدهى من هذا كيف يمكن لشيخ البلد أن يصاهر السوايفة؟! هذه سابقة خطيرة في تاريخ بلدتنا لا يمكن أن تمر هكذا.

أيام طويلة وهذا الموضوع هو اللبانة الوحيدة في الأفواه حول طبالي العشاء وركية نار الشاي، وفي كل مكان، وأبو سماعين تملأه الزأططة، إذ يجد في كل خطوة احتفالًا سريًّا صغيرًا على مصطبة في الشارع في عمق الليل. ينتقل من حقل إلى حقل تداخله البهجة العظيمة أن يمتلئ الليل بهذا الأنس المفاجئ، حتى إن الحواري الفرعية المظلمة بكثافة كانت هي الأخرى تمتلئ بالأنفاس والأشباح المتمددة حول ركية النار تزفر، ولا بد أن يمسيهم أبو سماعين بالخير، ولا بد أن يقولوا له بأريحية غير طبيعية: «تفضّل»، ولا بد أن يتفضّل ويشرب من الشاي، ويلقي عليهم تعليقًا استمع إليه في قعدة سابقة منذ لحظات بعد أن يطوره ويحبكه، ولا ينسى وهو منصرف أن يأخذ منهم ـ دون أن يشعروا ـ تعليقًا جديدًا من تعليقاتهم يستقر في نفسه ليطور به التعليق السابق أو يتذكر على هديه تعليقًا أفرس وأنقح. وكل التعليقات تسخر من هذا النسب الجديد المفاجئ، وتحذر منه في نفس الوقت: للصواف أن يتزوج كيف يشاء، ولكن أن يتزوج من عائلة السوايفة بالذات فهذا شيء خطير وغير عادي وله دلالته! في الأمر «إنَّ» بل «إنَّات» و«إنَّات»، لقد تصاحَب القط والكلب والفأر، فهذه إذن من علامات الساعة. المدهش أن هذا الزواج ليس لعبة، فالسوايفة ليسوا بالهفية حتى يطلِّق أحمد أفندي ابنتهم بعد زمن يقصر أو يطول، وإلا تكون الطامة الكبرى باصطدام عائلتين رهيبتين. إنه إذن

زواج أبدي، زواج مصلحي، أو على حساب البلدة بالطبع. «ولكن لِمَ الاصطدام يا عم؟ ـ هكذا يعلق أبو سماعين في ابتسامة مريرة أسيفة ـ إن العائلتين باسم الله ما شاء الله سمن على عسل، عائلة السوايفة وعائلة الداوايدة أصهار أحمد أفندي، ورجال العائلتين أصدقاء في البندر، يتبادلون المصالح والزيارات، وأحمد أفندي يعرف هذا من زمن، فلا خوف إذن من صدام».

تصدق نبوءة أبو سماعين، إذ تُفاجأ البلدة بعد بضعة أيام بخبر ينقضُّ عليها كالرعد المتوحش، كالبرق العاصف: لقد رجعت العمدية من جديد للعمدة الأسبق محمد عبد المنعم أبو سيف! كيف بحق الله؟! هذا ما حدث.

انقلبت البلدة سائرة في الشوارع والحواري تشد في شعرها، تلطم الخدود، تبكي. انتشر النواح والزعيق والعصبية في كل أنحاء البلدة بلا استثناء. كثر العراك بدون أسباب. طُلقت نساء. فطست بهائم. اقتلعت زروع. عمَّ البلدة نكدٌ وغمٌّ شديدان. الوحيد الذي كان يبدو مبسوطًا لا يكف عن الضحك والابتهاج هو أبو سماعين، بل إنني لم أرَه فرحًا طوال حياته كما كان في هذه اللحظات، كأنه فرح اليأس، إذ اندفع يضحك ويسخر ويهزأ بكل شيء وسط كل هذا الصخب البائس المنكود! وكان الناس جميعهم يشخطون فيه في لحظات الحرج والغضب صائحين:

ـ كفاية بقى يا أبو سماعين، شايفها مضحكة؟ كل وقت وله أدان يا أخي!

فيضحك أبو سماعين قائلًا:

ـ والله إنتو مخكم صغير. أنا قلبي حاسس إن المسألة قربت. هي
ما دام لخبطت كده تبقى خلاص بالسلامة!

فيفتح الجميع أفواههم غير فاهمين شيئًا من كلامه، لكنه يستطرد:

ـ وحياة النبي قربت خلاص!

ويقول معلمي سعد الله:

ـ لكن إزاي الراجل ده يرجع تاني بعد البلد كلها ما كتبت في حقه
وبَصمت على كده؟!

ويصغي الجميع في انتباه، فيرد أبو سماعين في لهجة مزاح:

ـ أصل الوزارة اتغيرت.

قالوا جميعًا:

ـ إزاي ده؟! الوزارة لسه متغيرة ديك النهار!

قال أبو سماعين ضاحكًا:

ـ واتغيرت تاني، ورجعت اتغيرت بقالها ساعتين. وربك العالم
إيه اللي حيحصل تاني. الدنيا أصلها ملخبطة حبتين!

ويخبط الشُّبان الأرض بأرجلهم قائلين في حقد دفين:

ـ وإحنا كمان مش حنسكت!

ثم ينصرفون وهم ينفخون من الغيظ.

١٨

يوم الوسعاية المحاذية للمدرسة

كان ضوء الصباح يبدو كأنه يحاول انتزاع نفسه بصعوبة شديدة من جراب الليل، وكان يخرج محملًا بالصدأ. قرص الشمس الأحمر يقترب وراء صفحة السحاب الداكنة، فيبدو مرهقًا في رحلة عذاب مضنية تجاهد ألسنته الحمراء في اختراق السحب الرمادية. وكنت ممسكًا بمخلاتي التي هي في الأصل رِجل سروال قديم من سراويل أبي، والتي حشوتها بالكتب والكراريس وأقلام البسط والكوبيا، كما بقعتها ببقع الحبر الكثيف. كنت أحاول فتح عينيَّ، وأنتفض من لسعة البرد. انحناء رقبتي بالأمس في الدكان على شغل العراوي، وتخزيق عينَي بغرزاتها الدقيقة الدؤوبة المثابرة، جعلاني أتمنى لو أستغرق في النوم إلى الأبد. غير أن ثقل المخلاة في يدي ذكرني بما فيها، فما لبثت أن شعرت بزهو عظيم نشطت له ساقاي، فرُحت أخب في خطو عسكري ذاهبًا إلى المدرسة.

فما إن زايلت حارتنا وحودت في شارع داير الناحية حتى تسمرت في وقفتي مع رهط من رفاقي ومن الفلاحين. كان ثمة شبح يُقبل

من بعيد، يكاد رأسه يلتصق بقرص الشمس البُني المحتجب خلف السحب. بدا كأن هذه السحب كلها ظلال له. كانت مقدمة الشبح تتمطى إلى الأمام في كبرياء مهيبة، وهي تَنشَد إلى الخلف لتمتد أكثر في حركة إيقاعية، فإذا هو جمل كبير، وسنامه في ارتفاع جبل أسود كالقطران اللامع. فإذا ما اقترب قليلًا بدا متقمطًا، متلفف الساقين بثياب العسكر تلمع في صدرها وأكمامها أزرار صفراء، يلف حول رأسه عمامة في عرض الغربال، متلففة حول نفسها بشال أبيض، لكنها مسودة بلون السحب، يمسك في يده اليمنى كرباجًا أسود مطويًا، طرفه حاد كذيل الثعبان، ما كاد يمعن في الاقتراب حتى ظهر خلفه شبح آخر، ثم ثالث فرابع فخامس.

حدثت رجة عنيفة. توقف الفلاحون عن ركوب حميرهم أمام دورهم. انفتحت الأبواب نصف فتحة. بزغت الأجساد فوق السطوح. دمدم في الصدور صوت غاضب تناقلته الأنفاس المتثائبة في رعب: «الهجانة وصلت». صرخ تلاميذ كثيرون، وارتدوا مذعورين، وقد تبعثرت مخاليهم وتناثرت كراريسها وكتبها. عدت بظهري إلى مدخل حارتنا، ووقفت بداخله مستعدًا للجري والترقب. إذا بي أسمع صوت انشراخ الهواء، يليه صوت طرقعة فازعة، تلاه صوت صرخة، تبعها جعير رجل. ارتعدت مفاصلي، رغم ذلك مددت رقبتي في شارع داير الناحية، رأيت حفناوي الفلاح العجوز يضع يديه على إليتيه ويهرول صارخًا كالكلب نحو داره تاركًا بقرته وحماره. ثم إذا بالكرابيج تندفع شارخة الهواء، آخذة في طريقها كل من يضعه سوء الحظ فيه. ما أدري إلا وطلقة رصاص تلحس رقبتي وجانبًا من وجهي باللهب الحارق،

اندفعت أصرخ وأتلوى من الألم، أنشال وأنحط. خرجت كل النساء يصوتن ويلطمن الخدود في مناحة صباحية تليق بوجه الشمس المربد الذي ما لبث أن اختفى تمامًا، ثم ما لبثت الشوارع بدورها أن خلت تمامًا من المارة لدقائق طويلة.

يومها أصر أبي أن أذهب إلى المدرسة مهما كان الأمر، وقد تورم موضع اللسع واحمر وصار كتلة من الألم. ارتدى أبي ثيابه، وأمسكني من يدي ومضى بي إلى المدرسة، ومضيت أبكي كلما شاهدني أحد. عرضني أبي على الناظر وعلى المدرسين قائلًا كلمات كثيرة غامضة مدمدمة، والرذاذ كان يتطاير من بين شفتيه، وهم يهدئونه ويشيرون بأصابعهم نحو أفواههم إشارة أن يصمت عن هذا الكلام الخطير ويدع الأمور تمضي على خير.

دخلنا الفصول، فوجدنا أن ثلث التلاميذ لم يحضر. أخذ المدرسون يوصوننا أن نمشي جنب الحيط، وليس لنا دعوة بأي شيء، وما نخافش أبدًا، فلن يأكلنا أحد، بل لن يأكل أحد أحدًا، وكلها يومين ويعدوا على خير.

قُرب موعد خروجنا من المدرسة كانت المظاهرة عظيمة، امتلأت الوسعاية المحاذية للمدرسة بخلق كثيرين، ترش عليهم الملح فلا ينزل الأرض، رجال ونساء وشُبان جاءوا يأخذون أولادهم. كان منظرهم مخيفًا، يتزايدون ركضًا من الشوارع والحواري، ويتكاثف لغطهم ويرتفع فيزلزل علينا جدران المدرسة. أخذ اللغط يزداد ارتفاعًا بشكل غير طبيعي، ثم انقلب إلى صياح وجعير تتخلله أصوات نساء. اندفع المدرسون نحو الشبابيك، اندفعنا كلنا في إثرهم نشرئب

برؤوسنا لنرى من خلال حديد الشبابيك آباءنا وأمهاتنا وأشقاءنا واقعين تحت لهب السياط. ثم حدث الهياج الأكبر، حيث اندفع الفراشون فأغلقوا أبواب المدرسة بالجنازير الحديد والأقفال، وظهرت لنا الجِمال تخترق الجموع، والكرابيج تتهاوى في الهواء راسمة أصواتًا من الصراخ والفزع، ونثيثًا من الدماء الساخنة، وإذا هي المذبحة!

شاهدنا النبابيت ترتفع في الهواء راقصةً رقصتها المجنونة، والخناجر والبُلَط والفؤوس والكريكات تخترق أجساد الجِمال وأفخاذ الهجانة ورؤوسهم. وشاهدنا من يتهاوى كالجدار المنهار، ورهط من النساء يعاجلنه بضرب الشباشب وقوالب الطوب. شاهدنا الجِمال تفزع وتبرطع فوق الأجساد المنكفئة. شاهدنا رصاص البنادق ينطلق من أسطح مجهولة مُحكمًا النيشان على رؤوس الهجانة. شاهدنا عمائمهم الكبيرة البيضاء تنفرط مبقعة بالدم الأحمر. شاهدنا خيولًا تُقبل بالعسكر السواري ترمح بأقصى سرعتها في الشارع رائحة غادية لتفض الجموع وتفرقها. شاهدنا ـ في الوسعاية المحاذية للمدرسة ـ أكوامًا وأكوامًا من الجثث البشرية، بعضها هامد وبعضها يئن ويتوجع، بينها جِمال باركة وأخرى منطرحة. شاهدنا أوتومبيلات تقبل من بعيد، تنزل منها أعداد كبيرة من الضباط والكنوستبلات ولابسي الطرابيش والقبعات والأصفر في أصفر، شاهدناهم ينحنون على الجثث واحدة فواحدة، يقلبونها وينصرفون، أو يدخلون معها في حوار ويكتبون. شاهدنا أكثر من عربة إسعاف تُقبل مصلصلة بأجراسها لتتوقف وينزل منها لابسو الأصفر في أصفر فيحملون

على محفاتها جثثًا هامدة وأخرى تتوجع. وشاهدنا العسكر السواري يظهرون من جديد في الساحة يجرُّون خلف جيادهم أعدادًا هائلة من الرجال والشُّبان والنساء مربوطين في بعضهم البعض بالحبال، والعسكر ممسكون بمقودهم، وكانت الخيول تجرهم في منظر أضحكنا لبرهة ثم أفزعنا. وشاهدنا النهار وهو ينتهي دون أن يظهر للشمس أثر! وشاهدنا الجنازير وهي تنزاح عن أبواب المدرسة ويُسمح لنا بالخروج في نظام. ورغم صرخات المدرسين التي أمرتنا بالانصراف فورًا، ظللنا واقفين مدة طويلة يشلنا الخوف والترقب، نستعيد كل ما حدث وشاهدناه من جديد، في نفس هذه الوسعاية المحاذية للمدرسة.

١٩
يوم القيامة

أبدًا لم تكن مجرد ساعات ينقضي على إثرها ليل يعقبه نهار! فرغم انصراف العسكر ومجيء أفواج أخرى من الأشباح الفخارية تجوب شوارع البلدة بين لحظة وأخرى، يعقبها شيخ البلد مصحوبًا بالشيخ فرحات الأعمى المنادي ينادي على أهالي البلدة طالبًا منهم الهدوء التام وانعدام الشغب وإلا فمن يشاغب الحكومة فهو الجاني على نفسه وقد أعذر من أنذر، ورغم أن كل الناس رجعوا إلى دورهم وانغلقت عليهم الأبواب، فإنهم لم يستطيعوا حصر خسائرهم إلا بعد وقت طويل كدهر، امتد إلى مساء اليوم التالي. الرجال في بيوتهم كانوا في حالة من الذهول وغياب الوعي والعصبية والجنون لم يروا معها شيئًا مما حولهم. الكل يهذي بكلمات مرتعبة. الكل ينادي على أولاده وذويه، فيردون عليهم، ومع ذلك يعاودون النداء من جديد. الرعب يولد رعبًا، والصراخ صراخًا. تردد الشبابيك والأبواب المطلة على شارع داير الناحية طرقات رنانة حاسمة غليظة، تارة بيد الكرباج الصلبة، وأخرى

بدبشك البندقية، وثالثة ببوز القدم، تعقبها صيحة آمرة غريبة اللهجة صفيقة جبارة:

ـ بس يا ولد إنت وهو بطَّل هوسة! دي آخر مرة واللي مش ناوي يجيبها البر ذنبه على جنبه!

لم ينم أحد في تلك الليلة، حتى الذي هده التعب ونام لم ينم في حقيقة الأمر، بل ظل يواصل الهذيان والصراخ المفاجئ. في الصباح بدا الذي نام أكثر إرهاقًا وتعبًا ومهانةً ممن لم ينم. لكن الجميع في مقترب الضحى خرجوا إلى الشوارع كالغزلان الشاردة لا تدري إلى أين تذهب أو ماذا هي فاعلة. إنما كانت الحواري تدلق في الشوارع أفواجًا من البشر، يمشون في ذهول متنمر، مترهلي الثياب، شاردي النظرات، تفح العصبية من أجسادهم. كلما التقت جماعة في الطريق بشبح فخاري يحدو جمله في كبرياء متعجرفة مثيرة للضحك، فإنهم يتبعثرون فجأة كسرب من العصافير داهمته قذيفة غادرة. يطرقع الكرباج في الهواء المتاخم للوجوه والمؤخرات طرقعات فنية يُقصد بها بث الرعب ولو بنسبة من الإصابات الفادحة. فإذا ما تهادى الجمل مزدهيًا إلى الأمام التأم شمل الجماعة في الحال، وصار ظهرهم في مواجهة ظهر الشبح، ولكنهم سرعان ما يديرون الرؤوس دفعة واحدة يتابعون الشبح بنظرة غاضبة مقهورة، بعد برهة يستديرون غارقين في ذهولهم من جديد. قد تطول البرهة بأعناقهم الملتوية ناظرة إلى الشبح الغارب، فإذا بالكرباج يخرم جماعتهم في لسعة واحدة ترتج لها الأرض من صراخهم وشتائمهم التي لا تفهمها الأشباح

الفخارية، وإذا بالشبح الآخر المقبل يدوس فوقهم أثناء مروره كأن لم يفعل شيئًا. ذلك أن الأشباح الفخارية لا تمشي فرادى، إنها، فقط، تخدعنا بأنها فرادى، لكن الشبح لا يكاد يشرف على نهاية الحارة أو حوداية الشارع حتى يكون الآخر قد لحق به ليحمي ظهره من أي عدوان متوقع. لهذا لم يكن أحد من أهل البلدة يطمئن للمشي بمفرده لأبعد من أمتار قليلة، بالكاد إلى أن تلوح له جماعة تمشي فإذا هو يلتحم بها، ترعشه رعدة لذيذة وخوف بهيج كأنه مقبل على مغامرة خطيرة، ولذا فإنه بالتحامه بهم يستفز الجماعة ويحرضها على فعل شيء رهيب.

من ساعة إلى أخرى بدا الرجال غير هيّابين من الكرابيج، بل صاروا يجدون لذة في اختراق حصار الكرابيج، ربما لأنهم كانوا قد بدأوا يفيقون من الذهول، وأولى علامات الفوقان هي أنهم أدركوا إلى أين ينبغي أن يكون اتجاههم. وهكذا تجمعت القوافل الضالة أمام بوابة دوار العمدة الجديد القديم محمد عبد المنعم أبو سيف. وصولهم إلى المكان الصحيح أوعز إليهم بالطلب الصريح:

ـ أين رجالنا، أبناؤنا، أولادنا، نساؤنا، الذين أخذتموهم بالأمس؟ وما مصيرهم؟ وأين جثث من ماتوا منهم؟

وهكذا افترشت الجموع أرض شارع الخمّارة، بل حي الخمّارة كله بجميع حواريه ومنعطفاته، وبدا الشارع العريض على امتداد لا يحده البصر مفروشًا بالمتربعين والمتقرفصين والواقفين، عائلات بأكملها كانت تبحث عن بعضها البعض، وتتعرف على بعضها البعض، مخترقة زحام الكتل، مدهوسة في الجلوس، تطلق صياحًا وجعيرًا

فاجعًا. وكنت تلمح أبو سماعين بجسده الممصوص ورقبته المحنية يخترق الجموع في دربة، ليتوقف كل حين مُسلِّمًا على مجموعة، أو مُهزِّزًا معها رغم الغم، أو مُلقيًا بنكتة أو نصيحة أو حكمة أو عزاء. وكان من المستحيل على قوافل الجِمال أن تقترب، فمنظر الجموع كان مخيفًا مخيفًا مخيفًا، حتى لقد كانت الجِمال تجيء مبرطعة لتدوس في الأطراف البعيدة أطفالًا ضالين أو رجالًا عجزة، لكنها سرعان ما ترتد خائفة مطلقة صياحًا فيه نفس الفجيعة، ثم تندفع إلى الخلاء بركابها في جنون شرس، فينبت لها في الخلاءات العريضة صبيان خبثاء لا أهل لهم، يفعلون حركات تخيف الجِمال، أو يضعون في طريقها معوقات، أو يقذفون راكبيها بالطوب والنبال، ويشردون جريًا في الحقول البعيدة لا يعرفها ولا يعرفهم أحد.

العجيب الطريف معًا أن ناسًا في وسط هذا الضجيج لم ينسوا موعد «العصر»، فسرعان ما وقف رجال على امتداد الجموع على مساحة طولها لا يقل عن عشرة أفدنة، فأذنوا الصلاة العصر، فكانت التكبيرة تخرج من صوت أول الواقفين ليتلقفها صوت الرجل الواقف على مبعدة قليلة، فيلقيها للذي يليه فالذي يليه، فكانت التكبيرة الواحدة تظل تتردد عشرات المرات وفي الأفق البعيد مئات المرات، حتى لكأن الكون كله يؤذن ويبتهل! فكان منظرًا في غاية الإمتاع، ابتهج له كافة القوم، ومن لم تكن في جبينه علامة الصلاة قام وصلى، بل إن معلمي سعد الله هو الآخر، القبطي الذي اقتاده العكاز إلى مكان في قلب الجموع، قام أيضًا وصلى مع المصلين، فلم يستنكف ذلك ناس كثيرون من ملته، ومن لم ينضم منهم إليه نظر إلى فعله بإعجاب

وتشجيع وأريحية، وطفا على وجوههم فرح طفولي، فابتسموا وهم يقولون له بعد إنهاء الصلاة:

ـ حرمًا يا حاج سعد الله.

فرد عليهم بنفس البسمة الطفولية وبلهجة شيخ ورِع:

ـ جمعًا إن شاء الله.

إلى أن اقترب أبو سماعين من البقعة التي نتقرفص فيها أنا ومعلمي وأولاده. كنت قد يئست من العثور على أحد من إخوتي أو أبي، رأيت فقط بعض وجوه من الحواري القريبة من حارتنا، سألتهم وسألوني عن ذويي وعن ذويهم، أجبت وأجابوني بكل صدق واهتمام ومواساة، ولم أكن قادرًا على اختراق الكتل في كل هذه المساحة. وكانت جلستنا في مواجهة دوار العمدة مباشرة، لأننا حين تجمعنا في الضحى أمام دكان معلمي المغلق ومشينا معًا كان أبو سماعين معنا، وهو الذي تميز عن الجميع بمشيته شديدة الهدوء وفروغ البال وعدم إعطاء أي اهتمام للأشباح الفخارية، وهو الذي أوعز لمعلمي سعد الله أن يكون الاتجاه إلى دوار العمدة لتسقُّط الأخبار. وكانت جموع من الناس تألفه وتألفنا فتمشي وراءنا، فلما توقفنا عند دوار العمدة توقفوا، وكلما خرجت علينا جماعات من الحواري الجانبية ورأونا واقفين وقفوا معنا يستطلعون الأمر، وهكذا تزايدت كثافة الجموع، واحلوت الوقفة، وبدت كأنها حصن الأمان الوحيد، وبدا كأنهم يشعرون أن الانفضاض يعني الاستفراد بهم، يعني هلاكهم فردًا فردًا. كل الجماعات الصغيرة المقبلة ترى الجموع فتحس كأنها قد أُنقذت، قد وصلت إلى شاطئ الأمان، فتتوقف في الحال منضغطة

في بعضها، ثم سرعان ما يبدو كأن الخطر شيء صغير تافه، وها هم يتكلمون بصوت عالٍ ويقولون ما يشاءون بكل حرية دون أن يحتك بهم حكومي نجس. وكان أبو سماعين يظهر ويختفي من حين لآخر، وكلما ظهر تزايدت الجموع، وارتفع صوتها أكثر، وقيل كلام أهم، وطرأت جرأة جديدة!

صارت الأخبار والتعليقات تنتشر بين كتل الجموع في سرعة البرق. جاءت من أول شارع الخمَّارة أخبار تقول إن العمدة محبوس في الدوار من صبيحة ربنا، وإنه تلفن للداخلية لتجيء بعسكرها تنقذه وأسرته. وجاءت من آخر شارع الخمَّارة أخبار تقول إن العقلاء الساهرين قد سافروا إلى وزير الداخلية نفسه يستنجدون به لإنقاذنا من هذه المهانة، فضلًا عن برقيات يرسلونها فور وصولهم المدينة صائحين فيها: «مظلوم بالباب يا سيدي ينتظر الإذن بالدخول». لم ينسَ أبو سماعين وهو يقترب منا أن يحييني، وأن يلقي نكتة يشهر بها إسلام المعلم سعد الله، الرجل الذي رعى خاطر الجموع فاتجه معهم إلى الله، ثم انسلت واختفى.

أنهيت أعجب صلاة، وبدأت صلاة جديدة عبارة عن هتافات وترديدات تشبه التراتيل والأوراد، يستنزلون بها اللعنة على الظالمين الغادرين. رأينا ـ نحن القريبين من الدوار ـ جوادين مقبلين من غربي شارع الخمَّارة من الطريق الزراعي الموصل إلى محطة القطار، سرعان ما تبيَّنا أنها كارتة العمدة مقبلة من محطة القطار التي تبعد عن بلدتنا مسافة ستة كيلومترات وتُسمى باسم البلدة اللصيقة بها، ولا بد أن الكارتة كانت تستقبل أحدًا من أسرة العمدة أو من ضيوفه، ثم إن

الكارتة أخذت تقترب إلى أن حاذت الجموع، ولم تجد طريقًا تدخل منه إلى الدوار، فتوقفت برغمها، ولم يكن ممكنًا لمن في الكارتة أن يمشي على الأرض، فضلًا عن أن يدخل بيتًا من بيوت السوايفة. تراجعت الكارتة متقهقرة، ثم عادت فتقدمت منحرفة، وتراجعت مرة أخرى، ثم تقدمت منحرفة أكثر، لتدخل في حارة جانبية تعودت أن تقف فيها، لكنها لم تستطع الدخول، إذ إن الحارة هي الأخرى ـ التي تشبه حجرة مستطيلة لا ينقصها غير السقف ـ كانت مليئة بنوع من الجالسين، هو ذلك النوع الذي لا بد أن ينشأ في الحال لدى أي تجمع على أرض مصر؛ ناس تنزوي في ركن كهذا لتشعل الوابور وتضع شايًا تبيعه للجموع.

توقفت الكارتة تمامًا بطولها في عرض الشارع، ثم أزيح سقفها المطاطي، وبرز العمدة محمد عبد المنعم أبو سيف واقفًا، وعلى يمينه رجل فتيٌّ من أهله، وعلى يساره آخر، كلٌّ منهما ممسك بعصا عوجاية منكفئة. تقدم أبو سيف خطوة واحدة بجسده القصير القميء ووجهه المحروق في لون وجه الخنزير، فصار واقفًا على سلم الكارتة، مواجهًا للناس، رافعًا ذراعه علامة السلام، صائحًا بلهجته المعووجة من فرط الأنفة والغطرسة المتأصلة، لكنها هذه المرة مُندَّاة بقليل من الود:

ـ يا أهل البلد، أهالي بلدتي الكرام.

فصاح الرجل الفتيُّ على إثره مرددًا نفس الكلام، صانعًا من كفيه ما يشبه النفير أمام فمه:

ـ الرجل يقول لكم يا أهل بلدتي الكرام.

فوقف الذين كانوا يتبادلون أذان العصر، وصاروا يفعلون مثلما حدث في الأذان، إذ يتلقف كلٌّ منهم الجملة ويعيد ترديدها، ليتلقاها الذي يليه فالذي يليه، حتى يستمع هذا الجمع الغفير.

صاح العمدة أبو سيف:

ـ يا أهل بلدتي الكرام، إنتو متجمعين قدام بيتي ليه؟ أنا مالي؟

تلفت الجميع نحو بعضهم البعض، وقالوا البعضهم البعض كلامًا كثيرًا ساخرًا، ثم صاح فيه أكثر من واحد:

ـ لأنك العمدة يا حضرة العمدة! وإنت اللي جبت الهجانة، وعملت فينا ده كله!

فصاح وهو يبتسم في سخرية مريرة:

ـ أنا لا عمدة ولا حاجة. مين قالكم إني بقيت عمدة؟!

ثم ضحك في مرارة وتهكم شديدين. حط الذهول على الجميع لبرهة طويلة، قالت أصوات منهم بعدها:

ـ إزاي الكلام ده بقى؟!

فصاح أبو سيف وجوقة الأصوات تردد خلفه:

ـ دي إشاعة. وأنا كمان مش عايز العمدية دي. لو عرضوها عليَّ حارفضها. متأسف. مش عايز أبقى عمدة. حد شريكي؟ أنا حر. على فكرة عشان نبقى واضحين، العمدية اتعرضت عليَّ بالفعل، بس أنا رفضتها. عمدية إيه وبتاع إيه؟ أنا ما عدتش فايق للكلام ده بعد السن دي. وعلى فكرة برضو عشان نبقى واضحين كمان، أنا ضد اللي حاصل في البلد ده، لأن اللي حصل حصَّلني أنا وعيلتي، فيه ناس من ولاد إخواتي مضروبين زيكم

بالضبط، ولو كنت أنا العمدة صحيح ما كانش فيه أي حاجة من دي حصلت. آه وراس أبويا. فيا ولاد الناس ربنا يباركلكم في العمدة اللي تختاروه. أنا أول واحد يكون مبسوطلكم، دا إنتو أهلي. وعلى العموم، ربنا يجازي اللي كان السبب. استهدوا بالله بقى كده ووسعولي طريق أدخل بيتي، دا أنا راجل كبير وصاحب مرض!

ثم استعد للهبوط. وبأسرع من البرق كانت التعليقات قد وردت من هنا وهناك تفيد بأنه كان قد قبل العمدية بالفعل، ولكن لا بد أنه قد أزيح عنها اليوم. ثم راجعه أكثر من صوت:

ـ أمال مين اللي جابلنا الهجانة وبهدلنا؟

قال في أسف:

ـ العمدية كانت في إيد مين؟

قالت الأصوات:

ـ في إيد شيخ البلد.

قال باسطًا كفيه:

ـ إذن، اسألوا شيخ البلد. اتجاهكم الحقيقي دلوقت شيخ البلد، هو الوحيد اللي عارف كل حاجة عايزين تعرفوها. ولازم تعرفوا إن حكاية الجوازة اللي مالية البلد دي أنا مش راضي عنها، لسه ما وافقتش ومش حاوافق، هذا للعلم عشان تفهموا. وأصارحكم، لو سمعتوا بعد كده إني بقيت عمدة، أو كان ليَّ دخل في اللي حصل، ابقوا تعالوا كسروا البيت ده!

وأشار إلى بيته، ولم يكد ينهي كلامه حتى كانت جموع الدهماء قد

بدأت تخف عن شرقي شارع الخمَّارة، وفي نفس الوقت كانت أخبار تزحف قادمة من ناحيتها تفيد بأن وفدًا من أهل البلدة العقلاء رجع الآن من البندر، وأنهم عرفوا أن الذين تم القبض عليهم كلهم كانوا من غير المشتركين في المعركة بالفعل، وإنما كانوا مجرد متفرجين هلعين، وأن الذين ماتوا من أهل البلدة لم يكونوا هم الذين قاتلوا، بل لم يكن لهم أبناء في المدرسة، وأن سوء حظهم هو الذي أوقعهم في ساحة القتال!

كنا آخر المنصرفين من أمام بوابة أبو سيف، فشاهدناه وهو يتنفس بعمق ويتسلل إلى بيته مخفورًا برهط من شُبان عائلته. وقد لاحظنا أنهم بالفعل قد حصلوا على نصيبهم من كرابيج الهجانة التي كانت آثارها لا تزال واضحة للعيان، ولهذا كانوا مفرغين من أي عدوان تجاه أهل البلدة، لم يحاولوا الاشتباك مع أحد، بل كانوا يواسون الناس ويتوددون إليهم. ولاحظنا كذلك أن اتجاه الجموع كلها قد أخذ سمته نحو الجهة الشرقية لشارع الخمَّارة، فأخذنا نفس السمت تلقائيًّا، ومضينا نثرثر ونستعجب من هذه الفزورة الغامضة، حتى وصلنا إلى جهة حينا، فإذا بالجموع متكاثفة، وعواصف الدخان والضجيج والصراخ تملأ الجو. كانت الجموع قد انهالت على دار شيخ البلد أحمد أفندي الصواف قذفًا بالطوب والحجارة، ينزعونها من جدران سور حديقته التي انتُهكت تمامًا وانتُزعت فروعها وثمارها. اقتحمت الجموع الدار. ديست السجاجيد بالأقدام الملوثة بالطين. تهشم زجاج الشبابيك والأواني. بُقرت بطون الأبقار والبهائم. اشتعلت النار في سقف الزريبة، وامتدت إلى خشب الدار، ثم اندلعت ألسنتها

حتى أتت عليها، والجميع يتباعدون ويتفرجون، إلى أن هَمدت وأحالت القصر إلى كومة فحم ذي رائحة مقرفة. غير أن أحدًا لم يعثر على أحد من ذرية شيخ البلد الذين تسربوا كلهم هاربين إلى بلدة أصهارهم الداوايدة.

انصرف الجميع إلى دورهم بعد أن أطفأوا آخر ذُبالة يمكن أن تستأنف الاشتعال وهم نيام، وقد هَمدوا جميعًا هذه الليلة واختفت أصواتهم. وكان أبو سماعين ينتقل من دار إلى دار في السر، ليبلغ أن النيابة جاءت وعاينت، وأنها تحيرت في نسبة الفعل إلى فاعل بعينه، ولكنها في الغد سوف تقبض على مجموعة من الأبرياء، وهذا ـ في نظره ـ ليس منه أي خوف، إنما الخوف المؤكد هو الخوف من عودة أصهار شيخ البلد للعراك مع البلد، هذا أمر يجب أن تستعد له البلد. في صباح اليوم التالي خرج الجميع إلى أعمالهم محاولين تجنب الاحتكاك بأي أحد، وكل واحد يبدو كأنه في حاله وغلبان وليس له دعوة بأي شيء. مع ذلك كان القلق يعتري النساء في الدور ويصيبهن بالعصبية.

٢٠

البعث

كنا ذاهبين لنصطاد السمك بالسنانير من مصرف نمرة خمسة، وكان علينا أن نمر في الطريق بدار شيخ البلد ودار الحاج مصطفى الحداد. كنا مجموعة زملاء تتكون منهم أول دفعة من أبناء البلد تحصل على الشهادة الابتدائية من مدرسة البلد بعد تحويل الإلزامي إلى ابتدائي لمدة ست سنوات. وكانت هذه الأحداث قد شغلتنا عن المذاكرة، فكنا نستعيض عنها بالكلام في المقررات ونحن جلوس للصيد، وكنا نستعد لدخول الامتحان الذي سيُعقد لنا بعد أسابيع قليلة في إحدى مدارس البندر، وأرقام الجلوس كسرت الحواجز بيننا وبين أبناء العائلات الغنية الذين كانوا يسافرون للحصول على الابتدائية من المدينة بمصاريف باهظة، فاضطروا إلى مصادقتنا والمشي معنا والنزول إلى المذاكرة معنا، فالمقررات باتت واحدة هنا أو في المدينة باستثناءات طفيفة هي اللغة الأجنبية فقط؛ الميزة الوحيدة التي كانوا يتيهون بها علينا خفية نلحظها فنشمئز من حظنا، لكن حلمًا واحدًا قد بات يجمعنا على أحاديث كثيرة شديدة الحلاوة

٢٧١

والجاذبية، ذلك هو الحلم بالتعليم العالي، والانضمام إلى الطلبة الذين نسمع عنهم بحق وحقيق، أولئك الذين يتظاهرون ويعتصمون ويكافحون الاستعمار والمتسلطين. وكان الحلم يستغرقنا فيرعش أبداننا عند الكلام، كأننا بالفعل قد صرنا رجالًا لهم كلمة في البلاد وفي الأمور الخطيرة، بل كثيرًا ما كنا نندمج في هتافات متنوعة دون أن ندري بمنتهى الحماس، فإن أفقنا ضحكنا حتى الثمالة.

أثناء مرورنا على بيت شيخ البلد الصواف لم يقابلنا أي واحد من الهجانة، فاندهشنا من همودهم المفاجئ. كنا نتلكأ في السير، خطوة تشدنا للهرب مما قد يحدث وأخرى تكبلنا لرؤية ما قد يحدث. جاءت وقفتنا الطويلة تحت شباك دوار الحاج مصطفى الحداد، وكان أحد ثلاثة في بلدتنا يملكون جهاز راديو مثل صندوق كبير ويسمونه «الفيليبس»، ويعمل ببطارية ثقيلة يملأونها من ماكينة الطحين كل بضعة أيام. وكان ما أوقفنا في هذه الأثناء تحت هذا الشباك هو صوت الراديو الذي كان يذيع الموسيقى والأغنيات، مجرد الاستماع إليه متعة فائقة. كان الراديو موضوعًا في أرضية الشباك من الداخل وصوته عاليًا، وفجأة شد آذاننا صوت يلقي بيانًا هامًا بلهجة حاسمة فيها بعض التوتر والعصبية والتهدج، يقول البيان أشياء شديدة الغرابة استمعنا إليها جيدًا وبإمعان فبدت كأنها الأساطير، وبعد أن انتهى البيان كنا قد فهمنا وتأكدنا أن الدنيا قد انقلبت في القاهرة رأسًا على عقب، فقد تنازل الملك فاروق عن العرش لابنه أحمد فؤاد، وأن جيش البلاد قام بثورة، وأن هذه الثورة مباركة، لم تُرق قطرة دم واحدة، ولسوف تلتزم بتحقيق ستة أحلام شاهقة يسمونها «المبادئ الستة».

ثم اكتشفنا أن هذه الأخبار أذيعت منذ أيام ولم نعرفها إلا اللحظة لعدم وجود راديو بجوارنا!

بعد أن تجادلنا كثيرًا تحت الشباك، واستعرضنا مهاراتنا في اللغة العربية الفصحى وفي الوعي السياسي والرجولة المبكرة، نظرنا إلى بعضنا واكتشفنا فجأة أن هذه الحال التي نحن عليها لا تليق بعظمة ذلك الذي حدث وسمعناه الآن، إنه لحدث جلل، بل هذا هو الحدث الجلل الذي نقرأ تعبيره في دروس البلاغة. ثم إذا بنا نلقي السنانير على طول أذرعنا، ثم نندفع نحو البلدة صانعين من أنفسنا ـ وكنا حوالي سبعة شُبان ـ ما يشبه الكتلة المتلاحمة، وقد شملنا إحساس واحد حلو المذاق، خيل لنا أننا قد انتقلنا بالفعل إلى مرحلة التعليم العالي، إلى داخل الحلم مباشرة، إلى المجتمع الطلابي بسيرته الخلابة وأخباره الساحرة، ومضينا هاتفين والحماس يرجنا رجًّا من الانفعال:

تحيا الثورة

تحيا الثورة

نحن فداء الثورة

نحن فداء الثورة

وما كدنا نجتاز شارع داير الناحية حتى كان منظرنا البهيج قد اجتذب مجاميع كثيرة من الزملاء والأطفال والرجال، بل والصبايا المتفرجات بانبهار أشعل حماسنا إلى ذروة الأوار. وكان موكب الهتاف المتعاظم يلتقي من حين لآخر بجَمل يحمل شبحًا فخاريًا، فيتعمد مواجهته واكتساح الجَمل في طريقه، مما يضطر الشبح الفخاري إلى سحب الجَمل والانزواء بعيدًا.

لف الموكب شارع داير الناحية أكثر من عشر مرات. وأثناء عودتنا في الليل لاحظنا أن الأشباح الفخارية قد اختفت تمامًا من شوارع البلدة، وأكدت الأخبار خروجهم من البلدة إلى طريق السفر.

وكان القمر في تمامه لحظة أن دخلتُ حارتنا مرهقًا من الإعياء، مبحوح الصوت من الهتافات. دفعت باب مندرتنا برفق. كانت مضاءة بالمصباح البترولي المتدلي من السقف. وكان أبي يجلس على الكنبة العريضة بثيابه الداخلية: الفانلة أم كُم، والسروال أبو دكة، والصديري الذي تتدلى من إبطيه سلسلتان إحداهما للساعة والأخرى للمحفظة. وكان أبو سماعين متقرفصًا بجواره يصنع الشاي، وفي مواجهتهما على الكنبة المقابلة ثلاثة من أصدقاء أبي عشاق الحديث في السياسة، هم: صباح أبو صباح، والحاج قطان، والحاج زيدان الأعمى الذي ما رأيت له نظيرًا قَطُّ في فهم أمور السياسة والأدب وكل شيء كأن طه حسين من عائلته. كانوا جميعًا مصهللين سعداء كأنهم ارتدوا إلى طفولتهم من جديد، فلما رأوني داخلًا وصوتي مبحوح قالوا جميعًا في حسد:

ـ أهلًا برجل الغد.

فجلست قائلًا لهم:

ـ مبروك.

فقالوا:

ـ مبروك يا عم عليك وعلى صحابك. جاتلكم يا عم على الطبطاب إنت واللي زيك. ياما إنت كريم يا رب!

ليلتها ظللنا ساهرين، والبلدة كلها ساهرة. وخرجت أثناء الليل

العميق أكثر من خمس مرات لشراء ملحق شاي وسكر ودخان، فأجد الدكاكين فاتحة ومنتعشة، وبها ناس يشربون الشاي ويتكلمون في السياسة عن الملك الذي ذهب، وعن العهد الذي بدأ، والأيام التي هي دول، والمستحيل الذي لم يعد له وجود. وقد طرأ على جميع الناس في خلال هذه الساعات القليلة منذ إعلان الخبر شيء جديد كل الجدة وخطير كل الخطورة؛ هؤلاء الناس ليسوا هم قبل ذلك بساعات، على وجوههم وفي أعطافهم وفي خطوهم ولباسهم وكلامهم وضحكهم وعبوسهم طعم جديد؛ طعم الإحساس القوي بأنهم أخيرًا قد استردوا بلدتهم، وأنهم أهلها بالفعل وأصحاب الحق فيها.

قبل أذان الفجر بقليل كان الضيوف كلهم قد انصرفوا ما عدا أبو سماعين الذي بقي يواصل التدخين وشرب الشاي مع أبي. وفي تلك الليلة اتضح لي أنه يباري أبي في ثقافته ومعرفته، ويتكلم معه في التاريخ كلامًا ساحرًا؛ يذكر أحداثًا تاريخية درسناها في المدارس باعتباره طرفًا فيها، ويتجرأ فيقول إن سعد زغلول باشا قال ـ له ـ ذات يوم كذا وكذا، وإن النحاس باشا وعده ذات يوم بكذا، ويذكر وقائع قام بها وكان معه فلان باشا وفلان بك من أعيان التاريخ! ما أدار رأسي وكاد يسحقه من عظيم الدهشة أن أبي كان يؤمِّن على كلامه، بل ويذكر شوارد نسيها أبو سماعين تؤكد صدق مزاعمه! وكدت أُجن في فهم هذه الشخصية الكبيسة المحيرة!

لكن ومضات بارقة لمعت في ذهني، رأيت على ضوئها شخصية إبراهيم الخواص الذي حكى لي معلمي قصته، فأحسست بأن بلادنا يمكن أن تكون محتوية على أعجب من هاتين الشخصيتين الفريدتين،

وقلت لنفسي إن الظروف التي تخلق شخصية كإبراهيم الخواص هي نفسها التي يمكن أن تخلق شخصية كأبو سماعين.

ما كاد أبي يتململ متثائبًا حتى تناهى إلى سمعنا صوات ملتاع قادم من خلف منزلنا. فزعنا. وسمعنا صوت هبوط أقدام على سلم دارنا الخشبي ذي الدرج المثبت بدرابزين داخل الدهليز. كان صوت الهبوط مدمدمًا متلاحقًا. انفرج باب الدهليز المطل على المندرة، وبرز وجه أمي قائلة في رهبة:

ـ أبو فكري، دا يظهر عمتي الكلّافة ماتت!

انتفض أبو سماعين صائحًا من الفزع كأن خيانة قد ارتكبت في حقه شخصيًّا:

ـ ماتت!

وبرق في عينيه ما لم أعرف إن كان خيبة أمل أو حزنًا أو سخرية. في حين اعتدل أبي في جلسته كأنه لا يقوى على الوقوف، قائلًا:

ـ إيش عرّفك يا مرة؟

فقالت أمي:

ـ أنا بصيت لقيت الصوات جاي من دارها، قربت على السطوح سمعت، عرفت إن هي اللي ماتت!

نهض أبي واقفًا على الكنبة، سحب جلبابه الصوفي المعلق على مسمار في الحائط، فارتداه، وسحب عصاه المعلقة هي الأخرى في مسمار، ثم سحب الطربوش من عمود طرابيش مثبت كذلك في مسمار طويل، فارتداه، ومضى قائلًا:

ـ يلّا بينا يا أبو سماعين. اطلع نام يا ولد.

وكانت هذه أول مرة أرى أبي يصطحب أبو سماعين في أمر من الأمور كرفيق ينادده.

خرج كلاهما، وصعدت أنا إلى الطابق الثاني لكي أنام، غير أنني بالطبع لم أنم، ظللت بقية الليل، على خلفية من العويل والنواح والصوات، أفكر في عمتي الكلّافة، شخصيتها ماثلة أمام عيني، بكل غموضها، بشخصيتها المعقدة، وطبعها الحاد، ولسانها الزفر. أستعرض تاريخها، يلتبس عليَّ الأمر في أشياء كثيرة أظنها من عمتي الكلّافة، ويتضح لي بعد برهة أنها من تلك الشخصية التي حكاها لي معلمي سعد الله، تلك التي كانت حماة ذلك المناضل الشعبي الشريد. اختلطت الشخصيتان ببعضهما، فأيقنت أن عمتي الكلّافة ليست متفردة، وأن من رأى بلوة غيره هانت عليه بلواه، فطلبت لها الرحمة وقرأت على روحها الفاتحة. ثم غفوت قليلًا غفوة عميقة، رأيت خلالها أبو سماعين عريسًا يجلس بجوار عروسه في مندرتنا فوق منصة عالية، وحولهما جمع من المحتفلين، وثمة موسيقى عالية متداخلة، وعمتي الكلّافة هي التي تمسك بالدف وتدق عليه في نقرة جنائزية مخيفة، ثمة من يتطوحون كالمذبوحين من الألم، الدموع تنثال على خدَّي العروس فتفسد زينتها، أبو سماعين في ثياب العرس غير ملقٍ بالًا إلى أي شيء سوى الفرح!

تيقظت على شعور بالكآبة يخنق صدري. لبست ثيابي ونزلت. كانت مندرتنا قد أعدت لاستقبال المعزين، وكان الشارع ـ ابتداء من دارنا حتى دار الكلّافة ـ قد امتلأ بالجالسين القرفصاء مستعدين لتشييع الجنازة. ذهبت إلى دار الكلّافة، فوجدت عمتي خديجة وأولادها،

ووجدت أمي وكل نسوان المنطقة، ووجدت أبي يجلس في مندرة الكلَّافة، وأبو سماعين يتابع مهام التغسيل بنفسه، واستحضار الكفن من أجود صنف، والإشراف على تخييطه. وكان أبي يشرد وقد توفرت في عينيه دموع سأمانة، ولا يني يردد لنفسه بصوت عالٍ: «ألا تموتين إلا في يوم كهذا يا كلَّافة؟ تختارين يومًا تلهَّى فيه الناس عن تشييع جنازتك باستقبال مولود المستقبل؟». وأبو سماعين يقول ودموعه منحدرة وهو يتجاهلها ويتجاهل صوته الباكي مفتعلًا لهجة المرح:

ـ سيكون أربعينها حفلًا حافلًا، حينما يعلم أصحابها بالخبر في كل البلاد. سيكون أربعينها هو يوم جنازتها الحقيقي!

مع ذلك حين خرج نعش الكلَّافة بعد أداء الصلاة على الجثمان في المسجد المجاور وجد جمعًا غفيرًا في انتظاره، انضم إليه عشرات وعشرات، حتى دخلنا بها المقابر العالية المتربة. وعند تغييبها في التراب ارتفع الصراخ الباكي فجأة إلى ذروة عالية. كان حول المقبرة كلُّ من مغاوري، ومرشدي أخوه، وأختهما نفيسة، وأختهما نعيمة، الأربعة يودعون جدتهم التي كانت بالنسبة لهم أمًّا وأبًا وسجَّانًا وجلادًا على طول الزمان. وكانت فزعة البكاء قد حشرجت حلقي وفزعتني، فرُحت أبتعد هاربًا بأحزاني الغامضة العميقة، أجلس على جذع شجرة عالية عتيقة مرتفعة فوق ربوة المقابر، أحاول الانشغال بالفرجة على جموع المشيعين وهم يرجعون إلى البلدة جماعات وفرادى، حتى بدا أن المقابر قد فرغت تمامًا ولم يعد بها أحد. أحسست بقشعريرة انقبض لها قلبي، فأيقنت أن أنفاس الموتى قد بدأت تتصعد في أرضها بعد أن زايلتها أقدام الضيوف الثقلاء. رأيت على البُعد كتلة من الغبار